Heibonsha Library

れの人間

平凡社ライブラリー

Heibonsha Library

たそがれの人間

佐藤春夫怪異小品集

佐藤春夫著
東雅夫編

平凡社

本書は平凡社ライブラリー・オリジナル編集です。

目次

I 化物屋敷を転々と

II 世はさまざまの怪奇談

III　文豪たちの幻想と怪奇

Ⅰ　化物屋敷を転々と

歩上異象

人人が四五人緑蔭に集って四方山話の末、附近の村の一家心中の末荒れ果てた化け者屋敷と云われるものの噂から、化け者屋敷に住んだ体験を話し合った。孤独を愛して交通の不便をかまわず、引越癖のあるAはその噂のあると後に知った借家四軒と宿屋にも一度泊り合せたと自称するお化けとの因縁の浅からぬげな人で、その四軒のうち二軒は家の構造の非凡のための一軒と、家主の因業に報復するために店子が云いふらしたらしい一軒とは本ものの化け者屋敷ではなかったが、あとの分は先ず本物らしいと思えたと云う。AとBとはその体験から次のような結論をひき出して共鳴していた。

「不思議と一目惚れするほど眺望のひらけたいい場所にある好もしい部屋が警戒を要するものですな。この明るい部屋が夕方になると昼間とはがらりと調子が変って妙に荒涼たるもののさびしいものになって、そのなかにひとりでは落ちついていられそうもないものになって、めずらしく人恋しく、部屋のなかのどこかへ狩り立てられているような気分になる。その気分から遁れたいばかりに部屋を出て見ると、いやな気分はうそのようにすぐと一掃されるが、やがて自分の部屋へ帰らなければならないとなると気分が重くなって、出来るかぎり帰るまいという工夫をする。是非なく帰るならば友達でも誘ってひとりでなく帰りたくなる。最後に帰る決心をしてその部屋へ一歩踏み込む時の心持は身の毛もよだち、地の底にでもおびき入れられるような心細いとも不気味ともかたづけきれない一種特有の心持は、何かその部屋を領しているものが他人の闖入を飽くまで拒否するのと争っているような気力を発揮しなければならない。自分は別だん何も目に見えるようなものに会った事はないが、この一種特有の気分に襲われる事だけで、これはてっきりあれだなと勘づく。自分の知ってる化けもの屋敷はみなそんなものでした。一度あの神秘的で深い暗黒な情緒を体験した者には化け者屋敷はすぐそれと知れるものです。たいへんにさびしいなさけない気分の深さにくらべると化けもの屋敷にからんでいる因縁談という奴の千篇一律へたな人情ばなしめいたものにはいつも興をさますのだが、あれがなくては人が納得しないのかも知れないが。」

　BはAの意見に全く賛成して、その写生旅行中に数日間宿泊した一室の夜の陰惨な気分は今夜もこの室で一夜を送るのかなあと朝からの思いであったのを今の意見に思い合して、後から聞いたとおりあれがやっぱり化け者座敷であったとうなずけるし、Aさんは本当に二度も三度も化けものにお近かづきのあった人と思いますと裏書きするのであった。

　今までAとBとの対談を面白そうに聞いていたR・W君が最後に重い口を開いて特有の克明な話しぶりで語り出した。

　R・W君は自分の年来の親友であるが、今日の今までは興に乗じて怪異を語る人とも知らないで居た。その名を明記すれば誰しも知らぬ人はあるまいと思える有名な臨床刀圭家の後で、彼自身も乃父には及ばぬとしても一家を成している化学者である。相当な額の遺産を受けている筈であるが、今日では明治大正の金は通用しないも同然と、専ら質素を旨として終戦後も先の見とおしのつくまではと、以前誰よりも早く兵火を避けていた長野県北佐久と南佐久との境目に当るあたりの一寒村の疎開地に自分で蔬菜などを作って三年ほども暮していたという堅実な人である。この人と怪談とは、AやBとは違ってあまりふさわしくないと思い、それだけにきっと変った話に相違ないと耳を傾けた。以下はそのW君のその時の話の大要である――

＊＊＊

わたくしのは両君のお話のように面白いものではありません。ただ両君のお話と同じく真正真銘の実話で、またただ今Aさんのお話のような人情ばなしめいたものの何もからんでいないところが或は取柄かも知れないと思いはじめましたので御披露に及ぶわけですが、あまりばかばかしいので今までは家人より外のものにはあまり打明けたこともありませんが、わたくしは、一度お化け――というのでしょうね、外に云い方も知りませんから。ただお化けという言葉は今までそれをすなおに使って居られた両君には失礼な申し分になるかは知りませんが、ちと無知なにおいがあるのを好みませんから、わたくしは異象と云おうかと思います。邦訳の聖書では異象という字をまぼろしと読ませていたようですが、わたくしはお化けともまぼろしともつかず異象と申しましょう。尠くともわたくしの場合にはそれが一番よく似合うような気がしますから。それをわたくしが目のあたりに見た事があったのです。一たいにわたくしは子供の頃からごく臆病で、いつもよく父に叱られていたものでした。父は、「貴様、そういつもこわがって一たいこの世界のどこに何が出ると思うのだ。むかしから馬鹿ほどこわい者はないと云っているのだが…」

よくそう云いました。わたくしはむかしから へらず口は利く方でしたから
「さあ、その何が出たかはっきり云えるようなものならこわくはありますまいが、もしや今まで見た事のないような、何とも判断のつかないものをひょっくり見かけたら、さぞこわいだろうと思うのです。」

と答えると、父はきげんよく笑って、

「うん、もしそんなものが出ればそれはこわいな。えたいの知れない病いにぶっつかって診断のつかない時には、わしだってこわいからな。だがお前のようにそうびくびくしないでも、そんなものはそうざらに出るものではないよ。」

こんな会話をそのころの父の面影と一しょにおぼろにおぼえていますが、そのころからかれこれ四十年ぐらい経って、あの頃の父程の年齢になったこの程、昔からこわがりつづけていた何とも判断のつかない、そうざらに出る筈のない代物につい出会ってしまったのです。

去年の四月の十幾日ごろでしたろうか。最後の雪が場所によっては消え残っていたのも平地のものはもうすっかり消え去って寒さも大きにゆるみ、紅梅の咲きはじめたのが喜ばしく目についたのを忘れない頃の事でした。

村に重宝な闇屋がありましてね。復員のあんちゃんですが、貪らず欺かずという筋のとおった男で、一切の品物を闇屋の公定値と称するもので取引してくれるから有難いのです。いつも仕入れに出る前には必ず注文を取りに来る事になっています。その日もその次の日の早朝出かける筈になって居たのを、その時までに考えようと答えて置いたままでうちすててあったのを、子供らのおやつの菓子代りに与えるつもりでもう一度葡萄糖を頼んでやろうという事にして、これをその夜のうちにKへ連絡する必要が生じました。この決議は夕餉の間に出来て、これは当然女房の任務であったが、その日は来客の都合か何かあって、山妻の出歩きに差支えたので、この役をわたくしが気軽るに買って出て散歩かたがた闇屋のKに連絡に出る段取になりました。

当時のわたくしの仮り住いは長野県北佐久郡中佐都村字下塚原というところ、部落の西北隅で、千曲川に近いあたりの陋屋でした。それから東南方につづく里道を半キロほど通りぬけるとこの部落のはずれになって左手には田甫がひらけ、右手には片側だけ二三軒の家がまばらにつづいて家並が尽きるこの道の突き当りが乗合自動車などの通う往還の県道とこの里道とはV字形に交るわけである。Kの家は県道に出てから北に三分の一キロばかり行って右手の家並にある。自分がステッキを持ち出すと、

山妻が

「自転車でおいでになるのではなかったの」

「ぶらぶら行って来よう」

「Tさんがお見えになりましょう」と念を押すのは、時々Wとヘボ将棋をはじめて尻の落ち着く事があるからである。

「直ぐ帰る。」

と云い捨ててステッキを振り振り出た。自転車で行けばわけのないところを、わざわざ歩いて見ようと、人をそういう気分に誘い込む早春の楽しい夕方でした。

わたくしの家の夕餉は野良で働く村の人たちのものよりはたっぷり一時間は早くて、いつもおおかた五時半ごろには終っている。それ故、この日、家を出たのもきっとその時刻であったでしょう。県道に出る前に、村外れの家では農家としては珍らしく濃い一重の紅梅の南枝がものなつかしく咲き出しているのがわたくしの注意をひきました。それでなくてもなつかしげのある花ですが、父はこの花が好きで書斎の窓にもこれがあった。そうしてその発句に「紅梅に嘴染めに来よ春の鳥」というのがあったのを思い出しました。

Kとは立ばなしですませようと思ったが、Kは強いて炉辺に請じて、彼の語り出した仕入れの話などを聞きながら一服しているうちに、普通の農家よりは幾分早いらしいKの家の夕飯の用意が出来たらしく、Kとその新妻とが自分にも一杯などと云い出したのを、本来が下戸で飲むには相手や場所やその他の条件のむつかしい自分は、不重宝をわびて好意を断りつつ逃げるように表へ出る時、Kの家のボンボン時計が鳴り出していたのは、きっと六時であったでしょう。

外ではこの地方特有の色彩の美しい夕雲が軽く西空一面におおいちらばって東の方には幾分雲がかたまっていた。これは明日も無風快晴の好兆である。道の行く手の真正面には、うす墨の下に赤を透かして見せた荒い模様のマアブル紙のような雲の下に暮靄のなかに深く包まれて山容はごくかすかにやや沈鬱に見えた。こんな事をこんなにこまごまと述べるのは、両君の或は詩人らしくしゃれた話しぶりや画伯にふさわしい観察の口真似に、がらにもなくかぶれたばかりではなく、わたくしがこれからお話しようとするへんな出来事が何かその日の気象と関係があったのではあるまいかという風にも考えられるからであるが、要するに寒さから温暖に移ろうとする季節の所謂三寒四温の日々（この地方ではそれが他の土地より約一ヶ月は遅れてまたその時期も多少長い）のうちの最もなごやかに静かなめずらしくよい夕暮時であったとだけ呑み込んで置いていただきたいものです。それからわたくし自身の心もちもその夕まぐれにふさわしいのんびりとした人生稀に見るとでも誇張したいほど平静に森羅万象に対する愛に満ちたものであったのは先刻から申しているつもりですが、念のためもう一度はっきりさせて置きましょう。

美しい夕雲の色は刻々に褪せて、その代りに闇が刻々に加わり、今は光と闇とがちょうど半分半分の分量で空間に織り雑っているという時刻で、うす暗いというのかうす明るいというのかわからない。行きがけに見た紅梅の南枝の二三輪開いて居たのをもう一度見たいと思って注意しましたが、これはもうそれとも見えないばかりに闇がふかくなっていて幹と枝ぶりとばかりがほんのりと見えるだけでした。これがもし白梅ならばまだほんのりとは見えたろうと思います。紅梅は見えなかったが、その代りに往きには気のつかなかった水のせせらぎが耳に入ったので、その音の出どころをさがして足もとに、右手の野良につづく側の道ばたに道に沿うて西北に行く幅半メーターばかりの細流があった。よく見るとその上にこまかく砕けている光に気がついたので、はじめて見上げるとおなんど色に晴れた空に低く上弦の月がかかっているのを、今まではまるで閑却していたのを知りました。或はその頃になってやっと夕月の光が目立って来たのであったかも知れません。わたくしはその水のせせらぎに耳を借し月を見ながらうっかりと歩いているうち、不意に柔かなものに突き当って弾き返されたような衝動を受け、惶てて二三歩後すざりして、前方を見据えると、はじめはそれとも気がつかなかったが、やがて自分の眼の前に一個の異象が存在するのを認めました。この夕闇と黄昏の光と淡い月光の混淆の間ではそれが白いのだか黒いのだかも判定しませんでしたが、多分、闇に対しては白く、光にあっては黒いとでも云うべきでしたろう。朦朧としてしかし確実に、それが立っていました。わたくしの今まで知っている限りのものでは、それははっきりした蚊柱に一番よく似たような存在で、直径三分の一メーターぐらいの円筒形でした。わたくしは思わず姿勢正しく直立して少し見上げたものでした。身長五尺四寸五分のわたくしの眼の高さよりも一尺あまり丈の高いものでありましたろう。ものの影ではなく、さればとて形でもありますまい。何かの影であって同時に形であるというのが正しいと思います。わたくしは訝しさに目を見張り、故も知れぬ厳粛な気分でこれを見据えました。ただ朦朧として確実なこの円筒の異象には、その幾何学的な形態の外には目や鼻のようなものは何も見当りませんでした。ただ何となくそれには異常な遠心力のようなものが作用していて、それが見る事の出来ない程の急速度で回転しているらしいけはいがして、その奇異な機械的活動がこういう形態に示顕しているもののように思われました。もし地上で竜巻が起ったとしたら、その中心はこんなものでもありそうです。わたくしはまたたきもせずにものの二分ほども凝視しつづけた結果、前述のような事どもを見た、とも感じた、とも考えたとも云えません。多分その三つの作用を同時に行ったらしいのです。異常な事態に対しては我々も亦異常な能力を発揮し得るように出来ているものなのですね。そうして、そうは思って見たものの、わたくしはそれに手をさし出して触れて見ようというような勇気も余裕もなく、それかと云って格別な恐怖というようなものをも感じませんでした。ただ緊張して妙な威力に打たれ、それからおもむろに、これは変だぞと思いはじめました。そうして自分の理性と自分の知覚とを疑うような気持が一瞬間、稲妻のように自分の脳裡に閃めいた時が最も怖ろしかったのではありますまいか。わたくしはその時にはじめて浮き足が立って、しかし後ろざまに一もくさんに駆け出すのもこわいような意識がありまして、わたくしはあとすざりに十歩ばかり退きながらも、なお凝っと注視の目をそらさないで、それがまだ見えているのをもう一度確めたうえで、急にうしろ向きになるや一目散に県道へ脱け出して、Kの家の方へ勢一杯の速力で疾走しました。

　息せき切ってKの戸口まで来たが、そこで一息入れて、今出て行ったばかりのわたくしを迎えに出たKの顔を見て、わたくしは今見て来たところを説明しようとする段になってはじめて普通の恐怖に似た感じを持ちはじめ、またそれを説明しようとする言葉のないのに当惑

して、わたくしは唖《おし》のように手真似で、ともかくもKを表まで誘い出すと、やっと無意識にも声をひそめて、

「今そこで変な奴に出会してとても驚いちゃってね」

というとKは早合点に
「追剥《おいはぎ》ですかい」

と云いながら、わたくしの歩調に合した早足で急いでついて来ました。わたくしはその時あの奇異な円筒がまだ消え失せないでいてほしいという事ばかりを念じていました。あの廻転する円筒の異象が自分ひとりの幻影ではなく客観的な存在だという証人がほしかったからでしょう。

自分は変な物とは云わないで変な奴と云ったからで、Kはてっきり追剥が出たとばかり思ったと云っていましたが、わたくしの本当の感じはどうしたって変な物であったのに、それを最初に言葉で現わした機会には変な奴に変っていたのは自分ながら不可解です。これは自分の心理のためではなく多分自分の言葉又は一般の言葉の問題と思われますが。これはAさんに研究していただくとしましょう。

問題の地点まで急いで出て来てみると、五分ばかりも異象はそのままに消えないで残って

いるのが先ずわたくしの眼には感じられましたが、この時のわたくしの重大な心配は、それがもしわたくしにだけ見えてKに見えなかったらどうしようという事でありました。然し、幸なる哉！（とわたくしは思った）異象はともかくも（というのはわたくしに見えたとおりかどうかは甚だ疑わしいながらにも）Kにも認められたらしく、Kはためつすがめつ、腰をこごめて見たり、少し背のびをしてみたりしてこれに対していましたが、最後にぐるぐるとこの地点の周囲をひとわたりうすら明りのなかで展望しながら、ひとり言に、口のなかで何やら云っていたのを後に問うてみたら「康安寺のあとだな」と云ったのだそうです。そうしてあの美しい紅梅も康安寺の方丈の庭にあったものであるとか云っていました。

異象に見入っていたKは、不意にわたくしの手から方竹のステッキをもぎ取ると、つかつかと変な物の方へ迫り近づいてステッキをふり上げて、これをなぐりつけようと身構えしたのを、わたくしは押し止めようかと思ったが、彼の事は彼の意にまかせ置くとして、わたくしは急いで五六歩ばかり後すざりして、事の成り行きを静観することにしました。手を触れて見るだけの勇気さえ出なかった自分と思いくらべて、この行動派の勇敢に感心しながらも、勇敢はいつも無知に近いのを惧《おそ》れ、神秘の扉を開くのはわけもないがそれを閉すことは困難であると云われているのを思い出して、そういう無法な事を敢てする結果が、どんな事態を惹き起すかを内心びくびくしながらも真実を知るためには往々この種の蛮行をも是認しなければならないという傍観者の勇気だけは失わないでわたくしは怪物と格闘するドン・キホーテを傍観するハムレットのようにひかえていました。わたくしは性来の臆病と取越苦労とのうえに多大の好奇心と或る程度までの冒険心とは持ち合せています。そうしてこの場合のKの行動はわたくし自身の冒険心の程度を超えるものではありますが、それを傍観するだけならばわたくしの冒険心の範囲内の適度のもので、わたくしの好奇心を喜ばせるに足りるものでした。

ステッキはふり上げられ、さて打ちおろされたと思う、そのとたんに、格別の変った音響が伴うでもなく、閃光を発するでもなく、ただ地の上三尺の虚空を薙ぎおろしたこの行動家のステッキは月光でギラリと光った後、ステッキはクルクルとまわりつづけてKはキリキリ舞いをしていたがキラキラと光りつづけていたステッキを取直して道ばたの枯芝に突き支えると、彼はやっとその姿勢を取り直し、今度はその異象の中心と思われるあたりへ大股に前進すると、彼は前のめりによろめいて危く四つん這いになりそうなのを踏みこらえて立ち直りざま、わたくしをふりかえってステッキを上げ、さながらにつづいて来いと指揮するかのようにわたくしをさしまねくのでした。この大男のこれ等のすべての動作は片破れ月の淡い光のなかで面白く道化た影絵のようにわたくしにはおもしろい見ものでした。あの厳粛な威力を持っているように見えた異象がこうあっけなく道化た影絵でいつの間にか消え失せてしまったのはもの足りないようでもありましたが、また是非もありません。わたくしはすべての怪異譚のなかからいつも多少は道化たものを見慣れていますから、自分の発見した異象の末路がこのとおりであっても寧ろ至当のような気がしないでもありませんでした。わたくしはKが事もなげにその地点を突破したのを見て、もの足りなく思いながらも勇気が出て、かたがたまたぐずぐずしていたならばこの勇敢な道伴れに取りのこされてひとりぼっちになるという気づかいもあったから、彼のステッキにまねかれるまでもなく、その後につづこうと思いながらも、最初そこを通りかかった刹那に受けた突き戻されるような抵抗の感じがまたよみがえって来て、ためらっていましたが、二三歩退きさえすればそれも無かったのに思い到って、さわらぬ神に祟り無しと、あの怪円筒の見えていたあたりをぐるりと避けて、幅二メーター程の里道の片側をおとなしく肩をすぼめて通りぬけながら、今のさっきまでそこに見えていた異象を再び心のなかに呼び起して、

「そもそも貴公は何の象徴なのだい。変化どの」

と無言裡に話しかけた。どこかで小屋のなかの山羊の声がこれに答えたが、わたくしには

どういう意味か知れなかった。

わたくしは、かくて、大きなゴム靴をばたばたと踏み運んで行くKのそばに追いつき肩を並べて歩きはじめました。

Kは無言でわたくしにステッキをかえしたので、わたくしも黙って差し出されたステッキを受取ってそのにぎりがひどく汗ばんでいるのと、Kが息を切らしているのとに気がつきましたので、

「どうかしましたか」

と聞いてみると、Kは靴でばたばたと地面を強く踏みつけながら、いまいましげに、

「みかんの皮かなんかで少しすべりやした。ただそれだけのこんでごわす。何せ、ちとべえ酒がへえっているところを早足で来やしたので息切れがしやして」と云うのであった。

「何でしょう、あのへんなものは。」

「あれですかい。田舎道にはよくあるものでごわす。狐か狸かカワオソのよたづらでごわすぞい。」

とKが事もなげにずばりと云ったのがわたくしには思いがけなく愉快でした。なるほど狐か狸かカワオソか。そういう思いも及ばないものが持ち出されたのをわたくしはいささか滑

稽に感じたものと見えます。都会に生れ都会に育ったわたくしは、わが国の田園にそんな種類の妖精《エルフ》がいて人々に親しまれていたのを年久しく忘れていました。そうかと云ってわたくしはあの異象に接して、幽霊というようなものを感じていたかというと決してそうではありません。何か自分の霊魂とか悪魔とかいうものが自分と対決しようとして現れたのではあるまいかというぐらいなことを或は意識下にちょっと考えていたのかも知れません。そういう感じ方と狐狸やカワオソなどとの距離の遠さが自分をほほ笑ませたものと思われます。たわいのなさは結局どちらも同じものであろうし、あの異象はデヴィルの業というよりはエルフのたわむれらしいものでした。

「君は時々あんなものを見かけますか」

とわたくしはKに問うてみるとKは

「いいえ」と云うから、重ねて、

「驚きましたか」と云ってみると、

「先生が家《うち》へ飛び込んで来た時の方が何事かと思って驚きやした。道ばたのあんなものなどは何でもごわしねえ。何、戦地では格納庫のお化けさえてえじたでごわすぞ」

と復員の伍長殿は信州人らしく自家吹聴をした。その格納庫のお化けとやらは、南方特有の土民の口碑を程よくからませてその正体は飛行機のガソリンを盗み出して街の自動車用に売る一団の泥棒兵士どもの事らしいのである。

「時に、Kさん、村のこのあたりに天狗の畑というようなものでもありませんでしたか。」

「天狗の畑つうのは？」

「作物を蒔いても芽も出ないような荒地でしょう。何か特別のガスのようなものでも発散するのでしょうか。そんな土地のことを天狗の畑とか呼んでいるではありませんか。」

「平根だか御代田だか、あのあたりの山の方にはところどころにありやしょうが、この辺のてえらにはごわしねえ」

というKの返事で、これによって或は地下から発散する何ものかの作用であんな奇現象が出現するのではあるまいかという仮説も成り立たなくなるらしい。やはり気圧の関係や空気の密度の差による現象かも知れません。

月の退きから幾分その兆候はありましたが、夜に入ってから霧が深く籠めとざしました。これはこの土地では春から夏にかけてはごくありふれた現象ではありますが、それでもその夜のように深いのはめずらしい方でしょう。濃霧を透してそそぎ入る月光のうるおいのなかに二つのぼやけた黒い影となって、わたくしはKとみちみち前述のような事どもを話しながら家に送られて来た。

家には予想のとおりTが茶の間でわたくしの帰りを待ち受けていた。わたくしはKをも強いてその席に請じ、彼をその証人として、Tにその夕方の風変りな途上所見を話題にした。

わたくしが強度の遠心力を発揮する高さ五尺六寸ばかりの回転する円筒で何物とも判断に苦しむ物体或は幻影と云い出した時、Kはしばらく考えていたらしいが最後に口を挟んでまたしても思いがけない明快な意見を開陳したものであった。

「先生、あれは、その、何でごわしねえか。土台石《どでいいし》の地面にめげ込んだお石塔ではごわしねえか。おら、そう見やしたが。」

という。彼もわたくしとほぼ同じものを見たことはこれで確実となった。そうしてあれをそう解釈する事は常識的（？）には或は正しいであろう。自分もそれに似たものというだけの証言ならば直ぐ与えてもよい。彼があの時呟いて「康安寺の址だ」と云ったのは、こういう見方のためであったらしい。

「それにしても何様《なにさま》のものか、世にもばかばかしく大きくひょろ長い墓石とは思いませんでしたか」

「だからでごわすわい。あれはやはり狐か狸か、いやあすこは水のねきだからカワオソでごわしょう。カワオソはよくよたずらをする奴でごわす。おら、そう気がついたから、組みついてねじふせてくれべえと飛びかかったら、そのまま消えうせおっただ。何であんなものがあそこに見えただか、きっと因縁《えんねん》もごわしょうに、今度年寄にでも聞いて置きやしょう」

と云って、Kは化けものにあしらわれてキリキリ舞いして息を切らした事などはぬきにして話していた。またその後、彼の所謂えんねんに関する報告にも接しなかったのは、商売繁昌の結果そんな閑問題を追及の暇も無かったのであろう。わたくしもそれを求めようともせず、周囲の事情のままに、その後急に東京へ引き上げる事にしてしまった。

「目も鼻もない白い大きな筒なんてのは不気味ですわね」

と女房が云ったのは、ほんのその場の相槌にきまっている。女房も多くの他の女性同様に怪物なぞは馬鹿にこそすれ、こわがるような女ではない。世の多くの女が怪物を怖いような事をいうのはしおらしく見せようという一種の見えに過ぎないのである。怪物は女に理解される事によってへたな人情噺と合体し子供に了解されるためにメルヘンになるものである。ともあれ、わたくしは妖怪の人間くさいのにくらべて変化の非人情が好きです。

女房の意見にくらべるとTは正直な小心者相応に、

「ものすごいというほどのものではないらしいが、それでもそんなのが道のなかに降って湧いて通せん坊をしたらあまりいい気持ではありますまいね。僕もかえりにはあの道を通らなければならないのですから、あまりおどかさないでください。」

「それほど気にする事もないよ、あれは周囲三尺ばかりを敬遠しさえすれば害を及ぼさない事は実験済みだから。」

「でもそんな変な代物と近づきが出来て、時々途上でお目にかかるようだとあまり有難い仕合せではありませんからね。」

Tの申し分はわたくしの内心の図星を指した観がないではなかった。明かに彼を与に怪を語るに足る人士と尊重する気になった。

「でえじょうぶ。あれはもう消えてしまいやした。おけえりの時には出ておりやしねえ。でもまだ気がかりならば、どうで一つ道でごわすわい。連れだってめえりやしょう。また出やがったら、今度こそ手ぬかりなく退治《てえじ》やしょう」

とKは威勢よく単純にTをなぐさめていた。TはKの言葉を頼もしいものに思ったものか、いつもの十時までの長尻をこの夜は特別に切り上げて、八時前にKの後に従って、

「いい月夜だ」

といいながら出て行った。

わたくしの東京引き上げの荷作りの手伝いの依頼に応じて来た時のKの話によると、その帰り道にはTもKも何ものをも見なかったとか。

Tはその後今もまだ、佐久地方から離れないでいる。この地に恋々としているのではなく、出京したいにも住宅はなく、また出京しなければならない理由もないためであろう。場合によっては東京潜入を敢行しないでもないから、住宅なり貸間なりを見つけてほしいと度々云って来ていたが、むつかしいと云ってやったら、近ごろはあきらめたらしく久しく手紙もなかったのが、この間めずらしく、今年はこの地も例年にない温気の上に降雨もなくこの村の田は困らぬらしいが山地の畑などは焼けて困っている様子であるが、褌裸一つでも居られぬ都下のアスファルトの歩道、バラック屋根の下の炎熱さぞかしと暑中見舞のおしまいに次のような事が書かれてあった。——

例の紅梅のある家の前の里道にこのほど陥没の個所が生じ、度々修理をしても続々陥没のため自転車の溝に落ち込むもの路上に跳ね飛ばされるものが頻々とあり、近ごろは農家の荷車の通行にも不便とあって大々的補修をしているうちに古井戸の不完全に埋められた個所であったと判明したという噂を耳にしました。尤も迂生《うせい》は大兄の下塚原御移動の後あの方面の地域には縁故絶無となったため、まだ実地踏査の機会もなく、問題の地点が果して、いつぞやお話の地点に相違ないかどうかも存じませぬが、いつぞやの異象の余聞として附記致し置きます。というのであった。

観潮楼門前の家――「青春期の自画像」より〈11〉

ともかくも一高受験という名目で家を出て学校の火事の翌年の三月末に再び上京した。それはちょうど「白樺」の創刊された年で、自分はその創刊号を神田で買ったのをおぼえている。今度は仮りの上京ではないし、先年その家の広さなども知っているのだから長江先生のお宅へそのままころがり込むのも遠慮しなければならないし、春月君と毎日顔を突き合している事も面白からぬ結果を生じるに違いないと思ったが、それでも折角の友達となるべく近いところをと思って、偶然見かけた団子坂上の観潮楼の門前にあった素人下宿の一室に受験生らしく神妙に机に向っていた。この下宿には大丸まげの美しい細君と小間使風の小ざっぱりとした若い女中がひとりいたが、それよりもこの家が評判の化け者屋敷であったと後に人から聞かされた。自分の住んでいた部屋が問題の場所だろうと思い当る節があったが余談だから今は云わない。自分は東京でそんないやな噂のある家に前後四回は住んだがこの家がその最初のところである。しかし化け者は自分にはいつも大した害を及ぼした事もない。或は自分が化け者以上に化け者のせいかも知れない。崖の下のへんな部屋ではあったが、東南が明るくひらけて下町の甍が遠く見渡され忍ヶ岡の桜も居ながらに見物出来る部屋が夜になると一種異様にさびしく、自分の部屋ながらひとりではどうしても入りにくいような感じや少々変った同じ夢を毎晩（と書きかけたら不意に電燈が消えていやな気がしたからこの話はやはりやめる）

自分は受験生という事にはなっているが受験の自信はまるでないし、毎日ぶらぶら遊んでいるのも具合が悪いから、前年あたりから好きになりはじめていた伊勢物語を反覆愛誦したり、カンタベリーポエットという五十銭本の小形の叢書のなかのハイネの英訳などを字引と首っ引きで読んだり訳して見たりして暮していた。らちのあかぬところは一町ばかり距たった長江先生のところへ行って教を請うが、これを訳文にして持って行くと、見る見る自分の文句の面影もなくなるほど立派になってしまうから、自分の訳とは思えぬものになったのをお手本にして、また別の短いのを今度は先生に英文の解釈だけをお願いして腑に落ちたところを誤訳のないようにまとめて見る。自分で課して毎日一二篇ぐらいはでかしていた。兄弟子気取の春月君がところどころの字句や口調などに手を入れて、口を極めて激賞してから、これほどのす晴らしいのがせめて五つ六つ出来たら河井酔茗氏か小林愛雄氏かに見せて活字にして貰えばいい。必ず喜んで載せてくれるから、そのうちに纏めて一冊にするのだね。尾上柴舟の「ハイネの詩」などよりこの方がずっと名訳だなどと無闇におだてて激励する。どうやら十篇あまり出来たもののなかから兄弟子が自分で五六篇抜き出したのを、そのうち自分のを持って行く序に見て貰って来ようと云うので頼むと、早速来月採用してもいいと云ったという返事で、訳の出来不出来に就ては格別の評もなかったが、一般の訳詩の注意としては、訳者というものは原詩とにらめっくらをして原詩が頭のなかにこびりついているせいで読者にもそれが判っているような錯覚を起す結果ひとり合点になりがちなものだから、いつも読者が原詩は一切知らない事を強く念頭に置いて一応は原詩を忘れながら訳筆を執る必要があろう。調子の流麗と一緒に原意の闡明を努めるために十分呑み込んだ上は原詩を一ぺん忘れるのが訳詩のコツではあるまいかというような意見があったと伝聞したのを今もおぼえていて、近ごろ訳詩をする時もよく思い出す。ところで来月採用してもいいと云った筈の訳詩稿は、来月はおろか来々月になっても出もしなければ、原稿も返って来なかった。春月君自身のはちゃんと出ている。少し変な具合であったが、春月君はすました顔をして酔茗は有名な放心家で忘れっぽい人だから君の原稿の事などは忘れてしまったのかも知れない。出す事を忘れているだけでなく、原稿まで忘れ無くしてしまわれては大変だから今度は思い出させるようにしようとにやにや笑っていた。その後春月という人がだんだん解って後は、あの時のハイネの訳詩も果して春月は酔茗のところへ持って行ってくれたものかどうか疑わしいと思っている。ともかくも吾が苦心のハイネの名訳は終に日の目を見なかった。それでも自分はこうして詩を作る方法を少しずつ学んで行った。まことに学ぶとは真似ぶことであるらしい。

これも面白くて読みやすいから、訳を試みてはどうかと先生はクリスチナ・ロゼッチの詩集などを春月君のいないところでこっそり貸してくれた事もあった。ウィリヤム・ブレークの詩を訳読してくれた事もあった。勿論、訳詩でなく自分で書いたものも多少は無いではなかったが人に見せるほどの自信もなかった。この頃自分の書いたものはみな小さなカバンのなかへ、わが愛したつぶら瞳の少女の写真や手紙などとともに大切にしまって置いたのに、それを預けて置いた友人の下宿が居抜のままで人に譲られた時自分の大切のカバンも行方不明になってしまった。ただ自分の記憶に残っていたもの、たとえば「夕づつに寄す」の如きは思い出して集のうちの幼き歌のなかに収めた。後年自分の大切なカバンがどこかから出て来る事もしばらくは夢想しないではなかったが、その後の震災や兵火などでわが記憶とともにもう完全に無くなったであろう。

観潮楼の門前の妖しい半地下室から地階の便所へのぼって行って窓外を見上げると観潮楼の階上の燈は終夜明るい。昼間は時に鷗外の軍服装などののぞき出ている部屋である。鷗外は今も毎夜終宵《しゅうしょう》読書していられるのであろうか。その後年久しくこの事を疑念に思っていたが、二十年後、拙稿陣中の竪琴の事で森於菟さんにお目にかかった時この疑念を打明けたおかげで真相を知り得たが、部屋はやはり鷗外先生の書斎に相違なく鷗外先生は終宵読書や執筆にいそしんで居られた。しかし鷗外先生は常にマントを召して、眠を催す毎にマントをすっぽり頭からかぶって枕の上に伏し眠り眠りが稍《やや》足りて眼をさまされるとそのまま再び執筆や読書をつづけて夜もすがらこれを繰り返す習慣であったと云う。古人平田篤胤などと同じやり方であった。

化け物屋敷一号——「詩文半世紀」より

青果（編集部註…真山青果）は相当に飲みながらも、足もとも確かに、きげんよく帰って行った。あとを見送りながら、書生の春月（編集部註…生田春月）は文壇の消息通らしく、田舎の文学少年わたくしにささやいたのであった——。

青果は小栗風葉のうち弟子で、風葉の戸塚の家にいるのだが、風葉のところはまるで文壇の梁山泊で、中村武羅夫など新潮系の豪傑がたくさん集まって飲んでいる。戸塚組というのだ。青果は戸塚組の頭株なのである。戸塚組も先生も同じ新潮社につながりがあるし、そのうえ先生が風葉を認めて「小栗風葉論」を書いているから、青果なども先生のところへ来るのである。

と説明したものであった。生田春月はゴシップ好きでいつもこんな話ばかりしたがった。先生の訳書ニイチェの「ツァラトーストラ」の校正を見たり、それを新潮社にとどけたりする仕事をし、また以前、というのはわたくしが前年の秋上京したころには、先生の世話で、新潮社が駿河台に事務所を置いて文章学院の名で経営していたところの通信教育による学生たちの文章を添削する仕事などをするかたわら、余暇には上野の図書館に行って勉強していたが、後には夜学に通ってドイツ語の勉強をはじめた。

わたくしの上京したころには、文壇にはもう住み込みの書生などはめずらしくなっていた。おそらくは風葉のところの青果、長江先生（編集部註：生田長江）のところの生田春月などがその最後の人々であったろうと思う。

先生の家は狭くて、いつまでも食客をしていることもできないし、先生の夫妻は歓待してくれたが、それが春月には気に入らぬらしく感じられるふしがあったし、わたくしは春月と気質が合わないことも気づいたから、幸いに先生の家からごく近いあたりに、手ごろな部屋が見つかったのをよろこんでその素人下宿に行くことにした。

その最初に住むようになった素人下宿というのが、観潮楼門前にあった。

この位置が第一にわたくしの気に入ったのであったが、路上から見るとただ普通の二階屋であるが、実は崖のかげになって路面の下にはまだ三層もかくれているという崖沿いの危っかしく奇妙な家の路面の下の一室がわたくしの借りた部屋で、西北側は崖や建て物のために全くふさがれている代わりには東南は全くうち開けて、不忍の池や上野の森や五重塔から桜の樹々まですっかり見晴らすというすばらしさ。それに窓から見おろすとこの高い崖の下は湿っぽい草原のせいか、広々と空地になって鶏やあひるが群れ集まって遊んでいるという東京市中には、今日ではもとより、五十年前にもめずらしい場所であった。近ごろ観潮楼址に行ってみるとコンクリート建ての学校敷き地となって、わたくしのしばらく住んだ危っかしく奇態な家ももう無くなってしまっていた。

その家は、むかし根津の遊女屋の寮として建てられたもので、遊女がひとりこの家で客と心中しそこなって死んでからは化け物屋敷として、しばらくは住む人も無かったのに、後にそんな噂などは気にしない人がこれを買い取って住み、部屋が多いから貸し間にしていたのだというが、いつも病人が出たり、何か不祥事があって、それらの貸し間には住みつく人がなかったと後に聞き知ったが、わたくしの住んだのもそんな部屋であったと見えて、わたくしはわけもなくわが居室に妖気を感じて夜などひとりわが部屋に帰ることが忌まわしく、後にはいやな夢を毎晩見るので、このすばらしい眺望と大丸まげの親切に美しいおかみさんのいる、そして長江先生の家も近いこの下宿には百日とは住まず、あまり健康な家ではないと気づいて移転した。

わたくしは化け物と縁があると見えて、その後も化け物屋敷と言われる家に四度住んだが、この化け物屋敷第一号が、昼間はふしぎに明るく最も魅力的で、夕方からは妖気がただよい、本当の化け物屋敷らしいものに思われた。わたくしが一高の入学試験に行くのがいやで、だましたのはこの家のおかみさんである。

この化け物屋敷のわたくしの部屋の背後の路面に出たところにあった便所の窓からは、観潮楼の二階の一室の鷗外漁史の書斎らしく思われる東向きの窓が、ま向かいに見えたものであった。

毎晩、便所に行ってみると、観潮楼の二階の窓からはいつも煌々たる電灯の光が洩れているのであった。読んでいるのだか、書いているのだかは知らないが、老先生はまだ、この深夜まで起きて何かして居るらしい。とわたくしは怪しむより先に、まず敬し、そうして驚いたものであった。

しかし、とわたくしはまた考えなおして見た。鷗外は毎日朝早く役所に出勤するはずである。たまにならともかく毎日徹夜するわけはない。或《あるい》は令息の勉強部屋ではあるまいか。この疑問は長くのこった。

近年、鷗外令息、森於菟博士に質してみると、わたくしの見た窓の灯はやはり老先生の書斎のもので、但し鷗外はいつも電灯をつけっ放しで外套を引っかぶって机にうつ伏せに眠り、眼がさめると読んだり書いたりするのが習慣であったとか。

怪談

私は以前そういう題目に相当興味を持っていたけれども、今ではどちらかというとそれほどにも思わない。それや無論、興に乗れば話し出す材料も多少はある——以前に人から聞いたり自分でも感じたりした（へんなものだからはっきりと見たとは言えないから）事柄も無いではないが、それを描き出して見るだけのパッショオンを今は感じない。

このほど、内田百閒氏の「冥途」という本を見た。実に面白い本だ。その本がそっくりそのまま当世百物語だ。不思議なチャムのある作品集だ。ただ私にとってはやはり少し古い気がする。といってその感じ方ではない。ただ取材が古いだけで、感じ方はむしろ斬新だ。あんな空気の世界をあれだけに表現する手腕が私にあったら、私も今何か面白いものが書けるのだが、どうも我々の筆は理窟にかないすぎていて百物語は書けない。

こんな話のうちで、私を一番脅かすものは分身——離魂病、ドッペルゲンゲルの話だ。自分自身とそっくり同じ人間がもうひとりひょっくり現われるという考えだ。雪隠《せっちん》の戸を開けていたら自分がしゃがんでいたなどというのは古くからある奴だ。これは人から聞いたことだが、彫塑家荻原守衛《おぎわらもりえ》が死ぬ時には、その一週間とか十日とか前から毎晩のように寝床の上を一寸とか二寸とかぐらいの侏儒《しゅじゅ》が、それもうじゃうじゃとむらがってまわり歩いて彼を悩したそうだが、その侏儒がよく見るとどれもこれも形が小さいだけでそっくりそのまま自分の姿をしていたという。どうもいやな幻影だと言って彼は彼の友人にこぼしたそうである。

ビスマークが臨終の床にいるという時にどことか新築の橋の上を歩いていたそうでそれを見かけて敬礼した人が沢山あるというのは有名な話だ。ところが私の父の分身が現われたという話があるのだ——「私の父が狸と格闘する話」という童話風の話を私が書いているが、あれは第一行目から最後の行までそっくりそのまま事実である。つくり事は一字もない。一口に言うと、ある月夜の晩に私の父が自転車で或る切り通しの坂道を越していて、そこで狸にとっつかまって狸と格闘をしたのだそうである。それをその坂道の片側町にいる人が、物音をききつけて障子の隙間から覗いていたという。この人は父が狸をねじ伏せて、自分も怪我をして自転車を引擦ったまま家の方へ引返したところまで見たそうだが、不思議なことには、もうひとり別の人がその坂道を通りかかって怪我をして自転車にすがって通る父を見かけたそうである。——この人はこの坂道とはよほど遠い場所に家のある人である。つまり、同じ事件のつづきが、二人の何も知らない人たちによって見られたのだ——もとより父はその晩うちでぐっすり寝入っていた。この話は二十年ほど前の事件で、私の町の人でまだ覚えている人もある。私にはどうも考えがつかないほどへんな気持をさせたものだが、今でもやっぱり考えるとへんである。

これは去年の初夏の話だが。——

ある素人下宿に私は二週間ほどいた。私の部屋は二階だがうす暗いし、私はそのころ殆んどその家では夜寝るだけであったが、或る日、稲垣足穂《いながきたるほ》などと同じ家の三階で話していて、夕方、散歩に出る前に自分の部屋へちょっと這入ってそのついでに戸をしめて置こうと思って何気なく障子を開けると、その廊下の戸ぶくろのところの柱に得体の知れないものがひっかかっている。ぶらさがっている。よほどくらい夕闇のなかをじっと見ていたが、どうも何とも見究めがつかない。私は急にこわくなって部屋からとび出した。稲垣と外にもう一人つれて来て、今度は電燈をつけて——さっきはあんまり慌てたので電燈をともしているひまもなかった——見ると、それは洗ってかわかした足駄のつま皮であった。何のことだと大笑いをしたが、私にはどういうわけか、さっき見た時には、それが足駄のつま皮などという小さなものではなく、といってそれほど大きくもなかったが、すくなくとも今考えて二尺見当の、もっとどっしりしたものがぶら下っていると感じられた。私は憶病な男だが、何がなんだってつま皮ぐらいなものでは飛び出しはしない筈だ。

その家は名うてのいやな家であった。人が三人とかへんな死方をしていた。私のいた部屋には首くくりがあったのだという。若しあの部屋で首をくくるとするとあの廊下のところなどが一番自然な場所のようであった。

私は憶病だ。子供の頃からそうであった。父は私をよくそのために叱った。「一たい何が出てくると思うのだ!?」と言ったものだが、私にはその言い方が子供ごころに不満でならなかった。出てくるものがわかっているほどなら何もおそろしくはないのだ。思いがけなく何かが出て来て、しかもそれがいつまでもどう考えても考えがつかない代物ででもあったら…………、この気持ちと理窟とは今だに私には消えないでいる。で、私は怖い。

化物屋敷

もう殆んど二十年の昔になる。記憶もすべて色褪《あ》せたが、その頃失敗つづきの結婚生活を一時打切って独身生活にかえっていた自分は弟の家に厄介になっていた。それまでにもう二度もその経験のある自分は弟の家庭に離縁ばなしが持ち上ったのを逃避して旅行に出てしまった。弟の離婚はその後とうとう実現されて彼等は家を畳む勢になった。その報告と相談とに対しては自分は好意ある冷淡以上のものを示す方法を知らないから、唯勝手にするがいいと捨て置いた。しかしそうばかり打捨てて置けないのは、自分の預けて置いてある荷物であった。ガラクタが相当カサ張っているのを持ち扱っているというから、近所の貸間なり下宿なりの一二室を借りるともそれで間に合わなければ小さな家を一軒でもいい適当にやって置けと命じたけれど、到底一二室位で納まりきらない。家を一軒となると荷物だけでは不用心だから留守番が必要だという。それでは当時沢山いた出入の青年のうち石垣にでも頼んで住わせたらと言ってやると、あんなズボラな連中に留守番はさせられないという。それでは何もかもたたき売って仕舞えというと弟は自分のも売ったが二束三文で惜しかったからやめた方がよかろうという。面倒だどうなりといいようにして置いてくれと言ってやると、最後に電報でともかく一度帰って来いと来た。こんなクソ面白くもない手紙の往復を重ねているうちに旅行予定の日子もすぎてはいるが、それを逃げた目的も達せずに帰るのはいやだし、自分が帰京してみたところで更に名案もないのだからカタヅカヌウチハカエラヌとすまし返って知らん顔をしていた。ガラクタの困ることは予めわかっているから旅に出る時にも売払ってしまうことを力説したのに、弟の家庭問題で田舎から出て来ていた姉が勿体ないを連発するのでツイ実現せずに来てしまったのだから、この方の荷物は当然姉に整理して貰える筈であった。あとの机のまわりのものは旅行前にも頼んで石垣がやってくれる事になっていたのだから、弟に電報を出すと同時に石垣にもハガキを出して且つは督励し且つは改めて懇願して置いた。

石垣からは四五日後に返事が来て「もういつ御帰京下されてもよろしい。お気に召すかどうかは存じませぬが御荷物は御姉上様の御差図によってさる家へ預け込みました。お机もともかく同じ家の静かな一室に据えて明窓浄机は既に先生の御帰京を御待ち致し居ります。左記へ電報を頂けば池田や東なども誘い合せて駅へお迎えに出ます」という文句であった。

石垣はお祭騒ぎの好きな奴だが、そうどやどやと出迎えられるのは迷惑ながら、誰かに来て貰わないでは自分の新居が判らないのだから困る。由来番地によって家を捜すのは容易に成功せぬ自分だ。幾人でも来たいだけつれて来るがいい。ひとりなら待たせては気の毒だが大ぜいなら一時間や半時待たせて置くのも構わぬし、代り番に旅鞄を運んで貰うという便宜もある。石垣もそのつもりであろう。

電報で頼んで置いたとおり二時半に品川に着いてみると、石垣は同勢を四人も引きつれて出迎えていた。池田、東、浜野、それに彼等の仲間で一二度は顔を見たがまだ名前をおぼえていない男まで加わっていた。景気づけに同勢を残らず狩り出して来たものと思えた。けれども石垣の説明を聞いているうちに、彼等は石垣の勧誘を待つまでもなく皆自発的に散歩を兼ねて出迎えたものと知れて来た。石垣に宛てた一本の電報はやがて彼等一同に宛てたものと同様の効果があったのである。というのは、彼等はみな石垣と同宿、つまりは自分のがらくたと同宿であった。というよりも自分と自分の荷物とは石垣の仲間が大部分を占領しているさる素人下宿の二室に引取られたもので、二室に納め切れないもののためには、それぞれこの人々がその押入の一部分を提供していることまで追々とわかって来た。弟の家の食客をやめた自分は、こうして自分の弟子と自称する一団の青年たちの同宿人になっていたわけである。姉はと聞いてみると、荷物の整理のため一両日は止宿していたが、それも片づくにつれて退屈になったらしく、自分の帰京を待ちくたびれていたのがいつ帰るやら当にはならないというので一昨晩自分の電報がとどくほんの少し前に帰郷してしまったという事であった。

自分は青年たちに促されて渋谷の駅に下車した。その素人下宿というのはこの場末の三業地の一隅にあるのだという事であった。絃歌湧くが如きなかに、北に筑波を西に富士を見晴す宏荘な三層楼だという石垣の説明は口調に少々道化があったけれども行って見るに及んで大して誇張のないものに思えた。一間の硝子戸を二枚入れた入口からそれにつづく二坪の土間、式台にまがう上《あが》り框《がまち》につづく廊下の広さなど、一目見るなり場所柄当然料理屋として建てた家とわかった。自分の部屋は二階だというから先ず自分の部屋を見ようと二階へ急いだ。入口の左手の壁に沿うて見える階段を上ろうとして自分は何故か先ずこの階段が面白くないと思った。それは地階から二階へ二階から三階へ登る二つの階段が一直線につづいていたためであろうか、別だん勾配が急というわけでもないのに眩暈を誘うような感じを伴うのが不愉快であった。その階段を二階まで昇ってみると間取の都合か何かで躍り場が頗《すこぶ》る狭い。やっと三尺あるかどうかが疑わしい程である。最もそのわきへ一歩ふみ出すと四尺幅の廊下へ出る。自分の部屋というのはその廊下づたいに三階へ昇る階段の裏手にある六畳の一室であった。雨戸を〆切ったうす暗いなかに雑然と荷物を投げ込んであるせいか陰気ないやな部屋である。もう一間というのは廊下をへだてた向い側で姉はそこにいたとかいうが、二つとも似たりよったりで明窓と浄几とを何れにか求めんと叫びたくなるような情けない気がした。

「あきまへんか。」

と石垣は素早く自分の顔色を見てわざとトボケタ口調である。何れは仮りの宿のつもりではあり、註文も文句も一切言わないという条件で探させたのだから自分は不満を抑えている外はなかったが、先刻この家の表へ立った時から起っていた腹立しいとも情けないとも訝《いぶか》しいとも言えない強いてこれを言えばそれ等の諸感情を打って一丸としてその表面をさびしさで塗りこめたような心持が刻々に迫るのを感じた。そうして日頃はそんな気持もあまり起らないのに、姉や弟などに会いたいような切ない気がするのであった。やはり旅の疲労でもあろう。

「ちと陰気だね。」

と自分がひとりごとに呟いたのを石垣はすぐ耳に入れて、

「三階ならばお気に召すかも知れませんね。まあ御覧になってください。どこの部屋でも御気に召したところがあったらお取り代えします。はじめから皆そのつもりですから。」

自分は大した期待をも抱かなかったが、とにかく石垣の後につづいて三階へ上って見た。ここは今までの陰気なへんな心持を一掃するに足る明るさであった。わけても池田と浜野との二人が占領しているという表の八畳は高台の上にある三階だけに石垣の言葉のとおり北に向った一間の縁側がすばらしい見晴しであった。雲烟《うんえん》につつまれた地平線上に筑波かと思われる山が見えてその間の平地に起伏する丘や山林などが折からの夕日に浮き上って見えるのであった。夜になるとその地平のところどころに灯影も星のように見えるというのであった。その風景の上を吹き過ぎて渡って来る風もこれから盛夏に入ろうとする今貴重なものであった。この縁側に籐の寝椅子を置いて昼寝を貪ったらよかろうと大へん気に入ったけれど、池田も浜野も気に入っていると聞くと彼等の先取権を無視してここを占有しようという気もなくなった。その代り時々ここへ遊びに来て自分の部屋同様に使うことにしよう。そのうしろの八畳というのは自分の部屋のすぐ上に当るところであるがこれも表ほどではないが、梧桐の梢を南の窓に見る悪くない部屋であった。これは冬になったら好もしいに違いない。夏は池田の部屋をそうして冬は東のこの部屋をわが物顔に使う特権を自分は身勝手に決めた。石垣はわが身に迷惑のかからぬ事だけにすぐ賛成の意を表したばかりか、彼等には石垣から然るべく申込んで置くとさえいうのであった。最後に行ってみたのは階段の上り口に近い石垣の部屋であった。北と西とに窓を持った六畳であった。彼が机を据えた窓の外には富士山が小さく見えていた。石垣は俗っぽいショオもない山だと吐き出すように言った。自分は石垣の机の側に座を占めて、彼を相手に旅の話などをして聞かせて、皆がそれぞれ自分よりいい部屋を決めてしまっている不平などをなるべく言わないでいた。人のいい姉が石垣にでも言いくるめられて悪い部屋を押しつけられ、どうせ荷物を入れるのだからどこでもいいことにしたのであろうと思った。それにしても自分の部屋の陰気さが今だに頭にしみ込んでいて消えないのは不思議であった。

「君この家はどうもちとへんな家のような気がするけれど別にかわった事もあるまいね。」

と自分は石垣に聞いてみた。

「イヤデッセ、センセ。おどかしちゃいけませんよ」と石垣は例によって道化た口調であったがそれを改めて「どうしてそんな気がしましたやろ――明るい気分の家やありまへんか」

と関西訛をまる出しだけれども口調だけは真面目であった。

「どうしてだか理由は自分にもわからない。しかし第一印象がどうもよくない。玄関から高い長い階段を見上げた時はいやな気がしたよ。それから二階の部屋へ行ってみるとあまり陰気でね。――三階はそうでもないが。三階はいい部屋ばかりだね。それが一層おかしい。みな相当な部屋だし家全体だってそう古びても居ないではないか。」

「二階の陰気なのは〆切って誰も住んで居らなかったからではありませんか。それにこの家では二階が一番人口が少いのですからね。――三階が四人、下が三人、二階が今までは二人、いや一人半にも足りませんか。」

蛍籠のように四角な家が同じ坪数を三重に積み上げた建物だけに各階の人口を論ずるのは石垣特有のおかしみがあった。それにしても、

「ひとり半にも足りないというのは？」

「小さな子供とお母さんとがいますが、親子とも不具者です――そやな、あの母子はちと陰気やな（と石垣はしきりと自問自答して）先生のお隣りの部屋ですが、五つになってもまだ口を利かないという子供を育てているびっこの後家さんです。後家さんやともいうし、亭主がほかに女子をこしらえたんで別居しているらしいともいう。どっちやがほんまやわからへ

ん。」

「年は。」

「まあ見たところ三十五六か知ら。」

「顔立は。」

「アキマヘン。テンとアキマヘン。」

と石垣はアッサリ無慈悲な一句で評し去ってバットに火をつけている。

「皆ここに来て十日位にはなるのだね。誰も今までに僕のような感じを持ったものはなかったかい。」

「別にそんな話出た事はありません。」

「それなら別に気にすることもないね。」

「ただ僕一ぺんおかしな事ありました。越してきて二日目か三日目か知らの晩でした。こうしてここへ坐って原稿書きで徹夜していますと、何やあそこのふすまがそっと開いたような気がしたのでふりかえって見たら誰も居らしまへん。でも誰やら僕のところのぞいてから梯子段を下りて行ったものがあるような気がしてならんので、気をつけていましたけれどそれ切り誰も上っては来ません。おかしいなおもうて、池田の奴でもフラフラしおって、下の後家さんのとこでも忍んで行くのに様子伺って置いて行きやがったのかいな思うたりして、朝になってからゆうべ誰ぞ僕の部屋のぞいてから便所へ下りたものないか尋ねて見ましたけど、誰もそん者ありゃしまへん。そうか。そやったらついそんな気したのや言うてすましましたけど、ちとへんでした。へえ、その晩きりです。」

石垣とそんな話をした翌日だか翌々日だったか忘れたが、やはり夕方まで雑談をしていてから急に皆を誘うて散歩に出ようという気になった。この間迎えに来てもらったお礼をせずにいたのを思い出して一緒にビール位飲もうかと思い立ったのである。浴衣でも着かえ直そうと思って自分の部屋へ行った。夏の夕方、外はまだ明るくて部屋の内は暗くなっている時刻である。つかつかと自分の部屋へ突進して行った自分は、南側の障子の外に何やら黒い影がさしているに気がついて、その方へ進んで行って障子を明けて窓の外を確めてみた。出窓のようになっている外枠の上にぶらさがっているものがある。正体を見きわめるひまもなく自分は部屋を飛び出してしまった。浴衣を着かえるどころか明けた障子を閉めるだけの余裕もなかった。三階へ駆け上って行くと青年達は自分の様子を見て驚いたらしく、どうしたか、どうしたかと詰め寄るのであった。自分の顔色が蒼白だというのである。自分は自分の部屋の窓に正体の知れないものがぶらさがっているのを見たからだとありのままを話して石垣や池田や東を連れてもう一度部屋のなかへ入って見た。部屋の電燈をともしてもう一度皆揃って見直すと何の事はない。そこにぶらさがっていたものは足駄の爪皮がゴムのところを釘にひっかけてあるのが夕風にゆれているだけの事であった。人々の笑うのはもとより自分も自分の臆病がわれながらおかしくもきまりが悪いので困った。しかし自分の見たものは最初障子に映っていた物影は勿論、障子を明けて見直した時にも、もっと大きなものに思えたのである。その晩自分は石垣にさんざ冷かされながらも彼の部屋へ寝させて貰って一夜を過した。この事があってから後は自分は全く怯えてしまってどうしても自分の部屋でひとりいる気がしなくなってしまった。じっとそこに落着いている間はまだそれほどでもないが、室の外にいて自分の部屋へ帰らなければならないと考える事のさびしさが我慢の出来ないものであった。いよいよ自分の部屋へ入る段になるとどうしてもひとりでは入れなかった。人々を同伴して入る時でさえもそれは自分の居室へ入るというよりは何か他人の密室へ侵し入るような緊張した不気味なやましいに似た気持がしてならないのであった。自分の今迄の経験によると化物屋敷に共通な恐ろしさは帰って行く時のこの気持の一つにあるような気がする。そうして人恋しく同伴の人をいつまでも引きとめて置きたい。自分の部屋以外のところで人々と一緒にいたくてならないという妙なさびしさだけである。自分は終に二階の自分の部屋で生活することをやめて三階の石垣の部屋に同室することになった。そうして半月ばかり居る間に三階の連中に異変が生じて来た。先ず池田の部屋の同居人の浜野が精神に異常を来たしはじめた。武蔵野一帯はどこを掘っても人骨だらけである。考古学上の大発見をしたと言って牛の骨か何か拾って来たのがはじめであった。犬のくわえていたものか何かであったろうそれが今度は猫の頭の骨を捜し出して来て、人間の髑髏だと主張して聞かないばかりか、その髑髏を抱いて東の部屋へ侵入してそこの窓から梧桐の葉越しにその髑髏を裏の家へ投げつけようとするのであった。それをなだめすかしてやめさせると、髑髏がいけないというならばというので路傍から石臼のかけを拾って来た。並大抵の力では両手でも持ち上げられないのを彼は細腕の片手で持ち上げて礫のように窓外へ投げようと身構えするのであった。我々は持てあまして電報で父兄の上京を促した。医師の診断の結果は当分病院に収容する必要があると認められた。次には平生病弱な東が、朝夕微熱を発していたのがまだしもせぬうちに喀血したとひとりで騒ぎはじめて人毎に衰弱を訴え、早晩生命はあるまいその証拠には毎晩就眠前に自分が映してみる鏡には自分ではない見も知らぬ蒼白な顔が映ると主張するのであった。これもどうやら精神状態が異常と思えた。

これ等の騒ぎが引きつづいて起りはじめた頃、或る晩石垣が下の主人の伝言だというので自分を茶の間へ呼びに来た。主人と主婦とが自分に相談があるというのだそうである。この時、石垣からはじめて聞いたが、本来この素人下宿の主婦というのはこの土地の芸者であるが、亭主持ちの中婆だから月に一度か二度ぐらいしか座敷がかからないので内職に素人下宿をはじめた者だという。はじめは東の知人から紹介されて、自分のガラクタが二室なり三室なりを占領するならその荷物の預り代だけでも借りられる適当な家の心当りがあるから、序《ついで》に若い元気のいい連中を四五人も好意的に世話したいという話と主婦が中婆にしろ何にしろ芸者というのに好奇心を動かした青年たちの同志が四人出来たのでこの素人下宿ははじまったわけであったという。つまり自分のガラクタ保管料だけで家賃が出るというのだから曰く附の家に相違なかったのである。この婆芸者は界隈で名うての家に目星をつけてそれの利用方法を案出したわけであったと見える。おやじの奴はもう恐縮し切って閉口していますよ。そうして第一印象で怪しい家と見て取ったと話したものだから、先生の御眼力には全くおそれ入りましたよ。かみさんもこのごろは毎晩恐ろしがって泣いているというのです。どんな話ですかとにかく一度行って見てやって下さい。おやじの奴畳に頭をすりつけて拝まんばかりにしていますよ——というのが石垣の話であった。

階下の階段下の茶の間へ行ってみると四十五六と見えるおやじが晩酌を一本やったとかで

赤銅色になっているのが自分を見るなり平身低頭して、

「御免下さいまし、こんな色をして居ります。あまり陰気くさいので気散じに一杯やりました。それに素面では何分申上げにくうございましてな。先ず第一にお詫び申上げなくちゃなりませんが、さすがは先生の御眼鏡は違いますな——どうしてこの家を怪しいとおにらみなさいましたか。」

「外《ほか》ではないよ。場所柄ではあり建物の造りから言っても立派に待合なり料理屋なりに使い道のある家を素人下宿などにつぶして使うというところにどうも曰くがあろうかと思っただけの事でね。」

「成程、なるほど。おそれ入りました。全くお言葉のとおり。まるで使い道のない曰く附の家でございまして一月でも二月でも住んでさえ貰えばいい永ければ永いほどいい住んでいる間はいつまででも唯で貸せるという話を聞き込んで来て嗅が家主さんに確めるとそれに相違ないというのでその気になったものです。尤《もっと》も外に方法もありませんでしたし、泥棒や欺偽をするよりは増しだと思いましたからね。わたしはこれでも陸軍の軍曹でしてな、三十七八年の戦役にも第二軍に従軍しています。化物屋敷などは糞とも思いません。それにおいでになって下さる方が皆さん教育のある若い元気な方ばかりが揃っていらっしゃるから神経に病む方もあるまい。賑やかで気が強いと噂なども実ははじめ喜んで居りました。ただ女中がいつかないのに困りましたな。どこからでもすぐ聞かされて来ますからね。今までにもう四五人も変りました。どれも三日とは落ちつきません。三日居た奴はきっと三日目に近所で聞き込んだので聞き込むと直ぐ逃げたのでしょう。それで噂は女中も置けないで皆さんの御用やこの広い家の拭き掃除まで一切自分の手でやるのはかなわない。もう早くやめさせてくれとせがみますが、勿論おまんまを頂くにはそれ位の苦労は何でもあるまい、お前もおさんになったと思えば何でもあるまいと叱りつけて居ましたが、仕事が苦しいところへ気を病むせいか体がだんだん悪くなって来ましてな。尤も噂やわたしに祟る分には致し方もございませんが、浜野さんや東さんのような事がひきつづいて起るようでは何とも申しわけがございません。何を迷信がと考えていましたがこう顕が見えて来てしまってはかないませんから、実は今日、易者のところへ行って相談しましたが、こちらが何も言い出さないうちにお前さん住いの心配で相談にきなすったなと来たのにはすっかり参りましたよ。その次の言葉は、いけねえ早く越しておしまいなさいですとさ。お前さんはよっぽど強い星に生れついて来ているからいいようなもののお神さんなぞはもうそろそろいけなくなりかかっている。一時も早く越してしまわなければ住まっている者全部、弱い星の者から順々に皆駄目ですぞ。お前さん知るまいがお前さんのいる家には死霊が二つも三つもついているから到底かなわないのですとさ——お前さん知るまいがだけはさすがの易者先生図星とはいきませんでしたね。こちらが万事呑込んでかかっているとは見抜けなかったのですね。それはともかくも言う事が一々思い当るので、わたしももうこの家は切り上げる気になりましてね、すぐその足で二三軒さがして置いて来ました。実はそれに就て先生にお願い申したいのは外でもありませんが、今度こそはレッキとした家をさがしますから、こんなインチキおやじでも愛想をつかさないでおつき合い下さいませ。今までどおりお荷物をお預りしたり先生やお弟子さんたちのお世話をさせて頂ければ地道に致しまして夫婦だけの口すぎには足りるからと嗅が厚かましいが打明けて先生にお願い申してみようと申しますので、皆さんさえ御承知下されば一日も早い方がいいから今日見て置いたうちのどちらか、皆さんにきめて頂いてお気に召した方を明日にでも取り決めて引越しさせて頂きます。それはもう何もかもすっかりわたくしどもでいたしますとも、皆さんにはお体だけ先にお運び願って向うで待って居ていただくだけの事というので自分も大たい賛成したところへ、隣室で鏡に向って髪をなでつけていたらしい主婦が顔を出した。婦人病のうえに腎臓でも病んでいるかと思えるような蒼白な顔が冬瓜のように腫れぼったくむくんだ四十女である。主よりお聞きのとおりまことに申わけのない次第と手をついて詫びるのをいいかげんにやめさせようと、それでこの家の因縁というのはと問おうとすると、その話はここでは口外するのも怖ろしいから、新らしい家へ越してからゆるゆる申し上げることにいたしましょう。たとい一晩でもここにおいでになる間にお聞きなすってはお気持がよくございますまいからというのであった。

翌日我々はこの高台の三層楼を逃げ出した。口の利けない子供を持ったびっこの女だけはいずれは空いている部屋があったのだから一人でも人数の多い方が賑やかでいいと罪ほろぼしに金を取らずに置いていたのだけれど、今度はもうそれも出来ないというのでこの母子の世話は断り、病人の束の代りは石垣が誰か別につれて来た。主婦の顔色は急には直らなかったけれども女中を置いて気楽そうに養生していた。家賃を払わない家に五人の下宿人を置いて自分の荷物の二室も二十円やそこらは払っていたのだから、今度の家の敷金の外に多少の貯金も出来た道理であろう。

化物屋敷の由来というのを聞くと、あの三層楼はもとあの土地の眺望に見込みをつけた人が、料理屋として設計したのが身の程に過ぎたものになって工費の手詰りから工事中の建物を抵当に地主（家のうら手にある）から工面をしたのがもつれのもとになって、工事落成とともに景気よく開業したところへ押えられてしまったとやらでそんな紛糾から普請主は逆上して家にけちをつけてやろうと三階の筑波を見晴らす縁側で割腹して死に切れないで階段を四つん這いになって下りたとか、その細君と割腹した主人の弟とがどうとかいう噂があったのが、そのうちのひとりはまもなく病死し、後のひとりは縊死《いし》したとかいうのであったが、詳しいところはもうおぼえてはいない。

月光異聞

その家というのはフランス革命まえにさる貴族が住んでいたという由緒のある——当時はさぞかし立派なものであったろうと偲ばれるような煉瓦造なのであるが、街からはかなりに不便な郊外にあり、それにもう室《へや》などが古くうすぼけているというので、今ではただ普通の人が住んで、その数多くの部屋を人に貸しているのである。ところがそのうちに、いつも窓の鎧戸《よろいと》がぴったりと閉されて、扉にかけられた鍵の金具にも幾分か赤くさびが出ている一室がある。言うまでもなくその一室は久しい間使用されていないのである。わけはと言うに、こんな古めかしい大きな建物によくあるように、その室《しつ》にはあまり気持のよくないというわさ

――幽霊が出るという噂が立てられているのである。そうと言って別に誰《たれ》もまだその正体をはっきりと見たものはない。その室《しつ》を借りたもので一週間とは、つづけて住んだ人はない。その室に寝たものは夜中になるときっと何者かのために目をさまされるというのである。それもなんだか眠いようであるし、それでいて眠られないようなへんな心持になって、窓も扉も閉め切ってあるにかかわらず、頭のうえを風がすうすうとおったり、自分のそばに誰かが来て立つような気がしたりして、どうしても落ちつかれない。が、さて灯をつけてみると格別にかわったこともないというのである……。

こんなわけで、その話を耳にしたこの家に住んでいる元気な人たち――おおむねは若い音楽家や画家であるそんな物好きな連中が、それをためしてみようと思って、好んでその部屋に寝たこともあるが、その話は正《まさ》しくほんとうであった。で、その人たちはおどろいて次の朝になると、あるいはその室《へや》の位置、構造、またずっと昔にその室《しつ》に住んでいた人のことについていろいろとしらべたりさぐったりして、その不思議の起因をつきとめようとしたが、そのいずれもまったく煙をつかもうとするようなことに終ってしまった。次の夜、その人たちはさらに勇気をつけさらにはっきりした頭を持ってその室《しつ》に寝た。が、やはり前夜と同じことで、散々におびやかされたそのあげく、それをどうすることも出来なかったのである。

しかし、その人たちはいずれもなかなかの負けずぎらいな男であったから、こんどは昼のうちに充分に眠って、夜に自分の仕事をやってみようと思った。で、三日目の夜にその方法をやってみた。それもやはり同じことで――ランプをともして、さて仕事をしようとテーブルによりかかると何ということも出来ない不安におそわれて、五分間とはつづけてペンを持ったり読書のページに目をそそいだりしてはいられないのである。さらに忍んでやろうとすると、後の方に誰かが立ってじっと肩越しに机の上を見つめたり扉のそばへさわさわと衣ずれの音がして客が近づいたけはいがしたりして、さらに注意を散らしてしまうのであった。

こんな夜が二三度もつづくと、もうどんなに物好きな人でも、この上にその無気味な夜をかさねてみる気はしなかった。そしてさきに住んでいた人と同じように早々《そうそう》にその室を引きはらってしまうのであった。こういうわけで、これという理由もなくただお化けが出るというので、またそこに寝なければ何のかわったこともないのであるから、その室はそのままに放ってあった。そして人たちは「あそこには影が住んでいるのだ。」と言い合っていた。

さて、この室の二階に、やはり画家である二人の若い男が住んでいた。この二人はよく画家がそうであるように、ごたぶんにもれず貧乏であった。と言って初めのうちは決してまだそれほどでもなかった。一週間に一度は人なみのにぎやかなところへも出かけて、人なみのにぎやかなことも出来たのである。が、やはりごたぶんにもれず金のことにはやりっぱなしであった。そうして近ごろはいよいよ財政が窮迫して来て、さすがに呑気《のんき》なボヘミアンたちも、こんなふうにして金を使ってしまうと、もう画の具も買えなくなるかも知れないと柄にないしかし尤も至極な心配を初めた。そうしていまさらにあわてて、柄にもにずこれから一たいどうすれば出来るだけ生活費の節約が出来るかということについて、まったく言葉通り真面目に研究をやり出したのである。「使えばいくらあっても足りないのだから――」こんな殊勝なことをおかしげもなく言ってうなずき合った。

尤も、こういうことは、彼等の仲間にはあたりまえのことで、そんな時、彼等はもっと安い宿にかわり、でたらめのポスターや画かんばんや、そのほかのいいかげんな図案の注文を取って生活を立てるのが常である。で、この時も二人はそんな方法をいろいろあれかこれかとめぐらしてみた。そしてまず第一に彼等のいま住んでいる部屋――それは貧しい二人に不似合であり、彼等もまえまえからそうは思っていたもののついそのままにすごして来たその室を引きはらって、もっと安い、ほんとうに不遇な天才たちにふさわしいような室をどこかに見つけようと相談した。その時にふと思い当ったのは、お化の出るという室のことであった。

「そいつはいい考えだ！」

一人は手をうった。

「あそこならいい。あそこなら無料だって貸してくれる。それに広いし、アトリエには持って来いだ――」

一人はつけ足した。まったく、貧困した二人の画家が「影のすまい」に引きうつって画を描くとは何というローマンチシズムだろう！ 二人はさっそくに階段を駈け下りると、そのうまい思案を主人に相談した。この家の道化役である二人の如何にも考え出しそうなその申し出を聞いて、きさくな主人はただ笑いがおでうなずいた。――「まあ何とでも好きなようにやってみるんだね。」

さて、そうとなってみると、如何に冗談《じょうだん》の常食家である二人でも、すぐその日から幽霊の出る部屋へうつる気はしなかった。もうかれこれ五時に近く、日脚《ひあし》もだんだんかげろいかけていたし、なんだかへんに不安にもなって来たのはほんとうである。で、二人はしばらく思案がつきかねたように、幾分かは疲れていたのであるが、むかい合ったまま黙っていた。

「ともかく今夜、夜中にあの部屋をのぞいてみて置くのも一策だろうぜ。」

だんまりこみからのがれようとするように一人が言った。

「だってあそこは何も目に見えるようなものは出ないんだからな。」

「いや、外からこっそりとのぞいてみれや、あちらだって油断しているしさ。何か見えるかも知れない。」

話しているうちに二人の心のなかに好奇心がぞくぞくと起って来た。そしてこんどは部屋のことより、お化の方に大へんな興味がのって来たのである。そこで二人は机の引きだしから錐をさがし出すと、それを持って「影のすまい」の扉のまえまで出かけて行った。そして、まるでシャロック・ホームスかアルセーヌルパンにでもなったつもりで、一人は注意深く錐のさきをグッと扉の板に刺しこむなり、キリキリともみ出した。厚い扉の板に八分の一吋《インチ》ほどのさしわたしの穴が明いてしまうには、かなりに苦しい時間がかかった。――かわるがわるに二人は手首の痛いのを辛抱して錐をもみこんだ。穴はとうとうあいた。錐の先はつきぬけた。

「さああいた。――かまわないだろうね。」

ほっとして一人はふりかえった。

「かまうものか！　こんな穴ぐらい――。」

一人は答えながら、口さきでぷうと木屑をふきはらって、その小さい錐の穴をのぞいた。

そこはまっくらで、左の方の壁にある二つの窓の鎧戸から、かすかに光がもれているだけであった。

「これで大丈夫。」

その穴をたしかめてから二人は部屋へ引きかえした。

さて、その夜中すぎである。さすがにドキドキする胸をおさえながら二人は「影のすまい」の扉のまえに立った。そして身をかがめて、そうっと錐の穴からうちをのぞいた。

どうであろう!? 不思議も不思議。その部屋の閉されてあった筈の窓がみんな明け放されて、そこから青い水のような月光が一面にさしこんでいるではないか、そしてまんなかに、ちょうどよく当時の風俗画にあるかの帝政時代の流行かと思われるような服をつけた一人の老婆が、立ってせっせと箒で床を掃いているのである。――そこにはまた、やはりルイ十四世好みとでも言いたい戸棚や、鏡や、テーブルや、椅子や、壁飾りのある立派な部屋になっているのであった。あまりの事に気がぬけたようになって、息もつかずに見つめていると、その老婆はぼつぼつとこちらの方へ掃きうつして来るのである。そうしておぼえず身を退《しりぞ》かした位、二人ののぞいている扉のそばまで来た。シュシュと箒の床をかすする音がかすかに聞える。と、ふと老婆は床のうえに落ちている何かを見とめたらしく目を落した。錐を使った時にこぼれた木屑であるらしい。老婆は身をかがめて、なおも専念に目をそそいでいる。さて合点のつきかねたようにくりかえし見かえすのであった。それが稍《やや》しばらくつづくと、とうとう思いなおしたようにくるりと向をかえて、こんどは二人の方へ背を見せると、老婆はその木屑をも合わして掃き出した。窓ぎわの方へである――。その歩み方というのがまた実に遅い。同じような姿勢で、同じような動作をくり返して、まるで時計の振子がゆれているようである。時々、何でも深いといきをするような様子もあった――二人はかわるがわるただもう一心に見つめていた。ふと気付くといまのさっきまで床一ぱいにひろがっていた二つの四角い月影はだんだんと菱形に、いびつにかわって来て、壁を這って天井にとどきそうになっている。月が落ちるのだろう――。そう思って見かえすと、もう老婆がいつの間にかなくなっている。それも突然ではない。だんだんとやっぱり振子のようにゆれながら、その広い部屋にさしこむ月の光と、影とが織り出しているかすかなさゆらぎのなかへとけこんで、初恋の人の写真のように褪せて行き、はやりすたった小唄のようにかすかになったものらしい。まあ、そうとしか思えない……。明方のツアイライトがさす冷たい廊下で、二人の画家は夢からさめた人のようにほっとして顔を見合せた。そうして、一言も口をきかずにこそこそと帰って行った。

昼近くなって二人は目をさますなり、下へ行ってことのあらましを主人に告げた。そして、あっけに取られて半ば自失している主人の手から鍵をもぎ取るように取って、「影のすまい」へ這入《はい》ってみたのである。くらやみのなかで、長い間閉されてあった窓がギーッときしみながら開いて、明るい日光がぱっとさしこんだ。どうだろう！　床の上にはきれいな箒の目がちゃんとついているのだ。正しく――。目につく塵一つも見出されない。まったく何にもない。がらんとした広い床の上に当っている日ざしが、うす暗くくすんだ天井の方へ照りかえしているきりなのだ。

「やっぱり何にもない昼だなあ――」

いまさらにおどろいて一人は言った。

「たしかにごたごたとあったのにね……」

「どんなものですって！」

後《あと》について来ていた主人が口をはさんだ。

「戸棚やテーブルや胸像や、何しろ一目ではきちんとした部屋であった――すこし古風な住居だった……」

うけ答えながらどう言っていいか困ってしまった。まったく二人は、青い月の光のなかにいろいろな家具や、装飾を見たのである。それらがどの位置にどんなふうにあったか、それも頭に残っているのであったが、さて言おうとするとまるで霧がかかったようにぼんやりとしていた。

「老婆が見えたって!?」

あちらの室からも、こちらの室からも人が集って来た。

「ええ、そら何と言いますかね。昔のそら——芝居のコスチュームにあるような、こんな恰好した服をつけているのです。」

こう言いながら画家の一人は、指さきで裾のばかに広がったその服の形を描いてみせた。

「僕は若い女がかがんでいるのだと思ったがね。」

「いや、婆さんだったよ。たしかに——。若い女だったら、あんな黒い服を着ているわけがない。」

「いや喪服なんだ。あれや——」

この点については二人の画家の観察は一致しなかった。人々は、錐の穴からうかがわれたその不思議な光景についての対話を一々耳をそば立てて聞いていた。そしていろいろな取沙汰が出た。なににしてももう一度はっきりと見よう。こういうことに話はきまったのである。

その夜中になった時、「影のすまい」の面している廊下にはポッという音がして青い瓦斯燈がともった。そうして十人ばかりの足音をしのばせた人々が、二人の画家を先頭に錐の穴をのぞこうとして扉に近づいた。

「おや、これやまっくらだ――」

一番さきにのぞいた画家がささやいた。

「たしかに見えたが――」

次の画家はこう言いながら、かわってのぞいてみたが、いかにも今夜はただまっくらであった。人々はかわるがわるにのぞいた。が、やはりそこはまっくらであった。

「こんな大ぜいだからかも知れない。」

首をふりながら画家の一人はつづけた。

「ともかく後で、私たち二人でのぞいてみるから、諸君は一まず引きあげて下さい。」

それで皆んなは、各々の部屋にかえって待つことにした。そして瓦斯をけした。それこそまっくらい廊下に、二人はしゃがんで、息をこらして待っていた。半時間近くもたった。が、やはりその穴からは何にも見えなかったので、とうとう二人も辛抱をきらして引きかえした。

やがて夜があけた。そこら中が一面に明るくなった。待ちくたびれて眠ってしまった人々は画家の部屋に集った。そうしてやはり二人を先頭にしたその一隊は、どやどやと廊下を歩いて錐穴のある扉のまえに来た。カチッと鍵の音がして扉が開いた。ところが!? その開かれた扉の裏がわに、ちょうど錐の穴のところに、蠟燭の蠟がとかしこんでつめてあった! 誰もいない——しかし「影のすまい」であるこの室の内がわからである。

こんな話を子供の時分に何かの本で読んだような気がする——何でも、この「影」はこうして毎夜部屋をきれいに片づけて人を待くたびれているのである。それほどまでに待たれている人というのは、彼女の夫かそれとも息子かで、革命の当時に市街戦で殺された人である、とか何とかいうような説明も書いてあったようである。しかし私は思う——この話は、ただ月が下りて来て、——荒廃した心や、荒廃した場所などのよき友である心のやさしい月が下りて来て、住む人のない部屋をこうして時々掃除するのではないか。そうしてそれを時たま見た人があるというまでではないか——そのほかのことは皆んな牽強附会のことではないだろうか。が、そんなことはどちらでもいい。この古風な話はいずれはでたらめらしいから。

あじさい

――あの人があんなふうにして不意に死んだのでなかったら、仮にまあ長い患のあとででもなくなったのであったら、きっと、あなたと私とのことを、たとえばいいとか決していけないとか、何かしらともかくもはっきりと言い置いたろう……わたしはどうもそんな気がするのです。でも、あなたがあれから七年も経つのにどうして今日までひとりでいらっしゃるか、またわたしがどうして時々お説教を聴きに出かけたりするような気持になったか、そのわけをあの人は、口に出しては言わなかったけれどちゃんと知ってはいたのですものね。それならばこそ、私を一そうやさしくもしたのでしょう。そのことを思うとわたしは、それだけにまたどうしていいか心が迷うの。そうしてわたしとあなたとがこんな話をしていることも、またこんなことを思って見ることも気が引けてならないのですわ……

そう、今のさっき目に涙を溜めながら女の言った言葉を、男は、自分の心のなかで繰返して見た。そうして、女がどういうわけでそんなことを言うかという心持が男にもわかるように思えた。それにつけてもあの時から言おうか言うまいかと思いまどうている事を、今も、女に打開けようかどうかと考えたりする。それは、——全く、私はあののち幾度あの男が死んでさえくれたら。……と思った事があるか知れないのです。あなたの夫があんなふうにして溺れ死んだその瞬間にも、私はもしかすると遠くで何も知らずにではあったが、それを思いつめていなかったとは言えないのです。実際、それほど度々私はそのことを思ったのだから。男が言おうか言うまいかとしている言葉というのはそれだけのことである。

六畳の仏壇の間に、蒼白くやつれた病児——六つになる女の子の枕元から少し距れたところに女は坐っている。さっきから極く低い音で三味線を弄びながら、目を畳の上に見据えている。その同じあたりの畳の上を見入って男も、今言ったようなことを考えつづけていたが、そんな神経質な考え方を突放そうとして、目を上げて女の横顔を凝と見た。肘枕をしている男の目には女の顔が少し紅を帯びて来たように思えた。

その時、部屋のなかが少し明くなったと思うと、障子の腰にうすれ日が射した。

「あら、日が当って来たわ。」

ひとり言のように女は言って、身を浮かせながら障子を引いた。雲に断え間があってさみだれの晴れ間である。女は空を見上げてから、意味もなく男の方を見返った。少し不自然に歪んでいる笑い顔であった。まだ乾ききらない今のさっきの涙と笑とで女の眼はかがやかであった。今まで女の横顔を偸み見ていた男の目は、女のそのまなざしをまぶしがるように避けて、視線は庭の方へ向けられた。軒から雨だれが光ってしづくしている。

「紫陽花があってもいい庭ですがね。」

男はつかぬことを言った。

女は答える——

「いやですよ、紫陽花などは。あれは病人の絶えない花だというじゃありませんか。」

「そう。そんなことも言いますね……」

女は再び三味線をとり上げた。

男は急に肘枕から起きて坐り直した——彼は、まわり縁に人が来ると思ったからであった。

「ばあやがもう帰ったのかしら」

女もそう言った。

眠っていた子供が、突然、その時、けたたましく泣き立てた。母親は今とり上げたばかりの三味線をそこに置くと、子供の枕元へにじり寄った。

「お父さん！　お父さん！　お父さん！　……」

子供は母の顔を見ようともせずにそう叫びつづけた。

「どうしたの。どうしたの。――夢を見たのね……」女は憫みを乞うように男の方を見やりながら、初めは子供にそうしてだんだんと男に言った。

「……本当にへんな子ですよ。今になってお父さんばかり恋しがるのよ。それにここでなきゃ――仏壇の間でなきゃ寝ようとしないの。」

男はそれには答えようともしなかった。心臓が不思議に早く打って、耳鳴がするのに気がついた……

女はふと自分の背後をふりかえって見なければならなかった。そこにはしかし、もとより何もなかった。ただ病み疲れた子供は、痩せおとろえて一そう大きく一そう透明になった黒い瞳をぱっちりと見張って、母の肩ごしに、空間を、部屋の一隅をいつまでも凝視した――。

幽明

——この小篇を島田謹二氏にささぐ——

（1）

先年、幼児がどこかでうつされて来た急性トラコーマが一家中にひろまって、それは当時、友人F博士の治療ですっかり治っているはずなのに、時折は何かの拍子で眼が渋いような感じがしたり、へんに涙っぽいような場合があって、再発ではないかと神経を病ませる。この間もちょっと、そんな事があったから先年もっともひどい目にあった八歳になる初雄も同じようなことを云い出したので、自分のは、さしたることも無いと思ったが、初雄のが案じられた。折から子供の学校は紀念日で休みになったうえ、春寒もややゆるんだのを幸と、散歩かたがた初雄をいっしょに誘い出して、念のため見て置いてもらおうと出かけたのは、亡弟の学友で、その学校時代から自分も親しくしていた眼科専門のF博士の医院である。なるべく午前中の診察時間に間に合うようと車をいそがせたが、やっとぎりぎりで、いつも繁盛しているこの医院も、もう盛り時は過ぎていたから、玄関の突き当りの待合室に、年輩の婦人が、ひとりぽつねんとガーゼのようなハンケチを眼に押しあてているのが見えるだけであった。

自分の声を聞きつけて、診察室から飛び出して出迎えてくれたF君は、

「おや、初雄君も一しょで、またどうかなさいましたか」

「いや少しへんなので、念のため一度ご覧になって置いていただこうと思いましてね」

「時々お目にかかれるのはいいが、また痛い思いをおさせするのはいやですからな」

と云いながら旧友は、我々を待合室の方へ請じ入れると、先客の老夫人は自分を先生の知友と看て取ったせいか、眼にあてていた布をちょっとはずして一目我々の方を見やってから、しずかに立ち、軽い一礼で我々に会釈して、先ず長椅子の片脇ににじり寄り、それから脱ぎすてたのをたたんで小脇に置いてあったカーキ色の軍服地みたいな厚いコートを取り上げて

膝の上に置きなおして、我々のための座席を設けて、

「お坊ちゃま、さあどうぞ」

と云ったきり、我々がそのとなりに腰をおろした時には、ふたたび布を眼に押しあてて、すすり泣きしているかのように思えた。目もとは布につつまれてよくは判らないが、色白で鼻すじのとおった美しい輪郭の横顔で、やや派手すぎるかと見える亀甲の少しくたびれた大島紬の対を着ている肩は、まだ年のせいというほどでもあるまいに、すっかり肉が落ちて見る目にも気の毒にさびしい。と見ていると、やおら立って、一礼するや、

「失礼いたしました、ご免あそばせ」

と云い残して出て行った。老夫人が玄関の扉をあけるのを、F君はあとから、

「では、おだいじに」

と見送っている。

ただの患者ではなくF君の知人ででもあろうか。すべてのもの腰がこの場末の医院の待合室で見慣れている人々とはおのずからちがった人品に見えるうしろ姿の残象《アフタアイメージ》を見送っているところを、F君は、

「では拝見いたしましょうか」

と診察の座へ自分たちを促し迎えるのであった。

先ず初雄さんをというのを、初雄が尻ごみするので自分が見てもらうと、はじめは大ぶん赤くなっていますなと不安がられた眼も、つぶさに診察の結果は何でもなく、ほんの沙埃が入ったのを、あまり気にしてこすり立てたために起した現象ででもあろうというので、ふたりとも洗眼と点薬だけですんで、初雄ももう薬が眼にしみないのをよろこんでいる。「これからおいおいと温くなって」とF君は手を洗いながら云うのであった。

「風の多い日がつづくと誰しもそんな事がよく起ります。再発しやすい季節ですが、もう完全になおっていますから大丈夫です、あまり神経質におなりにならないがよろしい。坊やの方はやっぱり傷痕がのこっちゃったですね。あれはあのままいつまでも消えますまい。学校で体格検査のある毎に、『君はトラコーマをやったね』と云われなければならないよ、初雄君は」

F君は手拭でふいていた片手を子供の頭にのせて軽くゆすぶりながら、そう云っていたが、やがてタオルを捨てて診察室から、すぐ奥につづく住宅の方へ入って行きながらふりかえって、

「坊や、わざわざ遠いところへ来てくれたのだから、またお茶とカステラを上げよう。いら

っしゃい」

こう呼ばれて、初雄は大叔父の顔をうかがいながら、どうしたものかと相談がおにためらっているのを、F君は今度は直接自分に、

「先生、どうぞ。ちょうどお目にかけるにいいようなものが床の間に出て居りますから、是非」

と如才なく誘い込まれた。食堂を通り抜けて、奥の座敷兼主人の書斎に通って来てみると、食堂に用意されてあったお茶とお菓子とは手早くF夫人によって座敷に運ばれて来た。F君は座ぶとんをすすめながら床の間を指さして、

「季節はずれですが、昨晩ふと思い出してかけて見たのです。もとはお寺か廟にでもあった対聯の片破れでしょう。満洲で親しくしていた満人がこれを秘蔵していましてね。引揚の時毛皮が持ち出せないので家内のも自分のもそっくり、一時預けて置くつもりでその満人に頼むと、こちらは、また機会を見つけて後日持ち出しに来る気でいたのを、先方ではその事を知っていたのか知らないでか、先方からこの一幅を餞別にと云って贈られて、云わばあっさりと毛皮類一式と交換のようなことにされてしまいました。なかなか機敏な手口ですね。ものはいいものでしょうが、何しろ出処が廟かお寺かとあっては満洲では堂々と持っているに

は都合がよくないところへ、毛皮ほどにはおいそれと現ナマにはなりにくいのですからね」

と云う曰くつきの品は、床の間の倚樹聴流泉《きによつてりゆうせんをきく》という心にくい五文字で、それが雄偉魁麗ともいうべき隷書で彫り込んだように力勁く見事に書かれているのであった。

（F君はもと南満医学堂で眼科の教授をしていた引揚者なのである）

手もち無沙汰にじっとお菓子を見つめていた初雄に、

「さあ、いただきなさい」

というと子供はよろこんでカステラを小さなフォクでいろいろに切り割いて食べてはお茶をすすっている。その間に話題が自然とそこに向いて、さっき待合室で見かけた老夫人に就いてF君の語り出したおおよそ次のような話に自分はしばらく耳を傾けていた——

（2）

……いや、あれは、全く見ず知らずの人で、最初ひょっくり舞い込んだ時から妙な患者でした。

初診の時は、どうしても涙がとまらないのだから、どうか泣きやませてもらいたい。いつまでもこれでは「朝顔日記」の深雪のように眼を泣きつぶしてしまいます。もう一月あまりも泣きつづけていますと訴えるので。なるほど眼瞼はすっかりただれて眼やにも多く出ていたから、ともかくもその方の手当をすまして。

それから、「朝顔日記」の作者は医学に無智なために、あんな事も書けたもので、文学としてはあれでもよいのかも知りませんが医学では学理上絶対にただ泣いたという事だけのためには、いくら多く泣いたとしても失明するという事はありません。

もしそういう例が事実に挙げられるとしたら、頻々と泣いている間に、眼にあてた手や眼を拭っていた布のよごれなどについた、いろいろの菌、たとえばモーランアッセンフェルトとかコッホウイークスやインフルエンザ菌などが入って眼疾の誘因となって、そのための自然的な治療作用として涙がそれらの菌を流し出そうと、とめどなく流れ出している間に眼疾がどんどんと進行して、黒目に星のようなものができ、そこから穴があいて眼がつぶれるような場合は無いでもありますまいが、これは泣いたためではなく明かに眼病のための失明です。それからもう一つ考えられる事は、何か精神的に欠陥のある人、精神薄弱者（たとえば先天性梅毒の潜伏しているようなです）が、普通健全な人ならば涙を押えることのできるような場合にも、その能力に欠けていていつまでも泣きつづけている。そのうちに精神の欠陥になっていた病源の方が、眼とは関聯なく症状を進めて行って眼を冒したため、泣いた涙のために失明したような形になるような場合も想像されないではありませんが」

などと、相手の思いつめた態度にそそのかされて、つい、そんな無用な説明にまで深入りした時、その患者、(つまりさっきのあの老夫人です)が急に容を正して、

「では、わたくしの場合は普通健全な人ならば涙を押えるような種類のものでございましょうか。」

と、その時までとは打って変って思いがけない威厳をそなえた態度でそう詰り寄りながら、さて、問わず語りに、そんなに涙がとめどなく流れはじめた時の事をかたり出したものでした。

(3)

この老夫人は、普通、あるじとか主人とかいう場合をいつも閣下と云って、家では出入の方たちの言葉がうつって、あるじをついこんな風に呼び慣わしてしまって、くせになって居りますので、お聞き苦しく失礼とは存じて居りますが、こんな呼び方でご免を蒙ります。と

その最初の機会にこうことわりを云って居りました。

この人の主人と云うのは、日露戦争のころは勇名をうたわれた大隊長のひとりで、名を云えばおぼえている人もあるかと思うが、おぼえのある人は同時にきっと、そんな人がまだ生きていたのかと思うに違いない。

閣下は軍人仲間のいわゆる精神家という純粋の軍人肌で、その後順調に出世をしながら、乃木将軍を崇拝して政界の野心などがないために、きれいに忘れられてしまったのであろうか。ここでは必要もなし、患者の身の上ばなしは云わば医者の職業の秘密として名は伏せて置きますが、その屋敷は目白台の奥の哲学堂の附近と云えば、すぐこの上あたりの（とF君は背後を指しながら）もとはむかしながらの武蔵野の一隅に隠棲している様子です。

閣下はとうに停年で退役になっていたから、今度の戦争には勿論なんの関係もなかったが、ただ、三人の男子の太郎はビルマ戦線で戦死し、次郎はフィリッピンの山中に部隊を率いたまま迷い入って今だに部隊全員とともに生死不明のまま、というのはいずれ死んだのであろう。ただひとり末子の三郎だけが陸軍幼年学校在学中に終戦で生き残っていたのが、某私立大学に転学して、きのうとは打って変った学生生活に入っていた。何をアルバイトしていたかは知らないが（話の様子では学友の家の会社のセールスマンか何かであったらしい）ほとんど毎日、夜ふけにならなければ帰らない。帰る時にはいつも酔っぱらっている。ダンス場にも出入すると見えて、学校のガールフレンドとか称するのが訪ねて来たのを見たら、どうもダンサアか何かのような様子であった。(尤もこの時代の若い女子は誰も彼もみな一様にダンサアと区別のつかない風俗をしている)そのうちに友だちと金を出し合って月賦で買ったというピアノの置き場を家にきめたとピアノを一台持ち込んで来た。どうせ用もなくなった応接間の片隅だから何を持ち込もうと差支えはなかったが、その後は家に居る間中、夜ふけでも何でも三郎はピアノばかりをたたきつづけていた。近所は野原から焼野原につづき夜ふけでも別に隣家の抗議も出なかったが、問題は隣家よりも内部で、軍隊ではラッパの外に軍楽隊など何の必要があるかと云っていた老将軍にとって息子が勉学の時間を割いたピアノの騒々しさはがまんのならないものであった。

ピアノだけではなく息子のこのごろの生活は頭から尻尾までことごとくにがにがしい様子に、夫人は母親の身として、子をかばい夫の心をやわらげようと、あれがこのごろ世間一般の青年の気風で何もうちの三郎ばかりというわけではないのだからと云うと、閣下はそれだから云うのだよ、とはげしいふきげんな表情を稲妻のように閃かした。(これは外の人にはたいがい見えないで、わたくしにだけはよくわかるものです)どいつもこいつも、敵ながら天晴れな一見尤もらしい謀略にまんまとひっかかって、国を挙げて、さも楽しげに亡国の一路を辿っているのを気がつかないのかと慨歎した。言葉はいつもおだやかな人があれだけの口ぶりなのだから、よくよく気が昂ぶって腹の底は煮えかえって憤死でもせんばかりの気持かと思えた。

常に三郎のアルバイトに同情していたから、おそるおそる、酒もダンスもアルバイトの憂さ晴しでしょう。音楽はいい趣味なのだから、そう何から何まで口やかましく申せませんからと云うのを、お前がそう一々おれに反抗して子を甘えかすからと、かん癖の強い老将軍は最後に三郎を呼びつけて、青年が人生を享楽しようとするのをとやかくいう気はないが、男子がちかごろのきさまのように柔弱に流れるのをおれは黙っては見て居れない。同じく近ごろのはやりでもせめては豪快な山登りでも楽しむことか、ダンスの音楽のとは以ての外という老将軍は息子の目にも全くのもうろくおやじのよまい言と聞えて、腹立しいよりはむしろ気の毒になさけなく思えたのかも知れない。三郎は根がすなおな子であったから、山登りがおやじの気に入っているならば、山登りも悪くはない。一つその仲間にでも入って見ようと思い立ったのではなかったろうか。

(4)

　その日、学校の仲間と富士山へ登ると云い出した時、閣下は勿論大の満足、わたくしが山登りは危険と云ったのを、三郎に富士山なら女でも老人でも登るのですと云われてそんな気になり、安心して送り出したのちも、その日小春日和のぽかぽかあたたかいのを山ではよい天気と思ったのも、ものを知らぬなさけ無さというものであった。その生あたたかさがわざをして山では新雪が残雪のようななだれになった。と降って湧いたような事を電話で聞かされて、お前の家のも出かけて遭難した模様だぞと、連絡したのは、学校の山岳部でした。

　さあ大変なことになったとうろたえているのを見かねたのが、爺やでした。自分で爺やというからそうは呼ぶものの、勿体ない、これももとは閣下の所謂「陛下の軍人」のひとりで、以前、閣下の副官を長くしていてくれた事もある中佐ですが、戦後、横浜の荷揚人足になりさがって、その労働は厭わないが仲間つき合いの暴飲からのがれる静かな宿舎を求めてとたずねて来た。その住宅は焼かれて家庭は離散し、上の息子たちはそれぞれに細々と自活しているが細君は小さな子どもたちをつれて実家に農を助けている。自分だけ、むかしのなじみ甲斐に爺やにでも使ってほしいという。場末の一軒家で幸に戦災は免れたが、ご覧のとおりだだっ広いだけで、部屋の四隅はどこも蜘蛛の巣だらけ、天井は一面に雨漏りのしみだけれど、どこでも使えるところにお住みくださいというのを、馬屋のなかでもと母屋の方は見むきもせずに、そのまま秣《まぐさ》小屋に居ついて、云いつけもしない庭の手入れやら菜園作りなどして我と爺やを以て任じているNさんが速座に自らすすんで遭難の現場へ駆けつけてくれた。信州生れで多少は山の心得もあるというので頼んだのである。

Nさんは山上で一泊して翌日の日の暮れに帰って来たが、遭難現場の一かたまりの死屍の中には三郎の遺品らしいのも見当らず、何しろ稀に見る大きな雪崩で山腹の広い部分に跨り及んでいるから死体の発掘もとても一朝一夕の事ではできそうにはない。いろいろな学校の山岳部からもそれぞれに仲間をたずね求めて来ている間でただまごまごして来ただけのこと。何の手がかりも新らしい所見もなく遭難行方不明という最初の学校からの通告をただ空しくたしかめた外は何のお役にも立たずにおめおめと帰ったのは申しわけも無いとNさんは面目なげにしおれかえっているのであった。

(5)

Nさんが現場から帰った次の日の午後三時ごろであった。ポス（というのは三郎が泥んこの見すぼらしいのをどこからか連れて来た番犬です）がやかましく吠え立てると思ったら、裏口に見知らぬ男が、表札をたしかめて立っていたのが、ピアノの調律に来た者だと入って来た。そう云われてみると、三郎が山に出かける前に、留守の間にゆるんでいるキイをしめ直させて置いてくれ——帰ったらすぐ弾けるように。とくれぐれも云い置いたのを遭難騒ぎで、すっかり忘れていたのをやっと思い出した。

「いつもお屋敷に伺わせていただく者は生憎とよそさまへ伺う手順になって居りましたので、代理に手前が参上いたしました——お急ぎのご様子でしたので」

と云って、ピアノの在り場所をたずねるから夫人は自身で（と云うのは女中を使っていないから）この男を応接間に案内して、彼がキイを緊めたりゆるめたりしているそばから、

「忘れていて電話は家からはかけませんでしたが、せがれが自分であなたの方へ電話したものでしょうか」

「さあ、ご用は電話係の者が承りましたので、わたくしが直接でございませんからどなたさまのお電話でございましたものやら」

「そうですか、実はせがれは山登りに出て遭難をして今に生死不明なものですから、もしや、

東京にいたのかという気がしまして」

「はい、それはそれは、ご心配さまで」

調律師は口先ではそんな事を云いながら、専念にキイを緊めながら時々ポンポンとキイをたたき最後にはつづけて三つ四つたたいてから、

「いかがでしょうか。こんな事では」

と、もう一度三つ四つつづけさまにたたいてみせた。

「さあ、わたしにはとんとわかりませんがよろしいでしょう」

調律師は来る時、途中の人々から、あたりには何もないだだっぴろい住み荒した一軒家の広いお屋敷だと聞いて辿りついたのが聞きしにまさる広大と聞きしにまさる荒廃とを今さら怪みおどろきながら雑草の茂るにまかした門前の路に人の住むこの宏壮な廃屋をふりかえりふりかえり帰って行った。

その夜ポスのいつにない気味の悪いながなきに目をさました老夫人は枕もとの灯をともして、ふともぬけのからになっている閣下の寝床を見つけた。そうしてはばかりに立つと廊下に出て、人げのないはずの部屋のあたりから話声が洩れているのを聞いて、懐中電燈をたよりに人声の方へ行ってみるとそこは太郎の出征以来全く使われていない一番奥まった一室の

なかからの話声は主人のひとり言のようであった。いよいよ奇異な思いがしながらドアをノックすると、なかからは
「何か？」

と閣下の声がしてドアが開いたから、

「そんなところで何をしていらっしゃいますの？」

「三郎がかえって来てここに居るからだ」

と指したが、もとより誰も居りません。

「そんな筈はないよ。三郎の足おとにポスがよろこんで吠え立て、ちぎれるほど尾を振って迎えたものだ。三郎がすぐピアノへ行って弾き出したのを聞いたから、寝床を出てみると、ピアノから立って来た三郎と、階段の下で行きあったから、無事で帰ったかと声をかけたが、三郎はいつものふきげんな顔つきで黙ってすれ違い、暗中をとっとと階段をのぼるうしろ姿を見失わないように追っかけると、自分の部屋ではなくここに入ったので急いで手さぐりにここへ来て見たのだ」と閣下がそんな事を云うので、

「あなた夢でもごらんになってるのでしょう」

と答えながら、わたくし自分こそ夢を見ているような気がしたものでした。そうして、も

しほんとうに三郎がここにいるのなら夜中、こんな火の気もないところで寒くはないだろうかと思っていると、

「僕はもう寒くも何ともありません。お父さんやお母さんこそ、お風を召さぬようになさい」

と、これこそまがうかたもない三郎の声がはっきりとそう聞えて来たものです。それで姿こそ見えないが三郎が帰って来てここにいるとわたくしにも判ったものでした。

三郎の言葉ではじめて気がついて、わたくしは閣下のむかしのマントやら自分のコートなどを取りそろえ、度々の停電にそなえていた蠟燭をともして、その夜はその寒々とした塵まみれの部屋で夜が白んだものでございました。（思えばこの部屋は三人兄弟が子供の時分雨の日の遊び場に当てていたところです）むかしのままに残されていた大きなテーブルの隅の三郎が立っていたというところには埃の上に人の手のあとが多くのこっているのを見ているうちそこに落ちている煙草の灰があったので、閣下に、

「三郎は煙草を吸って居りましたか」

「うん、いつもと同じに煙草も吸っていたよ」

と閣下が云うので、わたくしはあとで、三郎の部屋にあったあの子の気に入りの灰皿を持

って来てそこに置いておいてやりました。

それから庭にNさんを見かけた時、

「夜ぜんはポスが何であんなにへんな長なきをいつまでもしたものでしょうか」と聞いてみるとNさんは、

「昨晩は、夜更けに塀の外で靴音がして、それがどうも三郎さまの足おとのような気がしていると、ポスもその靴音を聞きつけて二声三声、短く吠え出しました。すると塀の外でいつものように口笛でポスに合図をなさったので、ポスは尻尾をちぎれるほどに振り振り、霧のふかい半月の光のなかをおどるようにとびはね狂いまわってやみません。そのうちに母屋の方でピアノの音がしてくると、それに合唱するかのように、あの陰気ななかなきをはじめて、夜どおしやめないでなきつづけたものでした。わたくしも気になっていつまでものぞいていましたが、ほんとうに昨晩はさびしい落ちつきのない夜でございましたね——木枯しは庭でざわざわいたしますし……」

と云うのであった。

(6)

閣下はその晩から毎日、三郎の夜ふけのピアノを待ちかね、あれほどうるさがったのが、うって変ったように大のピアノ好きになり、それに今までは全く忘れられていた二階の隅のもとの子供部屋に日夜入りびたりで、そこでは三郎の姿が生前のとおりにありありと見えるというのです。そう云えば、わたくしが出して置いた灰皿にもいつも灰やすいがらがたまっているのはわたくしにもよくわかりました。三郎は心配になるほどいつもひききりなしに煙草を吹かしている子で、山に行く時も食糧はみんな用意されているが、煙草だけは自分の吸い料に不足してはとポケットをふくらませて出かけた程でした。煙草の灰だの夜ふけのピアノの音だけはわたくしにもよくわかります。それでいて閣下にありありと見えるというものが一つも見えないというのは何とももどかしくてなりません。

あんなにわたくしが愛し、わたくしをも愛していたはずの三郎が、父にだけは一挙一動あざやかに現われて、わたくしには見えないと云うのが恨めしいばかりでした。その憾を云うと、閣下が申しますに、

「一たい、幽明の境を超越してものを見る能力——（というのだが、唯の癖かも知れないが）——は、それぞれに人間の生れつきによるものらしい。吾輩には（というのは閣下自身のこと）その癖があると見えて今までにも二三度もその経験があった。一度などはN中佐もきっとおぼえているだろうが満洲で、将校斥候に出したSという大尉が騎馬で馬蹄の音も元気よく帰って来ての敵状報告にもとづいて作戦し、それで戦果も挙げた程であったが、後にわかったところでは、S大尉は敵陣に近い高粱《こうりやん》畑のなかで乗馬もろとも屍体となって発見された。その時のS大尉の乗馬すがたも、自分には熱気を吐き出してふくらむ馬の鼻の穴まではっきりと見えて怪しむ余地もなかったのに、他の人々は誰もまるで見聞きできなかったのでへんだと思ったという。お前には三郎の声だけでも聞かれるというのは、まだしも幸というものかも知れないよ」

何にせよ、いくら憾んでみても見えないものは是非もありません。それでいながら、閣下がいつもそこにいるせいもあって、あの火の気もなく日あたりの悪い埃っぽいむかしの子供部屋が、自然と夫婦の足だまりになって今までの居間を忘れたように昼も夜もそこに入りびたるような始末になりました。わたくしにも、眼にこそ見えませんが三郎がそこにいる雰囲気が感じられるような気がするからでした。順々にまだ若い息子たちを奪われてしまって孫ひとりないわたくしは云ってはならないとは知りながら、或る晩も思い余ってつい閣下に言ってしまったものでした。——

「閣下は他人の子に命令を出して死地に追いやっただけでは足りなくて画家になりたがっていた太郎やお医者を志望の次郎を無理に軍人に仕立てて若死させておしまいなすったのですね。——あなたおひとりの子供ではございませんでしたのに」

「またはじまったね。いつも云うとおり、わしは乃木閣下を気取るわけではないが、わしにとっては他人の子ばかりではなく、わが子もふたりまで戦場で死なしていることが、世間へのせめてもの申しわけになっているつもりなのだ。お前ももういいかげんにあきらめてわしをゆるしてくれ」

「でも山登りを云いつけて三郎まで死なせておしまいなさらないでもよろしかったのですわね」

と申しましたとたん、耳もとに三郎の声がして、

「お母さん、それはちがいます。僕はお父さんの云いつけで山へ登ったのではありません。自分で山へ登って見たくなって居たのです。それから敗戦といっしょに誰ひとりお父さんの権威を認める人もなくなったせいか、お父さんはまるで虚脱した人のようになりました。あ

れではお父さんもさびしすぎる。僕は自分の父をもっとむかしの父のような威力のある人にしたかったのです。せめては僕ひとりでもお父さんの言葉を尊重したいと思ったからです。孝行というのではありますまい。男同士の友情と同情だと、僕は思って居ます」

とそう云って、見れば、その時、三郎の顔がはじめてはっきりとわたくしの眼にも見えました。三郎はいつまでも幼がおの残っている顔で、そんな理窟を云う時など、かえって子供っぽいぼんやりと思いつめたあどけない表情になるような気がしていましたが、その時見えたのもその顔でした。

三郎の言葉を聞き、その顔が見え出した時からわたくしは、かなしいのやら、うれしいのやら涙がながれはじめて、とめどもないのです。おかげでせっかく見えそめた三郎のすがたまで涙のなかでぼやけて、しまいには涙といっしょに流れてしまったらしいので、それっきり三郎は二度とふたたびわたくしには見えません。さよならも云わないでどこかへ行ってしまいました。閣下のようにいつも三郎がありありと見えるならわたくしはもう眼などつぶれてしまってもいいと思っているほどです。

老夫人の話はおしまいになるとしどろもどろでよくわかりません。いつでも同じことですが、おおよそはそんな話なのです。あの老夫人は、このごろでは眼の治療で通うというよりもその話を聞かせに来るような気がします。一とおり話し終るとしどろもどろに話を終って一しきり泣いた眼を僕に洗眼させて気がすんだように帰って行くのです。僕も今では眼科の治療ではなく一種の精神療法に役立つような気がして同じ話を毎日飽きもせずに聞いているのですが、今日も診察時間がすぎたらまたその話をするつもりでいたのでしょうが、あなたがたが見えたので今日はあきらめて退散したのでしょう。いや治療はもうすんでいたのです。毎日来た時に一度、それから話がすんでかえる時にもう一度というわけです。

「——夫人の眼疾に関しては大して心配する症状ではない初雄君の場合の程度と思っていますが、むしろ閣下夫妻の心理状態については一度精神科の友人にでも相談して置いてみたいような気もしているのですが、どうでしょうかね、先生」

とF君の長話はこう結ばれた。

(7)

思わずF君の話につり込まれて長座してしまっていたが、子供のために昼の食事の用意などを命じてくれるけはいを見たので、自分はF君に面白い話を聞かしてくれたり治療してもらったりのお礼を述べていそぎ座を立った。

　幸に大通をとおりかかったタクシイを呼びとめて帰る途中で、自分の膝によりかかってすわっていた初雄が思い出したかのように、「さっきのおばちゃん、ハト（初雄の略をその愛称にしたのを子供は自称に使う）のとなりに腰かけていたおばちゃん泣いていたね。先生が目ん目いたい事をしたので泣いていたの？」

　初雄は自分に甘ったれ、それにいつまでも妹のまねをしてこんな幼な言葉を使うことが好きなのである。こう聞かれて自分は面倒だから、あっさりうなずきかけたが、子供にもある程度の本当を教えて置くべきだと思いかえしたから、

「あのおばちゃんのおうちの子が山へのぼって山の雪のかたまりが、上から落ちかかって来たのにおしつぶされ雪にうずまって死んでしまったのだって。それでおばちゃんがあんなに泣いていたのだよ」

「あ、ちょうか。そのひとが三郎ちゃんというのか。おうちへかえって来て、毎晩ピアノを弾くのね？」

　聞いていないかと思った話を、初雄はちゃんと聞き取っていたものらしい。

「うん。そうだよ」と自分はうなずいて「ハト、お前、先生のお話を聞いていたのだね」

「うん」と初雄も大きくうなずいてから「ちんだはずだよおとみさん……」と小声でうたい出した。

「何だ、ハトは。そんなへんな歌を知っているのかい。そんな歌うたうのじゃないよ」

「だって学校でみんな歌っているのだもの」

「みんなはみんな。お前はお前だよ。みんなのわるいまねをお前がしなければならないことはない」

と云うと、初雄は黙ってうなずき真面目な顔でしょげているから、

「叱ったのじゃないよ」とこの気の弱い子を自分は暖く抱きかかえて引きよせた。

ボロ車は哲学堂わきの坂道を右折して目白駅の方へいそいでいた。

「あんまり飛ばさないでやってくれ」

幽香嬰女伝

はしがき

この稿はもと『群像』三月号に『幽明界なし』と題して発表したものであるが、本誌『大法輪』編輯部がその取材に興味を持ったものか、転載を希望して作者の許可を求めた。作者は偶々旧稿を『幽香嬰女伝』と改題して初稿にいささか加筆してやや面目を改めたものがあったのを手交して、ここに再録を承引することとした。

霊魂不滅という説がある。わたくしは必ずしもその説を信奉する者でもないが、しかし界を異にすると聞く幽明の界は、一般に考えられているほどにはきっかりと別れているのではないような気がする。いや現にこれを証するような事実が多いのをわたくしは知っている。

亡友牧野吉晴は若くからわたくしを親愛してくれた後輩であったが、その死の三、四日前、偶々《たまたま》さる会場で同席して帰途が同じだから同車で帰る途中、わたくしは彼を陋屋に請じて酒を愛する彼のために粗酒を侑《すす》めた。病後酒量を慎んでいると云いながらも快く盃を重ねていつになく酔を発して、酔中に家庭の近状などをしみじみと語り出し、今は多少の貯金もでき、後顧の憂もあまりないなどと、放胆な彼らしくもない話題までしゃべっていた。後に知ったところでは貯金といったのは巨額の生命保険の契約のことであったらしい。

牧野は十分に酔い、十分に語りながらなおも名残を惜しみつつ、三日ほど後にわが家に近い椿山荘で催される或る忘年会に招かれているから、その帰りにはまた必ず立寄ると云いながら座を立って、玄関では靴をはく手元もおぼつかないほど泥酔していながらも、繰り返し繰り返して、

「ではまた三日ほど後にはきっと来ますからね」

と云いつつよろよろと立ちあがって出て行く。

「めずらしくだいぶん酔っているが大丈夫か」

「大丈夫ですともたいして酔っちゃいません」

と言葉を交して別れた。

そうしてその三日後には、椿山荘でも同席の友人に帰りにはわたくしの家へ立ち寄ろうと云いながらも、まだ用談がかたづいていないからそれをすましてから、帰途でもよいと云いながら銀座のバーの二次会へ出かけていったと云う。

そうしてそのバーで酔余、階段から墜落して死んだという思いがけない電話をバーから直接ではなく間接の電話で聞き知って愕然とした。わたくしは階段から落ちて死んだというのはちと合点がいかぬと思いながらもその急死を悲しんだものであったが、酔余心臓か脳に発した故障のため、半死の状態で墜落したらしいのである。

恰もその時刻わたくしども夫妻は家の応接間にいて二階のわたくしの居間には、七つになる孫むすめがひとりでテレビの前にいたのだが、それがあわただしく降りて来た。何ごとかと出て行った家内をつかまえて
「おばあちゃん、今こわかったの。二階に誰か来て、表の戸をガタガタさせるので出てみたが誰も居ないのだもの」

「風か何かでしょう」

「ちがう。足音もしたもの」

「でも、誰も二階へはあがって行かないのだから」

「だって、ほんとうに誰か来たわよ」


と七つの子はそれを力説する。見ていたというテレビの番組の時間と牧野の死の時刻とを照し合してみると、偶然か必然か、それがほとんど同じ時刻なのであった。牧野は三日後にわたくしを必ず訪問しようという先日の約束を果したかのようにわたくしには思える。

この間も九州旅行中、さるささやかな薩南の温泉宿に一泊して、枕についてまだ就眠しかせぬうちに、不意に背後のふとんの上から、さながら空手チョップのようなひどい一撃を浴びせられて驚いた。あたりに人がいるではなし夜更けではあり不気味だから枕もとの電燈をつけると何やら黒いものの影が見えたようでもあり見えなかったようでもあって、あたりには何事もない。目がさめたついでに便所へ立とうとするが、臆病者のわたくしはまだしばらく不気味で様子をうかがっていたが、いよいよ立って行ってみたが、別に異状もなかったが、それにしてもあの一撃は何であったろうか。この宿の一室はもしや怪異のある部屋かも知れない。見かけは明るいよい部屋だが、怪異のある部屋というのは、昼間などは案外明るいものだがなどと語り合ったことであった。そうして無事家に帰ってみると、五十数年、中学一年生以来の旧友が歿して三十日に郷里で告別式がある旨の電報が留守宅にわたくしを待っていた。

この友人はわたくしの祖先の地の出身であったせいか数多いクラスメートのなかから特にわたくしに親しみ、後年はわたくしのよい愛読者として交誼をつづけていた。年齢はわたくしより二つ三つの年長であったが先年細君を失って以来めっきり老衰して、常に心細い手紙などをよこし、告別式場では是非とも足下に追悼文を読んでもらいたいなどと云って来ていたものであった。昨年の初夏、鉄道がわが郷里の方へ全通したというので帰郷した時など彼は勤務先の和歌山市から数時間の旅をわざわざわたくしに会うために出かけて来たものであった。それが最後の別れとなったものであるが、それほどにわたくしを思ってくれた友人の告別式が三十日、そうしてわたくしが九州の温泉宿で不思議な一撃を受けたのが二十九日の夜半であったのも思えば奇異である。わたくしはこれをかの友人がわたくしに告別式を知らせ弔辞を促しに来たものであろうと思う。わたくしは今まで経験したこともなかったあの不思議な一撃をこう解釈して納得している。

高村光太郎氏は神秘的な幻想家の一面がある人で、そのパリ時代にセーヌが一日血になって流れていたと語って人々を驚かせたことがあったと聞くが、本郷のアトリエで独り棲みのころ、深夜泥酔して帰ると家の奥からもうひとりの自分自身が、泥酔の自分を出迎えに来るなどと語ったこともあったが、このごろその親しい後輩、高田博厚から聞いたところによると、

或る夜、高田がパリ郊外のアトリエの隅にねていると、夢の中で、白い仕事着をきた大きな男が高田の床の傍にいた。誰か忍びこんで来たかと思い、眼をさましたが白衣の大男はやっぱり居た。だが頭が見えない。高田は起き上ってはっきりと眼をさました。ぼんやりした白衣の像は腕に何か大きな塊をかかえている。それがだんだん扉口の方へ遠退いて消えたと、いかにも彫刻家らしい夢であるが、その数日後に日本の未知の青年から航空便の手紙がとどいて高村光太郎の死が伝えられていたという。あのブルース姿の頭のない大男は高村光太郎であったらしいと高田は思い当ったという。

わたくしは高村光太郎の訃を電話で聞いた朝の未明にわが門前を徘徊する高村氏らしい大男を夢に見たことはその当時記したが、後に聞けば高村氏の住んでいた岩手の村でも不祥事

の前兆みたいなものがあって気がかりだという問い合せが筑摩書房にあったとか。高村氏は死の直前に魂《たま》能く千里を行って遠近の諸方へ訣別にまわっていたものと見える。

これに似たようなことは、何人にも直接なり間接なり多少はおぼえもあろうと思われるが、昨年の晩秋、わたくしが直接に体験した幽霊を見た話のようなのは、おそらくあまり類例もあるまい。わたくしはこれを典型的な幽霊の現われと思い、幽明界の無い一例としてここに記録して置きたいと思う。

以下は全くの事実談で、毫も創作的なものではないから、わたくしは心理学の教材として採用されても適当なものとして、わたくしはこれを有りの儘《まま》に記すのである。

そのころわたくしの家ではひとり息子の結婚談がはじまっていた。

わたくしの寝室は四畳半の茶の間につづいて同じく四畳半の板の間に夫婦の単独ベッドを間を二尺ほどあけて平行にならべている。わたくしのベッドは裾の方を二尺開けて通路とし、家内のベッドは頭の方を二尺あけて通路とし、ここからは便所に通う廊下に出るのである。茶の間と寝室との間はみどり色のやや厚いカーテンを垂れて仕切っている。寝室だからもとより他人の自由に出入するような間取の場所ではない。

ところが息子の縁談がはじまったばかりの秋の一夜、わたくしのベッドの裾の方にあるカーテンの入口のところの造りつけの洋服簞笥のほの白い扉を背景にカーテンをくぐり抜けて部屋に進み入ろうとする姿でためらうかのように佇んでいる人影がぼんやりと見えるのであった。わたくしは恰も就眠直前で、精神は少しく朦朧としていたかも知れない。それにしても決して夢でもうつつでもない。人かげはよく見ると女のようであるが、今ごろ呼びもしない女中がこっそりと来るはずもない。人影のように見えるものは枕もとのほの暗い電燈とカーテンのしわとの産み出した影ででもあろうとじっと見据えて、やはり人影は正しく女に相違ないとだけは確めて、解せないことには思ったが、別に深く怪しみもせず、わが眼のせいと思いつつも、もう一度よく見ようとした時には、もう何もなくただ洋服簞笥のほの白い扉だけであった。

もしそんなことを云い出せば、みんなが気味悪がるだろうと思ったから、わたくしはその時は誰にも何も云わないでいた。わたくし自身はと云えば、多少はへんに思ったものの別だん気味が悪いというほどの感じもなく、何か光と影との織りなす作用と自分の眼のせいだろうぐらいにあっさり見過していたものであった。

そのまま半月あまりも過ぎたろうか。ひとり女《むすめ》と聞いていた先方の女子も嫁に出してもいいという親たちの意嚮もたしかめ、適当な相手と見きわめもついて、せがれの縁談はごく順調に自然に進行しているように思えるころ、秋もようやく更けた或る夜、これは宵の口ではなく夜半であった。老来小便の近くなっているわたくしは尿意によって眼がさめて、まだ起き上りもせず、ただ手を延べて枕もとの電燈をともした瞬間であった。何気なく自然に眼を向けた便所に通う扉と妻のベッドの頭板《ヘッドボード》のすぐそばに扉のつけ根の壁に寄りかかってひとりの若い女がいるのがはっきりと見えるのであった。この時は電燈の光にも近くぼんやりと見えるのではなく、ほのかながらも電燈の光をまともにうけた顔の目鼻立ちから何やら疲れたらしい表情まで見えるのであった。笑いかけようとしているような口元で、目鼻立ちは妻にそっくりなのである。それが壁によりかかったままでぐったりした姿勢のまま動こうともせず、言葉をかけないのも不思議であった。家内がこんな未明に何だって起きているのであろうか。どこか加減が悪いのではあるまいかなどと疑って、わたくしは

「おい、お前、何だって今ごろそんなところに立っているのだ?」

と呼びかけた。すると

「わたし起きてなんかいませんわ、こうしてここに寝ているじゃありませんか」

と、これははっきり家内の声である。わたくしは反射的にのぞき込んでみたが、家内はた

しかにヘッドボードの影に横たわっているのが見えた。次に立っているものを見ようと視線を転ずると、そこにはもう何者も、もの影さえも見えなかった。

その時、わたくしに閃光のようにひらめくものがあって、壁によりかかっていた今の若い女も、そうしてこの間のカーテンをくぐり出ていた女も、同じぐらいな背たけであったが、あれは同一人、そうして紛う方もなく、今、縁談の成立しようとしているせがれの妹に相違ないと思った。ほとんど直感的にである。

わたくしはその後も寝室や廊下などで家人の何ぴとの物でもない櫛の落ちているのを二三度見つけて怪しんだことがある。

せがれは一人息子であるが、実はその三年後の早春のころ、もうひとり女の子が生れたのであった。それは生れるとすぐ死んでしまった。いや死ぬために生れ出たようなかわいそうな子供であった。その不便《ふびん》さが、二十数年間わたくしの心の底に深く蔵されていたに相違ない。そうしてそれが、その兄の結婚談と一緒にわたくしに思い出されたものでもあろう。あもしあれが生きていたとすれば、もう二十四五にもなっていたろうに。わたくしの潜在意識は多分そんなことを考えたのでもあろう。わたくしのありありと見た壁に倚りかかってわたくしに笑いかけようとしていたのは正しく二十四五の若い女であった。

その女の子は生れる時から不思議であった。その出産の日の早朝の夢に、わたくしは子供が生れたがそれが猫の子であったと聞かされて、そんな馬鹿な話があるものかと思って夢がさめたものであった。するとその後三四時間経って産院から出産の通知があった。わたくしは早朝の夢を思い出しながら産院に駆けつけてみると、

医者はわたくしの姿を見るや

「先刻、無事にお産はすみました」

と云いながらもつづいて「お目度うございます」とは云わないで、わたくしを別室に導き請じながら、

「残念なことに、少しできそこなって居りましてね」

と小さなベッドの上にあった産れたばかりの嬰児を抱き上げつつ

「生れた時の泣き声が少しおかしいので、よく見ると鼻がいけないのでしてね」

と抱き上げていた嬰児を片手に持ちかえて片手ではその鼻を惨酷にもぐっと突き上げて見せ、

「これです」

というのを見ると鼻腔が大きくただ一つなのである。わたくしは明け方のいやな夢を思い

出した。医師はなおも語る――

「奥はつまっているのですね。これでは声も出ないはずです。かわいそうに死にに生れ出たようなものですよ。胎内では臍帯からすべての栄養を摂っていますから困りませんが、生れ出て来れば第一に呼吸しなければなりませんから、これでは無理です。それでこれにいろいろ手を尽してみても、こういう欠陥のあるのは他の部分にも必ず何か思わしくないところがあり勝ちでしてね。完全には発育しにくいものなのです。しかしこのままにして置けば今に死んでしまうよりほかありませんが、どうしたものでしょうか」

「さあ?」とわたくしも、咄嗟には何とも答えかねて、ただ嬰児の顔ばかり見ていたが、この子は胎内でも普通の子供とは違った苦しい生活をしていたものか、それとも短い生涯の運命を担っていたためかは知らないが、普通の赤ん坊のような醜い肉塊のような顔ではなく、色も蒼白に、目鼻立も一人まえの成人のようなくっきりとした相貌を見せてただ眼だけは外界の光をまぶしがるかのように細めているのであった。女の子だけに母親によく似た顔立ちだなあとわたくしはこの子の顔を深く印象にとどめながら遂に云った。

「自然の成り行きに委ねてください。死産であったとでもあきらめましょう」

「それがよろしゅうございましょう」と医はほっとしたような調子で答えた。

わたくしはこういう子供の生れたわけを考えてみた。そうして思い当った。先年生れた男の子が生後二十一日目から小児脚気を病んで久しく全快しなかったため、今度の子は受胎ののち、心労による母体の衰弱で栄養が十分でなかったのが胎児に影響した結果ではなかろうか。などと考えているところへ、家内の兄も出産と聞いて駆けつけて来た。

家内の兄は西郷南洲によく似た風貌の偉丈夫でありながら、ごく気の弱い人で、この子を一眼見るとなさけない表情を正直に現わして眼をしばたたいているのであった。彼は何時間生きるかわからないという嬰児を悲しみつつも産婦たる妹の無事を喜び、またわたくしの失望を慰めてくれた。そうして後日、この短命な子をその母に語る時には心やさしく細心な用意でわたくしをかえり見ながら

「かわいらしいいい子でしたね」

と云ったものであった。産婦はこの子を一目も見なかったのである。産婦に見せるひまもなくこの子は死んだから、医者は死産として産婦に報告していたので、家内も簡単にそう思っていた。

その後何時間生きたかは問うても見なかったが、わたくしが死産としてあきらめた死ぬために生れ出たこの不幸な女児は、その子の祖父、わたくしの父の心づかいでわたくしたちの

知らぬうちにわたくしの父祖の地で弔い葬られて幽香嬰女の戒名を与えられた。その悲惨な短命は老父に報告すべき筋合いでもなかったし、筆不精なわたくしは詳しい通知もしなかったのに、季節が偶々《たまたま》早春梅花の候であったためであろう。不完全な鼻を具えて生れたこの子は、その戒名によって完全な嗅覚の機能を与えられたのもまた奇である。

わたくしは幽香嬰女のほんのちょっと生きていた時の面影をその後も久しく忘れることがなく、二十余年後の今日も、時々ベッドの上に蛍光燈に照し出されている家内の寝顔を見る毎に必ず幽香嬰女に似ていると思うのであった。

そうして母の枕頭に壁に倚りかかって立っていた死児をわたくしはその母と取り違えたものであった。

幽界からの電波に特別敏感な種類の人間があると云い、彼自身よく幽霊を見たと自称する南方熊楠《みなかたくまぐす》によれば、夢魔《ナイトメーア》の類はすべて見る人に平行して現われるが、幽霊に限っては必ず見る者の前に直立しているというのである。ところでわたくしの見たものも二度ともたしかに立った人影であった。それにしても、

「お前、何でそんなところに立っているのだ？」

とベッドの上にいた人間にそんなことを話しかけて、それが決してただの寝言ではなかっ

たことを証明するためには、今度こそ黙っているわけにもいかないから、わたくしははじめカーテンのかげで見つけた人影から、その後、昨夜、扉のそばの壁際に倚りかかっていた若い女のはっきりした面相を見て、わたくしに笑いかけようとしていた者のことを、ありのままにのこらず打ち明けることにした。そうしてそれが外ならぬ幽香嬰女だと説明すると、

「赤ん坊で死んだものが、そんなおとなで出て来るのはおかしいではありませんか」

「おかしくはない。幽界で育ったものか、それともわたくしの心のなか（これも一つの幽界である）で成長していたのだよ――生きていたらきっともうこれくらいになっていたろうになあ、というようにね」

わたくしは家内の常識的な疑問に対してそう答えながら亡児たちの幽界からの消息を能く感得し、幽界で成長している彼等の姿を好んで人々に語ったがため、時に狂気のように云われていた晩年の土井晩翠の心事をわたくしはよく理解した。また泉鏡花の未亡人が亡夫の幽界の生活をつぶさに語っていたことをも思い出し、そうしてわたくしは云い足した――、

「彼女はきっとお兄さんの結婚をお祝いにでて来たのだよ。古来、何か祝い事のある毎に必ず姿を見せる一族の守護みたいな亡霊の例は昔の本にも出ているから」

甥の結婚式に列席のため上京してわたくしの家にいた家内の妹というのは、日ごろ霊力が

あると自称して少々神がかりの巫女《シャーマン》的な女であるが、わたくしの話を聞いて、

「それとも女の子だから、兄さんのことばかりではなく、わたしのことも少しは思い出して下さいと云って来たのかも知れなくってよ」

「あの子のことなら」とその母親は一目も見も知らない亡児のことをそう云って「毎朝、家の仏さまを拝む時に必ず忘れないで一緒に拝み祈ってやっているから、今さら思い出してほしいなどとは云って来ますまいよ」

「それじゃ、やっぱりお祝いに来たのね」

「あの表情から見てもお祝いだ。この縁談はきっと良縁なのだよ。何にせよ」とわたくしは云った「この妙なことが少しも気味が悪くないのだからそれが不思議ではないか」

「一たい見える人には何の不思議もなく見えるものらしいのね。みんなそう云っているわ」

と神がかりの妹はその仲間うちの話などを語り出したものであった。

わたくしは、心霊研究にうき身をやつしていると聞く長田幹彦の家ではその亡妹が家族の一員としてその家に住んでいていつも廊下などで人々とすれ違ったりするのを何人も怪しまなくなっていると彼の書いているのを読んだことを思い出した。

二度出て来た彼女は、今度いつまた出て来ないとも限らない。わたくしはむしろそれを待

ち設けるような気持で、もし今までのように寝室の出入口などでためらい佇んでいたら、今度は、

「お前大きく美しくなったね。そんなところにいないでずんずんこっちへ入っておいで」

と声をかけてやろうと思っている。この前はあまり不意のことにせっかく出て来たのに、

「お前何だってそんなところに立っているのだ？」

などとまるでそれを咎めるようなことを云ってしまったのは思えば可哀想なことであった。もっとやさしくいたわるべきであったのにと思っている。

縁談はめでたく運んで、せがれは新婚旅行に、父の故郷の方へ行きたいと云い出した。少し遠いが、近ごろ鉄道が完全に開通して新しい観光地として世の注目を浴びているばかりではなく、その幼時に祖父母をたずねて、わたくしども父母とともに二三度行ったこともあるからであろう。彼はわたくしが命じたわけではなかったのに、祖父母の墓前にも詣でることを予定のなかに入れていたから、わたくしは若い者にも似ぬその心掛をよろこび、そうして
「そのついでに生れてすぐ死んだお前の妹のお墓へもお参りしておやり、幽香嬰女墓という小さなのが墓地の西北の隅の方にあるから、——祖父さんや祖母さんのものと対角線の位置だ」

と云って置いた。幽香嬰女墓はその祖父母が建てて置いてくれたものである。思うにこの幽霊はあまりの悲しさに意識下に葬って置いた記憶が年月を経てその悲しさのゆるむのを待って意識の蓋を突き上げてその姿を現わしたわが悲しみの映像であったに相違ない。

ここにこういう死児の歳を数える話を記しているわたくしという人物は、当年六十八歳になる老詩人であるが、こんな話はおそらくは老人センチメンタリズムの所産とでも云うものであろう。

それにしても幽香嬰女は懐しみをもって笑いかけるように現われたからこそわたくしもそれに応《こた》える気持で見たのであるが、若し何者かが怨恨憎悪の表情でこんなふうに出現したとしたら果してどんなものであろうか。それはわたくしの知らないところである。わたくしはいかなる怨恨憎悪をも意識下に埋没しては置かなかったから。

Ⅱ　世はさまざまの怪奇談

蛇

私はこんな事を思ったことがある——若草の上に横たわってる。小草がずんずん延びて、広がって、世界中一面の萌えたつような草原になる。而して、人間は皆蛇に成って仕舞った（真白のも居る。紅のも居る。黝《くろ》ずんだのも居る。）で、ふと見ると僕もやっぱり蛇だ。半ばは青い、半ばは赤黒い蛇——小蛇だった。

緑衣の少女

聊斎志異　巻八「緑衣女」

益都の生れの小宋という別名を持った于生という若者があった。彼は醴泉寺の僧房に学生として住んでいた。或る夜のこと、ちょうど彼が読書に耽っている時であった。突然、窓のそとに若い女性の声が聞えた。それは彼を讃める言葉であった「于さん、大そう御勉強でいらっしゃること。」彼はおどろいて跳び上った。そうしてその方を見た。それは、緑の衣を着て長い上衣を身にまとった比べるものないほど優しいたおやかな少女であった。彼は一目に、その少女が人間の類ではないという予感を持つことが出来たから、押してその住所を聞いてみた。しかし少女は答えた「ここに居るじゃございませんか、私が何か人を嚙みつきでも食べでもするように見えましして？　なぜあなたはそんな事を訊いたり探ったりなさるのでしょうね。」彼は心からこの少女が好きになった。その夜、彼の女は若者の許に泊った。少女の下着は透かして見える絹であった。彼の女がその紐をといた時、彼の女の腰は片一方の掌でまわるほどに細かった。しかし、夜が明けた時、彼の女は寝床から身を飜すと、そのままどこかへ消え去ってしまった。

それから後は、若者の許に少女の訪れない夜はなかった。或る夜、二人は向い合って食卓を俱にした上、いろんな話を語り合った。そうして彼は少女が音や律のことについてよく理解しているのを知った。彼は云った「若しお前が唄をうたったら、お前の唄のために私の魂が飛び去ってしまうにちがいない。」彼の女は笑いながらそれに答えた「あなたの魂が飛んで行ってしまっては大変です。」しかし彼が一そう強くたのんだ時、彼の女は言った「私は唄を吝むのではありません。ただ他人に聞かれるのが気になるのです。でもあなたのお頼みなら、よろこんで拙い芸をお聞かせいたしましょう。」それから少女は、しなやかに足拍子をとりながら寝床に身をもたせて歌った——

樹の上に黒い鷹が怖ろしい

深い夜にもわたしを眠らせない
それ故わたしはあなたの名を呼んで啼く。
わたしは気にもとめない——
わたしの絹の靴や、またそれを透して
雨がわたしを濡すことなどは。
ただ案じる、どんなにあなたが淋しかろうと
そうして、走る、ただ走る、あなたの方へ。

少女の声は絹糸のようにかすかであった。辛うじて聴きとれて、辛うじて分るほどであった。彼は身動きもせずうつりかわって行く高低の調子と、円転し、さては絶続する音律に聴き入った。それは耳に媚び、心臓をゆすぶった。歌い終った時に、少女は扉を開けて外を見ながら言った「胸がどきどきする。誰かそとに、窓の前に人が居るようです……」彼の女は自分のまわりと、家のまわりとを見まわしてから再び室に這入って来た。若者は言った。「何を考えているのだ。何が恐しいのだ？　お化けは人にかくれ人を恐れるという諺があるよ。」少女は笑いながら答えた。「それじゃ私もそのお化けでしょうよ。」

彼等がそれから臥床に這入った時、少女は大へん歎き乍ら訴えた「生きて居るという幸福はもう多分終りに近づいたのでしょう。誰も知る筈もない事ですが……。」彼はどうしてだと訊いてみたが、彼の女はただ答えた「私の胸がどきどきする。私の胸が動悸を打つときは私は死ななければならないのです。」彼は少女を色々と慰めて、心臓が波打つのや眼がひきつるのは何にもそう大したことではないと言った。そうしてもう一度訊ねた「なぜお前はそんな事を考えるのだ？」それで少女は又再びうれしげな笑を洩した。そうして二人は共にその夜を明かして互に互を愛し合った。

次の朝、水時計が滴り尽きた時、少女は立上って衣をつけると、扉を開けようとした。けれども永い間それを躊躇していた後に、再び戻って来て言った「なぜだか私の胸は恐しさで一ぱいです。お願いです、どうぞ私を扉の外まで連れて行って下さいませ。」そこで若者は立ち上って少女を扉の外まで導いて行った。少女は言った。「ここに立って居て私を見送って下さい。あの塀を曲って消えるまで家へ這入らないで下さい。」「ああいとも」若者はそう答えて、少女が家の角を廻ってしまうまで見て居た。彼の女の姿がもう見えなくなって、彼が帰ろうとした時、突然、少女の声が聞えた。高い救いを求める叫びが若者の耳を劈いた。苦痛が彼の身中を通りすぎた。大急ぎで彼はその場所へ急いだ。しかし、そこには、いかに見廻しても、人間の足跡さえ見出すことが出来なかった。叫び声は家の庇の下から洩れて来るのであった。彼がそれをよく見定めようとして頭を挙げるとそこにはちょうど弾丸ほどの大きさの蜘蛛が、一匹の虫を捕えようと身構えているのであった。叫び声は悲しげにひびいてもう消え入ろうとしていた。彼は網を引きさいて、その小さい生物を手に取ると、そのからだに巻きついていた糸から放してやった。それは一匹の青銅色をした蜂が力も抜けて落ち入ろうとしているのであった。やがて、しばらくの休息によって元気を回復した虫は、もう脚で歩もうとしていた。ゆっくりと蜂は硯の方へ匍いよって、ほとんど溺れるばかりに墨のなかに身を浸すと、再び机の方へ匍い出して来た。そうして歩むことによって、その蜂はそこへ、机の上へ「謝」という一字を書いた。再び翅をふるわせたと思うと、その次の瞬間にはもう窓を越えて飛び去ってしまっていた。

それから後、あの少女はもう若者を訪れることは無かった。

シナノ　キツネ

胡養神ノ　ハナシ

ムカシ　シナノ　アル　イナカニ、ヒトリノ　ワカイ　ガクシャガ　イマシタ。コノヒトハ　ムヨクデ、ガクモンノ　スキナ、タイヘン　カンシンナ　ヒトダ　ト　イウヒョウバン　デシタ。

コノ　ヒ　モ　ベンキョウベヤデ　イッシンニ　ホンヲ　ヨンデ　イルト、ガクシャノ　イエノ　モンノ　トコロニ、

「コンニチハ。」ト　イウ　ヒトノ　コエガ　シマシタ。ガクシャハ　ホンヲ　ヨミヤメテ　オゲンカンニ　デテミルト、オキャクサンハ、ミナレナイ　シラガアタマノ　オジイサン

デシタ。

オジイサンハ　デムカエタ　ガクシャヲ　ミテ　テイネイニ　オジギヲ　シテ　イイマシタ。「アナタサマガ　コノ　オウチノ　ゴシュジンサマ　デスカ。ワタクシハ　コンド　コノ　ムラニ　キタモノ　デスガ、セケンノ　ヒョウバンヲ　キイテ、アナタサマニ　オメニカカリニ　マイリマシタ。モシ　オジャマデ　ナカッタラ、ガクモンノ　オハナシヲ　スコシ　ウカガワセテ　クダサイマセンカ。」

ガクシャハ　オジイサンノ　コトバヲ　キイテ、

「サア　ドウゾ、オアガリクダサイ。」ト　オジイサンヲ　オザシキニ　トオシマシタ。ソウシテ　フタリハ　テイネイニ　オジギ　シアッテカラ、ガクシャガ、

「オキャクサマ、アナタサマノ　オナマエハ。」トキキマスト、

「ハイ、ワタクシハ　コヨウシント　イウ　モノデスガ、ジツハ　ニンゲンデハ　ナク　キツネデ　ゴザイマス。オトモダチト　イウ　モノハ　ウソガ　アッテハ　ナリマセヌカラ、ハジメカラ、ナニモ　カモ　ウチアケテ　オキマス。」ト　イウノデシタ。

ガクシャモ　ゴク　ノンキナ　ヒト　デシタカラ、アイテガ　キツネト　ワカッテモ　オドロカナイデ、カエッテ　ソウ　ウチアケタノヲ　オモシロク　オモッタノデ、

「ママ　ママ　ソノ　コシカケヘ　オカケ　クダサイ。」ト　スワラセマシタ。
ガクシャガ　イロイロ　ハナシアイテニ　ナッテ　ミルト、コヨウシント　イウ　キツネノ　オジイサンハ、ガクモンノ　アル　オモシロイ　カンガエノ　ヒトデ、ケシキノ　イイ　ヤマヤ　カワノ　コトヲ　ヨク　シッテ　イマシタ。
ハナシノ　オモシロサニ　ヒノクレ　マデ　アソンデ、アカリヲ　ツケテカラ、「ナニモ　アリマセンケレド。」ト　ゴチソウヲ　ダシテ　イッショニ　タベマシタ。コヨウシンハ、イイ　オトモダチガ　デキタト　ヨロコビ、ガクシャモ　コノ　オジイサンノ　ハナシヲ　キイテ　イルト、イロイロノ　コトヲ　オシエテ　モラエルカラ、ホンヲ　ヨムノト　オナジ　コトダト　ナカヨク　シタク　オモイ、コヨウシンニ　ウチヘ　オトマリナサイト　ススメマシタ。
ソレデ　コヨウシンハ　コノ　ガクシャノ　イエニ　シバラク　オキャクニ　ナッテ　ガクシャノ　ウチノ　オニワニ　ハナヲ　ツクッタリ、ガクシャノ　ホンヲ　カリテ　ヨンダリシテ　クラシテ　オリマシタ。ガクシャガ　タノムト　コヨウシンハ　エ　モ　ジョウズニ　カキマシタ。
スルト　アルトキ、ガクシャガ　モミテヲ　シナガラ、コヨウシンニ　チカヅキ、ソノ

ミミモトデ　コゴエニ　ハナシマスニハ、
「アナタハ　ワタクシヲ　スイテ　イテ　クダサル　ヨウスデスネ。ワタクシモ　アナタヲセンセイト　ウヤマッテ　イマス。ソレデ　スコシ　オネガイガ　ゴザイマス。ワタクシハゴランノトオリ　ビンボウデ　コマッテ　イマス。アナタガタガ　チョット　ジュツヲ　ツカッテ　クダサッタラ、オカネハ　スグニ　イクラデモ　デキルト　キイテ　イマスガ、ホントウナラ、ワタクシニ　オカネヲ　コシラエテ　クダサイマセンカ」
コヨウシンハ　ガクシャノ　コトバガ　キキトレナイヨウニ、テ　ヲ　ミミニ　アテテキイテ　イマシタガ、スッカリ　ハナシガ　スンデモ　マダ　ヨク　キコエナカッタヨウナトボケタ　カオデ、シバラクハ　ダマッテ　イマシタガ、オシマイニ、
「ソレハ　ワケノ　ナイ　コト　デス。ケレドモ　ソノ　タメニハ　モトデニ　ナル　オカネガ　十五六マイ　イリマスガネ。」
ト　コタエマシタ。スルト　ガクシャハ、
「ソレ　グライ　ナラバ　ナイ　コトハ　アリマセン。」
ト　コタエテ　ドコカ　カラ　ダシテ　キテ　コヨウシンニ　ワタシマシタ。
コヨウシンハ　一マイ　二マイト　カゾエテ　ミテ、

「ハイ、コレデ　ヨロシイ。アナタハ　スコシモ　ナイノカト　オモッタラ、アルノデスネ。」

キミョウナ　コエデ　ワラッテカラ、マドヤ　イリクチ　ナドヲ　ノゾイテ　ダレモ　ミテ　イル　ヒトガ　イナイノヲ　タシカメテカラ、

コヨウシンハ　ボツボツ　キツネノ　スガタヲ　アラワシ、マズ　カオツキガ　キツネニナリ、ソレカラ　アシモ　カタホウダケハ　キツネ、カタホウハ　ニンゲンデ、テ　ハ　二ホントモ　ニンゲンノ　ママデシタガ、ソノ　テデ　オカネヲ　ツカンデ、ビッコヲ　ヒクヨウナ　フシギナ　ヘンナ　アルキカタデ　ヘヤノ　ナカヲ　クルクル　アルキマワリナガラ、クチデハ　タエズ　ナニヤラ　ワカラナイ　マジナイヲ　トナエテ　イマシタ。

オシマイニ　テ　ノ　ナカニ　アッタ　オカネヲ　ウエニ　ホリアゲ、ソレガ　マダ　オチナイ　ウチニ　テ　ヲ　テンジョウノ　ホウヘ　タカク　アゲテ、オオキク　フルトヤネウラノ　キ　ノ　アイダカラ、オカネガ　バラバラト　マルデ　キノハノ　ヨウニ　タクサン　フッテ　キマシタ。

タイヘンナ　イキオイデ　フリダシタ　オカネ　ハ、ミルミルウチニ　ヘヤノ　ユカヲウズメテ　タカク　ツモリ、コヨウシンヤ　ガクシャノ　ヒザヲ　ウズメル　ホドニ　ナリ

マシタカラ、ヒザヲ　オカネノ　ナカカラ　ヌキダシテ、ミテ　イルト　マタ　スグ　クルブシガ　ウズマッテ　シマイマシタ。

ソコデ　コヨウシンハ　ガクシャニ　キキマシタ。

「ドウデショウ、コレグライデ　マニ　アイマスカ。ホシケレバ　マダ　イクラデモ　デテキマスヨ。」

「ハイ　モウ　タクサンデス。」ト　ガクシャハ　イソイデ　コタエマシタ。コンナ　イキオイデ　イツマデモ　フリツヅケタラ、カラダモ　ナニモ　ウズマッテ　シマウダロウトオソロシカッタカラデショウ。

「コレデ　タクサンナラ　モウ　オヘヤノ　ソトヘ　デマショウ。」
ト　イイナガラ、コヨウシンハ　ガクシャヲ　サソッテ　ソトヘ　デマシタ。ガクシャハヘヤノ　ナカヘ　ダレモ　ハイレナイヨウニ、ソトカラ　シッカリ　カギヲ　カケテ　イマス。
「ボクハ　オオガネモチニ　ナッタゾ。」
ガクシャハ　ココロノ　ナカデ　オオヨロコビ、コレヲ　ドンナ　ツボヘ　イレテ　ドコヘ　ウメテ　オコウカ、ツボハ　イクツ　アッタラ　イイノカ　ナドト　カンガエテ　イマシタ。

「ドレ、ボクハ　ヒトツ　オカネヲ　カタヅケテ　コヨウ。」
ト　ガクシャハ　ヒトリゴトヲ　イイナガラ　ヘヤノ　カギヲ　アケテミルト、オドロイタ。
　サッキ　マデハ　ユカ　一メンニ　アンナニ　ドッサリ　アッタ　オカネハ　ドウシタノデショウ。モウ　ドコ　ニモ　アリマセン。コシヲ　カガメテ　テイネイニ　スカシテ　ミルト、ヤット　モトデニト　イウノデ　ダシタ　十五六マイノ　オカネダケガ　アチラニ一ツ　コチラニ　二ツ　コロガッテ　イルノデシタ。ガクシャハ　ソレヲ　一ツ　二ツトカゾエテ　ヒロイアツメナガラ、
「アア、アイツハ　ヤッパリ　キツネ　ダカラ、ボクハ　キツネニ　ダマサレテ　イタノダ。」
　ト　キ　ガ　ツキ、ヘヤヲ　トビダシマシタ。コヨウシンノ　イル　トコロヘ　ガクシャハ　オコッテ　トビコンデ　イッテ、
「キミハ　ヨクモ　ボクヲ　ダマシタ　ネ。コレダケ　アレバ　マニ　アウカ　ナドト　イイナガラ、モトデ　ヨリ　ホカニ　一マイ　ダッテ　フエテハ　イナイデハ　ナイカ。」

ト　ドナリツケマシタ。

コヨウシンハ　シラヌフリヲ　シテ、

「ワタクシハ　アナタノ　オヒトガラヲ　ミコンデ、ガクモンノ　ウエノ　オツキアイヲ　オネガイ　シタノデシタ。アナタト　ゴイッショニ　ドロボウヲ　スル　キ　ハ　スコシモ　アリマセン　デシタ。　アナタノ　オカンガエノ　ヨウナ　コトヲ　ナサリタイノナラ、アナタハ　ドロボウト　オトモダチニ　ナレバ　ヨカッタノデショウニ。ワタクシハ　セケンノ　ヒョウバンニ　ダマサレマシタ。ワタクシハ　コレデ　モウ　シツレイ　イタシマス。アナタヲ　オミソコナイ　シマシタ。」

コヨウシンハ　イリグチノ　トコロニ　オイテ　アッタ　ジブンノ　ナガイ　ツエト　ボウシトヲ　トリアゲルト、コンナ　イヤナ　イエニ　イタクハ　ナイト　イウ　ヨウスデ、サッサト　イソイデ　イエノ　ソトヘ　デテ　シマイマシタ。オトナリノ　イエデ　イヌガ　ヤカマシク　ホエタテテ　イマス。

椿の家――「打出の小槌」より

――建部綾足作　原題「根岸にて女の住家をもとめし条」――露伴校訂本に憑る

秋成が「ますらを物語」で「なまさかしき人の人を誤るふみ」と軽蔑した西山物語の作者涼袋建部綾足も、秋成の好悪にかかわらず軽んずべからざる作家には相違ない。この点、秋成と同時にこの人を認めて彼等の業蹟を同様に尊敬した曲亭馬琴の鑑識に我等は服している。必ずしもその長編を無視する意味ではないけれども自分はその短篇の集「折々くさ」を愛読する者である。その長編が後に読本の祖をなしたようにこれらの短篇も亦近代短篇の手法の先駆をしている。その三十数篇のなかから、自分は以前にも最後の一話を語り直した事があった。今また「根岸にて女の住家をもとめし条《くだり》」という話を採ろうと思う。特にこの篇を選んだのは西鶴などとは全く別な行き方のいろ気の雅致を具え節度のあるのを喜ぶのである。西鶴の価値は自ら別にあろうが日本文学の伝統からいえば、秋成が軽ずる通り少々通俗ながら寧ろこの篇のような好色ぶりが正統なのではあるまいかと思う。「ますらを物語」で日本の精神美を見た我等はここではわざと方面をかえた。それ故同じ綾足のなかでも「若狭の国に主人の児に代りて犬に喰殺されし女をいう条」や「太刀かきのわざ試むる人に伴いて行きし条」などの類は割愛した。

武蔵の江戸のお正月は、非常に立派な松竹を飾り立てるのなども、外の土地とはくらべものにならない。大きなのも小さなのも家のある限り、町並は常盤木の林をなしている。川の頗る広いところへ、往き来の舟もお正月のものは悉く精一ぱいに飾り立てた故、見るからに心のどかである。根岸というところは東北で山に接して町並を区限られ山の泉の滴る里であるから、水も清らかに、住宅も落ちついて竹垣柴垣ぐらいなものに枝折戸を構えた家などが多い。初春の二日という日に友人が行くというから、その辺を吟じ歩いた。天気は実にうららかで高い木立には霞がたなびき、低いあたりには楊柳が芽生え、鶯も張り上げて音を鳴いていた。うねりくねった小路を曲って行くと、手軽な枝折戸ではあるが、打見たところ大へん由緒ありげな家の庭園に椿のさまざまに咲き出したのが目をひいたので見ていると、友人がちょっと足をとめて、この家の隣であったろうかと覗き込んでいたが、頭をふって
「いや、ここでもない。実にへんだなあ」

と呟いているから、

「一たいどうしたというのだ」

と聞くと、

「面白い事があるのだよ聞き給え」

と歩き出しながら
「去年の十一月の二十三日であったろうか。この辺ではないが、日頃ねんごろにしている女の少々嫌気のさしている者のところへ出かけて行って、今夜は一つ無理を吹っかけて別れ話にしてやろうと思いながら通りかかってこの辺にさしかかり日の暮れがたの雪に難渋していると、丁度今のさっき見かけたあの家の隣であった。品の悪くない老女が出て来て、「どこへおいでなさるお方やら、笠なしでお困りでございましょう。簑を借して進ぜましょう。ちょっとお寄りなさいませんか。」というのでこれは有難い。まさか山姥でもあるまいと思って入ると、見かけたよりは邸内もぴかぴかと掃除が行きとどいている。ところへ、「さあこ

ちらへ」と言われた。思いがけない事だから、自分はただ縁側に腰をおろして、「急いで行くところがありますから、ここにこうして居らせていただきましょう簑だけお貸し下さいますまいか」と言うと、「少々お願い申したい事もございますから、そんなところにはおいでなさらないで、さあどうぞ」というので、きれいな小女が出て来て袖にすがって引くから、知らぬ顔もしていられないので後について行くと表座敷らしいところはいい香がして、壁には秋の野の景色がおもしろく描き出されているのであった。きょろきょろしていると、物引廻した中に臥していた女の、はっきりとは見えないが、年のころ二十過ぎなのが少し枕をあげて顔紅らめ気味に話しかけた口調が甚だ上品で、声などもしおらしく普通の人ではあるまいと見受けられたので、何かのわけがあって、身分のある方がこんな隠れ住居をして居られるのであろうと、何となく推察されるにつけて、落ち着きもなくあたりを窺っていると、先刻ここに呼び入れた老女が出て来て
「ここにおいで遊ばされるのはわたくしがお育て申し上げた姫君でいらせられる、ここにこう遊ばして居らせられるわけは只今お話し申し上げる筋でもございませんが、唯今不意にそなたをお呼び入れ申したわけは、この姫君が昨日の明け方御参詣の途中でど、、、、畜生犬めが飛び出して来て姫君のおみあしの片方に噛みつきおりました。その場に居合せた方々が追い離し

て下さいましたが、血も大へん出ますし、ひどい目にお逢いなされたせいで、のぼせておしまいなさったのでしょうか、お気が遠くなっておしまい遊ばされたのを、ようようの事で物にお乗せしてこちらまでお供申してまいりました。人の話すのを聞きますと、犬に食われた病人は、なかなかむずかしいものであるとやら、そのせいか、熱のある御様子で召し上りものもおとり下さらないでこのようにおやすみ遊ばして居らせられます。そなたはお医者でしょう、良薬を差し上げて直ぐさま験を見せて下さいまし」

とたって話し出したので、見ると病人はなるほど顔つきが火照って悩ましげである。

「まことに気の利かない事に、今日に限って供の者も従えず、薬籠なども用意させて居りませんでした。ですがこういう不意の場合に使う薬は、少しばかりですが身につけて居りますのを、まあお試しに差上げてみましょう。おみ足のところはどんな風になって居りましょうか。診させていただけましょうか」

というと、なるほどと気がついてお側に仕えていた若い召使いどもが進みより、表は金糸で花や紅葉などを縫い重ねた唐衣《からぎぬ》に、裏は紅を合したものに、綿をぞんぶん入れた夜具の裾を少し巻き上げて「おみ足をお出し遊しませ」と言うと、羞しそうにお出し遊した。白くつやつやしい脛の細っそりとしたのを、（註一）「けしょうはあらぬ人なり」とつくづく見るが、

それらしい疵もないから、
「どこがお怪我あそばしたところでしょうか」
と聞くと老女が笑って
「お羞ずかしがっていらっしゃるのでございますよ。もう少し上の方でございました」
と白い綾衣のしなやかなのを、二枚ながらまくったのを見ると、ふくらかな向臑の大そう腫れ上ったところに牙の嚙み込んだと見える疵の跡もあるのを十分に診察して
「今御老女のおっしゃったように、大へんむずかしいものではございますが。それは病気の犬の嚙んだのをいうのです。これはそんな犬ではないのがただふざけて食いついたものでしょう。只今差上げるお薬をつけて、何かで巻き塞いでお置きなされたらその中にお癒りなさいましょう。わたくしそのうちに重ねて参上して御様子を伺いましょう」
と言うと、皆うれしがって
「この上ともお頼み申します。ここは万事に不便なところですから、神田の柳原のあたりに御従兄弟の方のおいであそばす所へ、今二日ほどの間にお引移り遊ばされましょう。それでそなたの御住所も聞かせて置いて頂いて、こちらからお迎えに参じましょう、お書き残し置き下さい。」

というので、蒔絵の盛り上った硯箱のなかに古墨の濃いのを磨って目の前に据え、また対の模様の蒔絵をした箱に、精製した紐の房の長く垂れたのをほどいて、内にあった陸奥紙《みちのくがみ》を取り出し程よいかげんに差出してひきさがった。こういうもてなしにつけても、下手に歪んだ鳥の足跡（見たいな悪筆）を書き置すのは頗る不本意であったけれど、気位高く放胆にやっつけて、

「重ねてお伺い申し上げましょう」

と申し残して出ようとすると、御馳走を差上げたいと騒々しいほど引とめられたが、例の件が心の底にあるので、雪も晴れたし簑も借りないで飛び出したが何にしても奥ゆかしいひとであったなあと、途々も思いつづけて行くと、夜になったので石に躓いたり、雪の中に踏み込んだりして、酉の刻も三つごろになってようよう情人のところへ着いた。そこで思う存分に振舞って、ひどく夜がふけた故その夜はその所にころび寝をして夜明け方に帰ったが、風邪の気味で病んだけれど、あの笠借りに立寄った夕方の雪が心に染みこんでいて、お迎えを出しましょうと言われたのを今日か今日かと待ち佗びているのについぞ音沙汰もなくて年も暮れてしまったから、あまりに物のゆかしさに君をそそのかし出して出かけて来たものです。何しろあまり取急いでいたので、其の家の様子はまるっきり記憶にない。唯、隣の家は

庭内に、椿がいろいろに咲き誇っていた事と、黒木で葺いた屋根に枝折戸を構えていたのとはよく覚えています。其家はちゃんと在りながら、あの隣家は跡方もない。確かに見た時から三十日かそこらの間である。それだけの間に家が消え失せようか垣根が無くなってしまうかと思ったものだから先刻も立ち止ってつくづくと眺めたのである。あそこに相違ないとは思うものの、場所を取ちがえているのか知ら。こんな事と知ったら引越すると言った家の名、さてはどんな素性の人か詳しく聞いて置けばよかったものを残念な事をした」と後悔している。

「それほど正確な記憶があるのなら、あの椿の家へ行って問えば、家も毀して引越したにしたって、行先も聞くことが出来るわけだろう」

というと、なるほどそうだと入って行きながら作り声で、

「少々お尋ね申します」

と言ったけれど返事がない。

「常の時ならともかく、お正月の廻礼のお客もありそうなものを」とささやいて「この家の人は昼寝でもしているのだろう」

「うん、大きな声で呼んでみてやろう」と友はもう一度作り声をして
「お尋ね申します。」

と言うが返事もないから、枢戸《くるるど》の少し開きかけていたのをがらがらと押開けて顔をさし入れながら
「おたのみ申します」

というと、古婆が顔をふりむけ、両方の耳に手をあてながら、

「大きな声で言って下さい」という。これは聾だなと、

「御免下さい」

というのさえ響く程に怒鳴てから近く歩み寄って事の次第を問うと、

「きょうは或る御邸へ新年の御慶を申しに参られました。お供をお二人おつれ遊ばされたものですから婆がひとりでお留守を申して居ります」

というので、それではまだ引越はしなかったのかと、もう一度よく問い返すと、

「こちらの旦那はお蔵方の下役でいらっしゃいますが、今は家もお役目もお子さんに譲っておしまいなされましたので、こうしてお気楽に御隠居あそばして居られます」

という。やっぱり聞えないのだなと気がついて声を盤渉《ばんじき》の甲《かん》（十二律の最高音）にとって、

「お隣さんはいつ毀しました。住んでいた方は何時どちらへ越されましたか」

というと、いくらかは聞きとったものか、口をもぐもぐさせながら

「はいはい、この婆が頭は一昨年の春剝り毀《こぼ》ちましてございます。こちらへは昨年の秋引越して参りました」

という返事に腹が立って到底駄目と思ったので、そうかそうかとうなずいて小声で、「狸婆、糞婆」と言ってやるが聞えないから、にこにこしながら、「お茶を一つ差し上げましょう」と行ってしまったが、あまり穢ならしいから笑いながら出て来てしまった。

「やっぱり場所を取違えているらしいなあ」

というので、あちらこちらと歩きまわって、椿の咲いている庭はないか黒木で葺いた門は、と見まわすけれど一向にない。あまり窺き歩くものだからうさんくさがって空巣か何かと思うらしい。

「もうあきらめよう。それより腹が空いて来たから、椿を探し歩くより椿餅を売る家でも見つからないものかな」

とおかしくもないことを笑いつつ帰途についた。

「こうまで探し歩いても家もないというのは実にへんだ。怪しいぜ。犬にくいつかれたとい

うのだから（註二）どうで毛のむくむく生えた脛だったのだろうな」というと

「いや、いや、何しろ吾輩が人間の脈をとって診たことだから間違っこはないさ」（註三）

と言い張って、ただ夢で相見た人を慕うように恋いこがれているのであった。

＊（一）古来の慣用の如く讃美歎賞の意を現わす一面には文字どおりに「怪しくはない人間」の意をも籠めて自ずと末節の伏線をなしていると思うから。

＊（二）前の「狸婆」後の「人の脈」などと巧に照応して暗に狐狸の類の業であろうという。蕪村と同時代人であるこの作者には他に狐狸をはっきり取材した話が三篇ある。就中「狐の傀儡をたぶらかせし条」がメルヘン風の美しさで特にすぐれている。しかし、本篇は単に狐狸譚とは見ずに恋愛を扱った心理好色談と見るべきであろう。

＊（三）「いないな人の脈にてうかがひつる事は違がはじと言ひかちて、唯夢に相見る人を慕ふばかりになん恋ひ渡りけり」というのが原文の結末である。引いて文体の一斑を示す。この種の体では「相見る」は「深く契を交す」意があるのであろうし、そう解する方が興味も多いには相違ないがそれをはっきり現代語で言いなおす無遠慮は敢てしなかった。

阿満と竹渓和尚──「打出の小槌」より

──「新花摘」より二項抄出、原題なし。潁原氏編「蕪村全集」に憑る

俳諧というものが飽くまで日本のものであるようにその精神で出来ている俳文には日本の美を考える資料になるものが尠くない。そのうちから蕪村を採った。「椿の家」で狐を言った序に蕪村の狐や狸を思いついたからである。蕪村には句にも狐狸が多いが随筆の散文にもこの題目が多いなかから「阿満《おみつ》と狐」、「狸と竹渓師」の二項をここに採った。とりとめもないものだがへんになつかしく美しい。狐の方は蕪村の尚古趣味を通して女性美の一伝統を見るし、狸の方は傍若無人で洒脱でおかしい。狐や狸という題目によって民族が持っているロオマンテックな趣味がここによく解釈され表現されていると

考えたからである。しかしあの独特な美しさの外には意味もない散文詩風の文章を書き通してみて果してどんな効果があろうか、せいぜい注意をしてやっては見るがおぼつかないものだと気が重くなり筆は進まぬが、ままよ——

常陸の国の下館というところに、中村兵左衛門というのがいる。古夜半亭の門人、俳諧好きで、風篁と名告っている。この上なしの福徳人で邸も分相応に二丁四方ばかりにかまえ前栽後園には奇石異木を蒐め、泉水を拓き鳥を放ち飼いにし、築山の有様は自然の粋を究めた。国の守も度々入来されたという、無類の長者であった。細君は阿満《おみつ》といって藤井某という大商人《あきんど》の娘で、和歌のたしなみ管絃の道にもよく通じて、気分のおとなしやかにみやびた婦人であった。これ程の豪家であったのに、何時とはなく家は衰えて万事ものさびれて出入の人も自ずと足が遠くなってしまった。其家のこういうありさまに衰えてゆこうとするはじめ、さまざまな怪事が多かったものである。なかでもとりわけ身の毛の立つようにおそろしいのは、或る年の十二月の事お正月の支度に餅を例年よりは多くついて大きな桶に幾つともなくしまって置いた。その餅が夜な夜な減ってしまうので、何者がぬすんで行くのかとうたがい、桶毎に門の扉程の大きな板をかぶせた、その上にすこぶる大きな石をのせて置いて、翌日早く不安を感じながらに、あけて見ると、かぶせた板はそのままでありながら、餅は半分の上も少くなっていた。その頃主人の風篁は公用のため江戸へ出向いていたので、細君のおみつは万事細かな心づかいをして家事に努め、出入の働く者たちにまで、情ぶかく行きとどくので、誰も彼も痛わしいと涙をこぼしていたことであった。或る夜、新春の用意に、美しい布を裁って縫っていたが、あまり夜がふけたというので、下部《しもべ》はした女《め》などはみんな許して寝させてしまい自分だけひとり一間に引き籠って室の隅々方々《くまぐまかたがた》閉して覗き込む隙間もないばかりに固め置いて、燈火あかあかとかき立てたなかで、心しずかに、お針に耽っていたが、漏刻の声滴って夜も大方丑三つ時になろうとする頃、老いさらぼうた狐がゆらゆらと尾を引きながら五つ六つうちつれ立って膝の上を通り過ぎて行った。妻戸や障子などは無論固く戸鎖していたから光の洩れ入る隙間もない筈のものがどこから侵入したろう。実にへんなことである、と目ばたきもせず見まもっていると、曠野などのさえぎるものもない場所の如くに往来していたが程なくかき消すように出てしまった。おみつは格別おそろしいとも思わず、はじめのとおりにお針をしていたそうである。翌日その家を訪問して、どうしていらっしゃいますか、御主人のおかえりがおそいので、何かと御心配の事でしょうと問い慰めたところ、おみつはふだんにまさって顔つき美しく、たのしげにものを言って、昨夜これこれの怪異があったと告げた。聞いていてさえ襟もとに寒さが襲う。実に気味の悪い、それほどの不思議があるのに、どうして家の子たちをもお起し遊ばさないでよくおひとりで我慢して居られたものですね、お見かけによらぬお気の強いことでと言うと、いいえ、ちっともおそろしい事とは思っていませんでしたの。と言う。ふだんは窓をうつ雨、萩ふく風の音をさえおそろしいと引きかぶっておいでになるお方がその夜に限ってそれほどにお感じなさらなかったのですね、まことにどうも奇異な事どもである。

むかし丹後宮津の見性寺というので、三年あまり宿をかりたことがあった。秋のはじめごろから、熱やふるえが出て苦しむこと五十日ばかり、奥の一間は大そうひろい座敷で、いつも障子をぴっしゃり戸を閉めて、風の通う隙間もなかった。其次の一室に病床を構え、へだての襖をたてきりにして置いた。ある夜の夜なかすぎに、病気が幾分合い間があるというので厨へ行こうと思って、ふらめき起きた。厨は奥の間の榑縁《くれえん》を廻って西北の隅にある。ともし灯も消えて大そう暗いが、へだての襖を押し明けて、まず右の足を一歩さし入れたら、何だか知らむくむくと毛の生えたものを踏みあてた。恐ろしいから足をひっこめてうかがっていたが、もの音もしない。奇怪におそろしいけれど何糞と度胸を決め、今度は左の足をもってここぞと思ってはたと蹴った。けれども少しもさわるものもない。益々おかしい。身の毛が立ったから、ふるえふるえ庫裡の方へ出かけて寺男などの大そうよく睡入ったのをおどろかして、事の次第を語ると皆起き出して来た。灯を幾つも照して奥の間に行って見ると、襖も障子も常のとおりに戸ざしてあって、逃げ出すべき隙間もなく、無論怪しいものの影すら見えない。皆がいうにお前さんは病気のせいでへんな出任せをいうのであろうと、腹立しさに不平たらたら、皆臥に行った。なまじっかに言わずともののことを言い出してしまったわいときまり悪く、自分も寝床に入った。やがて眠ろうとする頃、胸の上に磐石をのせたような気持がして、ただうめきに呻いた。その声が洩れ聞えたものであろうか住職の竹渓和尚が入って来られて、あなあさまし、これは何とした事かと助け起して下さった。やっと人心地がついたので、わけを申すと、そういう事があるのである。例の狸法師が仕業であると、妻戸を押し開いた。見ると、夜はしらしらと明けいて、はっきりと認められるのは、縁から簀の子へつづいて、梅の花がこぼれ散ったように跡がついているのであった。さてはと先きに出まかせを言ったと罵った者どももそうであったかと驚き呆れ合っている。竹渓和尚はあわやと急に起き出し給うたのであろう、帯もよくは結ばず、着物ははだかりひらいて「ふくらかなる睾丸の米嚢《へいのう》のごときに、白き毛種々《しょうじょう》とおおいかぶさりて、まめやかものはありとも見えず」若くから痒がりの病気があったそうで睾丸を引きのばしつつひねり掻いて居られる。その様子が頗る奇体で（註一）「かの朱鶴長老の聖経にうみたるにや」と大そうおそろしく憚られるのであったが、竹渓師は笑いながら

秋ふるや楠八畳の金閣寺（註二）

＊（一） 文福茶釜の伝説に名高き茂林寺の守鶴和尚の事（穎原氏註）と即ち竹渓師を暗に狸の化けた和尚であるかのようにいう。妖艶なおみつは狐と一体の如く洒脱なる竹渓和尚が狸と一体のように表現されている。

＊（二） 秋ふるは「古る」と「振る」とを兼ね、八畳の金閣寺は狸の睾丸……であろう。楠八畳、なん八畳――南無八幡……などに通ず。

『鉄砲左平次』序《ついで》にも一つ

何の国、何郡なり。

古来、魔所と伝える峠、或る晩そこで一人の若者が八ッ裂きにされて了った。峠を越えて夜毎隣村の娘に通うていた男である。

殺された男の友達思うに、今時魔物など住んでいる筈もない。これは言い伝えのある場所をよい事に、わざとかかる酷《むご》たらしき殺し方をして恋の意趣を晴らすものであろう。

女敵《がたき》らしい者を物色し、復讐を企て夜陰にその峠を数人にて越える折から、先頭の一人がまたしても咄嗟の間にその場に倒れ、浮き足立った連中は見極める隙もなく逃げ帰り、再び勇気をふるって戻って見ると、矢張り物凄まじい有様で死んで了っている。

再度の事に、怖れは絶頂に達して、今さらに古来の伝えを思い出すのであったが、中でも智慧のあるのは矢張り魔者なぞは信じられないので、天狗などというものはない筈だから、多分鷲かなんかでもあの大木に来て止るのであろうなどと取沙汰をしていた。

これを聴いたのが鉄砲左平次という老人です。鉄砲の名人で、倅《せがれ》から仔細の話を聞くと、みんなの止めるのもかまわず、月の明るくなる晩を待ち兼ねて出かけたのです。

充分自信のあるらしい左平次は、何人も後に従う事を肯さぬので、それでも五六人の連中はついて行くつもりでいたが、矢張りその場所までは出かける勇気がなかったらしいのです。

いくら待っていても左平次は帰って来ませんから、みんなは八ツ裂になっている左平次を予想しながら出かけて見ると、左平次は果してそこに倒れていましたが、幸いにも負傷《けが》一つしていないのです。

色々世話をして息を吹き返した左平次の言う所では、前夜、左平次は大木の根元へ来て待ち伏せていると、月明りの中に、大木の数々の枝に遮ぎられて何者とも分らぬものが、梢から段々下へ降りて来る気配を感じ息を殺して待っていると、或る所まで来て動かなくなって了った。

枝々の隙間から覘《ねらい》を定めて一発放すと、思いがけない程の凄まじい手答えがあって、そのため左平次はどしんと尻餅をつき地面へ倒れたかと思うと、落ちて来たのは何者でもなくただ笑い声であった。

左平次はそれを聴きながら恐怖の余り気が遠くなり、人々に見つけ出されるまでは死んだも同然であったという。

口の重い左平次は、どんなものを見たか、見なかったか、それも分明《はっきり》言いあらわさないが、それが何にしろ一通りのものでなかった事だけは、豪胆な左平次が未《いまだ》に恐怖の表情をしているので充分に察しられたのです。

それればかりか、左平次はその夜以後、怖ろしい、怖ろしいと言い続けて、気病みのような状態になって了った。

みんなが心配をして、左平次を或る温泉にやる事にしたのです。一晩山の夜露に濡れていたから身体に障ったのだろうという医者の見立ての通りであったのか、温泉は大変ききめがあって、左平次は一日一日と恢復して来ました。

そうして、今は気も慥《たし》かになり、晩秋の畠の忙しい事を言い出して、看病に来ている倅《せがれ》夫婦を家へ帰したのです。倅達も、もう一人でも大丈夫になった老父に安心して、温泉場から帰ったのです。

さすが、一人になってみると左平次は、話相手もなく朝から退屈をしていて、何時《いつ》も日がくれると直ぐに眠くなるのが、屈托のために反って頭が冴え、どうも眠れないのです。

そこで、もう一風呂浴びて来ようというので、お湯のあるところへ出かけて行ったのです。温泉宿といっても、孰れは山の中の小屋、浴室というのも自然の泉へ家根と囲をしてある程度のもので、湯殿は母屋から少し離れた所にありました。

馬の藁沓《わらぐつ》をあんでいた母屋の連中は、何とも分らない物音と一緒に湯殿の家根の落ちたような響を聞いたのです。

一同顔を見合せて暫く血の気を喪ったが、時を経て湯の方へ行って見ると、別段建物に変ったような事もなく、ただひっそりとした湯の側に左平次はぶっ倒れているのです。人々が介抱すると、左平次は気違の如く、

『怖ろしい、もういい加減有してくれ』

とわめき立てるばかりです。漸くの事で気が鎮ったらしい左平次の語るところは、次の如くである。

彼が湯に這入っていると、同じく一人の浴客があった。

今着いたばかりとも思える見も知らぬ坊主、片腕は傷を捲いたらしく繃帯してあった。左平次は湯治客同志の挨拶として、向うが問うままに、自分の病気の容態を言い、礼儀として先方の事を訊くと、坊主は答えた。

『鉄砲傷ですわい——鉄砲左平次という者に打たれましたわい』

言いも終らぬうちに、坊主は朦々たる湯気の中に雲つくばかりの大坊主になり、心地好気《ここちよげ》に笑い続けたまま……左平次は気が遠くなったのでした。

一たん癒りかかっていた左平次は、この夜から日増しに悪くなり、間もなく死んで了ったと言う事です。

これは、僕の創作ではない。僕の地方の温泉のある所で、民話のように伝っているものの梗概である。

淋しい山の湯で、夜おそくなった時などに思い出すと、少しは怪談らしい値打も出て来るかと思う。一種の詩美は認めてもよかろう。

あんまりロマンチックな話をしたから、此度は反対に頗るリアリスチックな話をしましょう。

これには、詩美というものが少しもないその代りに、迫真力はなかなかある。この二つの話のうち、読者諸君は孰方《いずかた》でも一つお好みに応じてお取り上げの事。

こういう風に違った見本をそろえてお目にかけるのが、在庫品豊富、商売上手と申すものです。爰《ここ》でまア一服しましょう。

僕の友人の一人。その人が以前信州の諏訪の紡績工場で事務員をしていた事があった。都会で失職していたのだ。新らしく職業にありつき、気候は秋になり、周囲の空気はよし、健康が増進するとともに大いに食慾を加え、不味《まず》い寄宿舎の飯を腹一杯食った、ところがちょっと困った事には、便通の都合が毎晩夜中になり、一眠りしたかと思うと便を催して目が覚めて了う。

蒼蠅《うるさい》のでなるべく毎朝、それでなければせめて就寝前にこの用事を済まして置き度いと思うのだが、どうも理想通りいかない。

困った習慣になったと思いながら、毎晩莨《たばこ》をくわえながら別棟になっている便所へ出かけて行くのであった。爽やかな月夜で、莨を口へくわえたまま、下っ腹へ力を入れて踞みながら粗末な建物のいろんな隙間から洩れる月を見ていると、便所もなかなか風流である。

重ね重ね甚だ尾籠《びろう》の話だが、身体が活気に満ちているものだから、非常に太い長い一片を排泄する事になっている。それがまた、もう一つ尾籠な話だが、この大きな一片が落ちると、溜め壺の中はどうゆうわけか何時も水気が多くて、為めにスプラッシュを起し、飛ばっちりが上まで跳ね反って来るような状態にある。

それで、何時も排泄して了うと注意深く用心をする。そうして、水っぽい中へ落ちてゆく固りの音を聴くのであった。

一たい寄宿舎の便所だから、普通のものに比べて溜めは出来るだけ深く、大きくしてある。そうしなければ、直ぐに充溢して了うわけである。

深いだけに、上からの距離も遠くって重力の関係でなかなか大きな水音がする。

この晩も毎晩の如く逞し気なものを排泄して、さて注意をしてみたが不思議と何の物音もしない。まるで無限の深い所に転がり入って了ったかのように、自分の落したものの反響を聞かないのであった。

不思議に思って、ちょうど喫い終った莨を中へ放りこむと、一瞬間薄明るくなって水の中で消える音が聞えた。

してみると、矢張り水が溜っているのである。それに、火が消えて了うまでの薄明りの中で、見慣れぬ変なものが底から見えたような気がする。

さてそれが何であったかを慥かめる間はなかった。そこで燐寸《マッチ》をすって放り込んでみた。

その時、自分の眼を疑ってみずにはいられなかった。

彼の見たものは綺麗に結ばれた女の髷なのだ。どうもそういうものにしか見えないのだ。

でもそんな所に、芝居の楽屋ではあるまいし、髷が棄ててある筈はない。

彼は気味が悪くなった。大急ぎで立ち上ったが、その瞬間彼は襟首をズッと撫でられたような気がしたから、反射的に振り返ると今度は正しく彼の顔を撫でるものがあった。

思わず、アと叫ぶと扉を排して駈け出した。彼には何が何だか分らなかった。部屋へ帰って、彼はやっと多少の落付を得たが、彼は狐狸の類にだまされたと考える程単純ではなかった。

でも自分の見たと思うものも、自分の首と頬を触れた感じもこれはどうしても疑えない。

彼は同僚をゆり起こした。

眠《ね》ぼけていた同僚はしかし彼の話を聴くと、物も言わずに起き上って、用意してある懐中電燈を手に持った。彼は黙って同僚について行った。

彼が先刻見た通りのものは、幻覚でも何でもなかった。これこそこの上なしの現実であった。若い女工が縊死して、その縄は切れたのだ。彼女は床のまたぎの間から落ち込み、身体は深い糞溜めの中にすっぽりと埋められて了っていて、僅かに見えていたその桃割れの髷の上に、気の毒にも排泄物が乗っかっていた。

彼の言葉を聞くといきなり懐中電燈をとり上げた同僚は、もう数年もその職にいた。そうして、彼の話を聞くと、女工生活をよく知っている同僚は、怪異と受けとるよりも早く現実としての事実を見抜いていたのだ。莫迦な彼は、懐中電燈でまのあたりに映し出されて見るまでは、おばけに出会ったように怖ろしかったのだ。

魔のもの
Folk Tales

もう八つの刻《こく》だったろう――

とぼとぼ、坂路を下りて居ると、ピカリと不意に光ったものがある。――松の梢のてっぺんじゃ。ハッと、そこへ思わずひれ伏してしまった。

「六根清浄《こんしょうじょう》々々々々々々々々……」

手を合わしてから、ちらりと一目拝むと、鳥のような足じゃ。羽根をひろげての――。天狗さまがござらっしゃる。息もつかずに居た。おそるおそる、もう一度、そっと、首をちぢめたままで見上げると、もう、なにも無い、ほーっと思って、もう一度、ゆっくり見上げると本当にもう何もない。

一もくさんに林のなかからかけて下りて、やっとの思いで村へ出た。

――あれやあ、本当の天狗さまじゃろう。

＊　＊　＊　＊　＊　＊

六甲越《こうごし》で丹羽《たんば》へ出ようと思っとった。峰一つ越えてしもうて、もう少しのことで人里だった。

月が出ていたがの。

その長い一本道を、いきなりスーッと来て通った、ゴオーと言って地鳴りがしたようにも思ったがのう、荷物も、商売ものの灰もあったものじゃない、身一つで竹藪のなかへすくみ込んだ。

夜は魔のものというが、そりゃ、えらいものじゃ、通ったあとがというと、お前、あたり一めんの蓮華畑に、一すじ、巾が三尺ほど、そこだけ刈り取りでもしたように帯になって、蓮華の花が綺麗に切れてしまっているのだ。

――いや、四つ足じゃない。さあ？　長ものでもない。鱗もありゃせん。いや、ただもう、三丈《じょう》もあろうかというかたまりなのじゃ、黒いものじゃ、影のかたまりじゃ。

そうさ、幽霊じゃろうかのう。お化けじゃろうかのう。さあ、何やら知らんが、何にせ、まあ、それがその魔のもので、つまりは今だに正体が知れんのじゃ……て。

＊　＊　＊　＊　＊　＊　＊

その谷というのがその、名うての魔所なので、ひとり旅などをするものはもとより、つれのある衆でも、そこまで来ると、ふいとその谷のなかへ上の道からおどり込んだりするのだ。夕かたなどは論外だが、昼日中《ひるひなか》でもそれだ。——いきなりひき込まれるのはまだたちのいい方じゃ。一度などはこんなことがあった——。

次の村で話し込んで夕方になって出かけた若い衆が、その晩になっても、朝になっても、その次の夕方になっても帰らぬ。さあへんだというのでさがして見ると、案のとおり、その谷へ墜《お》ち込んでいる。体は、今さらじゃないが目もあてられない。で、一番妙なことはというと、たかが一里もない手前の縁者のうちで新らしくはかせたわらじが、二十里も歩いて来たようにぐしゃぐしゃにはきつぶれていた。——そんなに遠道《とおみち》を、どこをどう歩いて来たやらそれがとんとわからない。——そう言って、その若い衆の妹が今でも泣いて話すが、これや愚痴とは言えまい……

早う汽車がとおるとええなあ、と、そこでわしが言うたことじゃ。

＊　　＊　　＊　　＊　　＊　　＊

村中の人が雪の上で焚火をして、手に手に得ものを持っているところだった。聞くと、今夜こそは是非とも一つあれをどうかしてくれようと言っている……

その晩はえらい騒動じゃったて。とうとう丑満《うしみつ》すぎになってわなに落ちた。つかまえて見ると、それは二尺あるなしの四つ足なのだ、見たところは山犬に似ているが、じゃが山犬でもない。てんでもない。白い毛のふさふさしたものじゃ。捉《つか》まっても割合に神妙にして居った。ちょっとその辺では見なれないものじゃと言った。わしも見たことのないものじゃった。もう夜中でもあったしそれにめずらしい奴じゃというので、村の衆はそれをともかくも生けて置くことにした。それで、どこから持ち出したのか、こんな太い丸太を組み合した。そうして、その隙間といったら、それこそ指二本とはそろえて這入《はい》らぬ檻《おり》のなかへ、そいつを投《ほう》り込みおった。それから猟につかう犬を皆そこへ張番《はりばん》させて置いた──これや、私もちゃんと見たのじゃ。

——ところが、やっぱり魔のものじゃったのじゃ。明《あけ》の日になって見ると、もう影も形もあるものじゃない。——その檻はちゃんとそっくり頑丈にのこっているのじゃげにな。なにさま、やっぱり魔のものじゃったのじゃろう………

＊　＊　＊　＊　＊　＊

この村にむかしから魔の住んどる家が三軒あるのじゃ。一軒はそれ、あの高いくぬぎの下の家じゃ。もう一軒は、馬方の馬屋のねきにあるあの空き家じゃ。——あれが一ばん悪いて、それからもう一軒はな、——そうさ、ええもう言うてしまえ——お前のうちじゃがな………

私の父が狸と格闘をした話

これは本当の話なのだが、あまり奇体な話なので、人が本当にしてくれるか知ら。何にせよ、本当の話なのだ。これが本当の話だということは私の故郷（紀州新宮）の人たちがよく知っている。

それは、私が十《とお》ぐらいのころのことだから、今から二十年も昔のことである。――その頃では未だ、今では人が見向きもしない自転車というものが、今の自動車ぐらいに珍重されていた。殊に大都会からかけ離れている私の故郷の地方などでは、余程めずらしいものの一つであった。皆は二輪車と言っていた。その自転車へ、その地方で一番早く乗った人は私の父であった。一たいが私の父という人は趣味の多い人で、面白いものや、美しいものや、珍らしいものや、古風なものや、或は極く新奇なものなどの好きな人で——この気質は私にも伝っているが——それ故、未だ誰も乗っていない自転車へ乗るのが面白かったのだろうと思う。それにただうれしく面白いというばかりではなく、実際の用事もないのではなかった。私の父は医者なのだが、山坂が多くって便利な交通の機関のない私の故郷などでは、医者のような遠くへ早く行く必要の多い人にとっては、自転車は重宝なものであったのに相違ない。それで、私の父はうちに人力車もあったけれども、天気のいい日や非常にいそぐ時などにはよく自転車へ乗った。

初めのうちは人が大へん珍らしがった。——父が或るところを自転車で走っていたら「あれ、あれ、あれ」と大きな声でびっくりして呼ぶ者がある。ちらと見ると、道の片わきに低い石垣があってその向うに、お爺さんとお婆さんとが日向ぼっこをしていたそうだが、このお爺さんとお婆さんとは自転車へ乗っている私の父の腰から下が石垣で見えないで……それに自転車というものも見たことがなかったので、飛ぶように行き過ぎる人間を見て天狗でも見つけたようにびっくりしたのだろう。私の父はそう話をしたこともある。それからこれは、紀州新宮でのことではなく、北海道の十勝川の沿岸にある私の父の農場に近い村でのことであるが、そこでも自転車が、そのころ大へん珍らしかったそうである。その農場の用事で私の父がそこへ行った時にもやはり自転車を持って行った。広い野原の道を、私の父が自転車で行くと向うの方から学校がえりの村の子供たちが来た。驚いて自転車の上の父を立ちどまって見て居たが、通りすぎると後からついて来ながら、子供の一人は、

「これや、天皇陛下さまじゃろうか」

と、言ったそうである。この無邪気な驚きの言葉は、今、私のうちで流行言葉《はやりことば》になっている。

さて、私の父が自転車へ乗りだしてから、私の故郷の地方でもだんだんと父の真似をして自転車へ乗る人がふえて来た。そうしてその人たちは、時々には道ばたで遊んでいる子供たちを怪我させたりしたと見える。ある時、私の父が遠乗りをして海岸の漁師村を通りすぎようとすると、道で遊んでいた子供がびっくりした声で、

「お母さん、また二輪車が来たよう！」

と、慌てて母を呼んだ。

「黒いのか」

と、その子供の母が問うた。

「赤いのじゃ」

「赤いのなら危うない」

と、お母さんは答えたそうだ。私の父のその頃の自転車は小豆色に塗ってあった。そうして外の人たちのは大てい黒いのであった。黒い自転車がよく子供に怪我をさせたものと見える。私の父は時々その村を通ったがまだ一度も子供をひいたことがなかったので、そのお母さんは「赤いのなら危うない」と答えたのであろう。私の父はふるくから乗っていただけに外の人より上手であったのだろう。それでも、一ぺん、その小豆色の自転車をひどいことにして帰って来たことがあったのを私は覚えている。しかも夜中にである。前の輪を二つにへし折って仕舞って、もう乗れなくして、自分は人力車で帰って来た。何でもやはり用事があって遠乗りをして、その帰りがおそくなった。ランプの用意がなかったけれど、あまりいい月夜だったので乗って来たのだそうだ。すると或る小さな板橋のところへ来て自転車の前の輪が板と板との隙間へ這入って仕舞った。うろたえてハンドルをこぜた機みに輪が折れたのだそうな。板と板との隙間を、それが黒くなっているのは知っていたがついうっかり月の光で橋の手すりの影がうつっているものと思い込んでいたのだと言うことであった。それでも私の父には怪我はなかった。

ところが、或る朝、私が学校へ行って見ると——前にもいうとおりもう二十二三年も前のことで、私がまだ八つぐらいだったから小学校の二年生ぐらいの時である。冬であった。私はその朝、滝のある山の近所に住んでいる子供から垂氷《つらら》を折って来てもらう約束があったので、いつもより早く起きて早く学校へ出かけた。そうして運動場の石垣へよりかかって日向ぼっこをしていた。すると一人の私より二つほど年上の子供が私のそばへ寄って来た。その子は登坂《とさか》という——私の家のすぐ上の切通しになっている坂道のところに住んでいる子供であったが、それが私に言うのだ——

「お前のうちのお父さんは今日は寝ていたろう？」

「うむ」と私は答えた。

「どうだ？　仰山に怪我をしたか」

「え？　怪我？　誰が？」

「お前のお父さんがさ！」

「え！　お父さんが？」

「うむ。お前まだ知らんのじゃな。お前のお父さんは怪我したんじゃぜ。お前のお父さんは昨夜狸と取組んだのじゃ——おれのうちのお父さんが、それを見たんじゃ。昨夜夜中にたいへん外が騒々しいのじゃと。そこでお父さんが――おれのうちのお父さんが、何じゃろうと思って戸を明けて見たんじゃと。そうしたら、昨夜は良い月夜じゃったんで何もかもよく見えたそうなが、お前のうちのお父さんが狸と一生懸命に取組んでいるんじゃと。うん。登坂の坂の上じゃ。おれのうちのつい前じゃ、二輪車も何も道ばたへ放り出してね。そうして狸と取組んでいるんじゃと、お前のとこのお父さんは強いんじゃなあ。おれのうちのお父さんがそう言うたぞ。おれのうちのお父さんはそれを見てびっくりしてね、助けに行こうと思うているとお前ところのお父さんが強いんで、狸がもうかなわぬと思うて山の中へ逃げ込んで行ったと。――それでも、お前ところのお父さんも怪我をしたのじゃ。狸に喰附かれたんじゃろう。血みどろになって、二輪車へも乗らずに、二輪車を引いて坂を下りて行ったんじゃと。おれのうちのお父さんは皆見て居たんじゃぜ。……」

私は――子供の私は、息もつかずにこの怖ろしい心配な話を聞いていた。私のお父さんがどこを一たい狸に噛まれたのだろうと思った。それにしても本当にあそこに狸が出て私のお父さんが狸と取組んだりしたろうかと少し疑わないでもない。しかし本当に見たと言うのなら本当に相違ない。それにしてもお父さんはどうしているだろう。嘸、いたいだろう……そんなことを、私は何度も何度も心のなかで考えて、その日半日心配でならなかった。一度うちへ帰ってお父さんを見て来ようかとも考えた。けれども、朝、私が学校へ出て来る時に私のうちで、父は未だ起きてはいなかったようだったけれども、皆別だんふだんと変った顔はしていなかった。もしや、何でもないのに家へかえったら皆に笑われたり、叱られたりする。そんなことを私はさんざん苦にした。私はそのころから物ごとが苦になって仕方がない性分であった。私がそんなに苦にやんでいるにもかかわらず、私にその話をした登坂の子供は、さも面白い事のように、

「佐藤のお父さんは、昨夜、狸と取組んだ。――おれのうちのお父さんがそれを見たんじゃ」

と、そう言い振らしている。外の子供たちは、「本当か、本当か」と私にそれを聞きただしに来た。私は何となく腹立しいような恥かしいような気がしてならなかった。

それから私はひるの時間にうちへ帰ると早々、父の部屋へ行って見た。父はからだのどこかへ繃帯を一杯巻いているに相違ない――とそう思いながら。ところが父の部屋には父は居なかった。それで、私はいくらか安心しながら、

「お父さんは？」

と、そう女中の一人に尋ねた。

「きっと診察室の所でしょう」

と、その女中が答えた。それで私は診察室の方へ行って見た。そこにも私の父は居なかった。

「お父さんは？」

と、そう私は薬局生に尋ねた。

「お父さんは今、病家へ行きましたよ」

と、薬局生が何か仏頂面をしてそう答えた。私にはろくに注意もしてくれない。その何となく無愛想な様子と、お昼御飯の時刻だのに父が家のどこにも居ないということが私には妙に不安心であった。私はそれを気にもしながら御飯をたべたが、御飯の時にも、私の気のせいか皆いつものように打とけていないような気がする——何か子供等にかくしているような気がしてならない。そうかと言って私は、気軽るに狸の話を持ち出してはいけないように感ぜられる。とうとう私は智恵を絞って、

「お父さんは昨夜夜中にどこか病家へ行った？」

こう、母にたずねて見た。

「いいえ、どこへも行かん、よ。」

母は事もなげにそう答えて御飯をたべている。「何うして」と聞いてくれないから私はそのまま何も言わない。しかし、狸の話はいずれ嘘だろうと思った。それで気が軽くなって昼からはいくらか何時ものような心持にはなった。それでも時々、狸のことがふと思い出されると苦になった。

夕方の御飯の時には、怪我も何もしていない父が私たち兄弟や母と一緒に食事をしていた。誰も狸の話は知らないらしい。又、知っている筈もない。私は狸の事を言おうかどうしようかと迷うた。私はへんに内気な子で父の前ではろくに口が利けなかった。それで狸の話はしない事にしようと考えた。と、その時に父が不意に言い出した。――「ねえ、妙なことがあるよ。私が昨夜大怪我をしたと言うのさ。いや、今日、熊の地（町の名前）へ行くと、その病家で不思議そうに私を見て、『今日はお見舞には来て下さるまい。と言っていたところだ』と言うのだ。『どうして』と私がたずねると、何でも私が昨夜登坂の坂の上で大怪我をした。自転車へも乗れずに血だらけになって坂を下りて行った――その後姿を、その病家の近所の者が見た。そう、今朝話を聞いた――あそこは急な坂だから大きな怪我でなければいいが、と今もそう噂をしていたところだ。そうその家で言うたよ。」

「へえ？　何の間違でまた、そんな事を」と母は驚いている。母よりももっと驚いてた者は私であった。

「お父さん、然うなのじゃ。お父さんは狸と取組んだと言うのじゃ。私もその話を今朝学校で聞いた。」――父の前へ出ると、まるで無口な私も、あまりの不思議なことに思わずこう話し出した、学校で聞いたとおりに話をした。「それこそ、まるで狸にだまされたような話だ」そう言って皆はいよいよ不思議な顔をした。

その翌日、私は学校へ行って、「私の父は狸と取組みはしない。どこも狸に噛まれやしない。怪我も何もない」と皆に言った。

「それでも」とあの登坂に住んでいる子供は言い張った「それでも、おれのうちのお父さんは取組んでいるところを見たんじゃもの！」そう言い張って承知しなかった。

そうしてこの子のお父さんがそれを見たばかりでなく、熊の地の病家の隣りの人も見たのだ。二人も見たのだ！

――私はこの話を思い出していつも馬鹿々々しくて然も不思議で仕方がない。今もこれを書きながら、十《とお》の子供の時に感じたとおりに不思議にへんなことに思えてならない。考えれば考えるほどへんである。私自身がそうなのだから、人はとても本当にはしまいかと思う。けれどもこれは本当のことばかりだ。私の故郷の人たちのなかにはきっと今でも覚えている人があるに相違ない。そのころ名高い話として評判されたことなのだから。――尤も、私の父はもう忘れて居た。それも無理はない。私の父はこの噂の主人役でありながら、実際では毛一筋ほども関係のない出来事だ。父はその不思議な格闘の最中にいつものように平静に眠っていたのだから。

熊野灘の漁夫人魚を捕えし話

伊勢国別保といふ所へ、前刑部少輔忠盛朝臣下りたりけるに、浦人日ごとに網を引けるに、或日大なる魚の、頭は人のやうにてありながら、歯はこまかにて魚にたがはず、口さし出でて猿に似たり。身はよのつねの魚にてありけるを二人してになひけるが尾なほ土に多くひかれけり。人の近くよりければ、高くをめく声のごとし。又涙をながすも人にかはらず驚きあざみて、二喉をば、忠盛朝臣の許へもて行き、一喉をば浦人にかへしてければ浦人皆食ひてけり。されどもあへてことなし。その味殊によかりけるとぞ。人魚といふなるはこれていのものなるにや。

古今著聞集巻二十

渡辺庫輔君は好学の士である。先日、人魚に関する甚だ面白き随筆の稿を本誌のために稿して寄せられた。早速に発表すべきであるが誌面の都合で発表する運びに到らなかったが、ようやく別項にこれを掲げ得た次第である。渡辺氏の文中に人魚の始めて把理斯や竜頭で見世物に出た年代やその売買された価格などの研究にも及んでいるのを見て、僕は、四五年前、父から熊野勝浦の一漁夫が人魚を捕えたのを、新宮の人某が買って見世物にした由の話を聞いていたのを思い出したが詳しくは大方忘れてしまっていた。それで筆の序に其話をもう一度仔細に知りたいと乞うと、数日経って手もとにとどいたのは次のような返事であった。

——人魚の話は久司栄次郎君から聞いたが忘れた処もある（大きさなど）が裏面に大略書いておく——勝浦の一漁夫が鮫のようで其顔が狆のような魚を釣って帰った処へ新宮人が来合せて妙な魚じゃ買って帰ろうというので一円とか七十銭とかで買って持ち帰った。近処の人に話すと妙なものじゃと人々が噂した。或る山気のある人が見せものにしたらと思って十円に買い取った。其話を中学校の博物の先生が聞いて見に来て人魚と世にいうものはこれじゃというたので買った男喜んで直ぐ芝居小屋を作りて見世物にして百五十円ばかりもうけた（尤腹に塩をつけたり防腐したのである）それを知って百五十円に買手がつき売った。其買った男が大阪へ持って行って三日間とか見せ物にして千円以上ももうけた処が腐敗しかけたとかで少々困って居た処へ京都大学から買い度いとの交渉があっていくらとかに売ったというのであった。

右様の話であったと思うが又栄次郎君にたずねて大きさやらもっと詳細しらせるというので、老父も殆んど忘れてしまっているらしく、これならば僕と記憶の大差ない何でももっとおもしろいところのある話だったとおぼえていたが、と思っているとその後一ヶ月程も経て、森戸栄次郎君から老父宛の手紙が父から転送された。森戸君は旧姓を久司と云い僕が少年の頃に父の病院で薬局生をして居た人である。敢て文飾して一篇の譚とするほどのものでもないから。なまなかな補筆はやめて忠実に久司氏の素朴な文をここに転写させて貰うことにする。これが僕が事実を伝えんがために選んだ一様式で必ずしも骨惜みばかりではない。

（前略）就ては御照会下さいました人魚の件、私も慥かな記憶もなかったので、其時見世物をした吉崎芳次郎という人今浮島の近くで西洋料理をしている人を訪問して当時の事を伺いました処、丁度吉崎と共に見世物をした熊野地の田中貞次と云う人も来合せて居ましたので好都合でありました。左に大略御知らせ致します。昭和三年二月二日勝浦の一漁夫が目方二貫二百匁長サ尾共五尺位フカの様な形で頭が猿の如く頭に花かんざしの様なものがあり

（武器か）乳の処に（水はき）手があって爪も五本足はアヒルの如き水かきがあって長さ六寸位尾はくじゃくの尾に似て顔は人間の様で鼻は低く目は丸くて魚の目に似て横について歯は白く細かくて人間の歯の如くきれいに揃ってあった怪物を網で捕獲して来て外にいさらぎと云う魚一尾と二つで勝浦の平野という人が七十五銭で入札して勝浦築地の或るかまぼこやへ売った処かまぼこやの人は妙な魚じゃ気味が悪いと云って又平野へ怪物丈け返して来たのを天満の煮豆やさんが七十五銭で買入れて来て新宮で見世物する積りで親類の駅前建具屋へ持って来た処建具屋の人が家の中へ入れる事を嫌ったので仕方なく又天満へ持ち戻ったのを熊野地の田中貞一（前記田中貞次と同一人？）という人が買いに行って三円で買入れて来て若し見世物で儲けたら又三円出すと云う約束で都合六円で買取った。私の家の前に居る吉崎芳次郎さんの家へ持って来た。吉崎さんが第一に私に見せて下さって是は昔から云う人魚です画にある様なウロコノアル毛のはえた人魚はあるものではないこれが昔から云う人魚だと云ったので私も人魚を見せて貰ったと云って人々に伝えたが翌日新宮の新聞に勝浦で人魚を捕ったと報道したので大評判となった中学校からも先生が見に来て是はフカの一種であるが名は知らぬ昔から云う人魚が髪やウロコがあるかないかまだ見た事がないと云った。其日警察署で動物の見世物として許可して下さった（註一）見た人がこれはたしかに人魚だ外で人魚を見たがこれと同じじゃと云うので三日目から警察署も人魚の見世物としての許可証を下さったのでいよいよ真正の人魚に成ってしまって三日間に百二十五円儲けた処が各方面から買手が来た吉崎と田中はいくらでも売らぬ都会へ行って見世物にするのだと云った処京都大学病院の前にある散髪屋（註二）がこれを僕に譲ってくれ僕は見世物にするのでないミイラにして田辺中学へ寄附するのだこれからミイラにすればウント金がかかる吉崎田中は君をうたがうのでないが見世物にするのならばいくらでも売らない学校へ寄附するならば仕方ない百五十円ならば持って行けと云う警察署の許可証も添えてくれ許可証に君等の名前もあるから君等も名が何時までも残ると云うて兎に角うまくだまかされて百五十円で渡した処が其人は翌日貴重品扱として大阪へ送って大阪住吉で見世物して三日間に九百円あげたそれから堺で三日間で六百円あげた。

其時或人から千円で譲ってくれと云って来たが其人は一万円でも売らぬと云って断ったそれから神戸へ行って見世物をして多額の金を上げたと云う事であるが其後その人はどうなったか一向わかりませんが大変な金で他へ譲ったと云う事である吉崎田中両人は学校へ寄附すると云う条件で渡したのだから所有者がわかれば取戻しに行く考だが一向行衛不明であると云うのです又吉崎さんの家へ大王地の置屋の主人や芸者などが人魚の肉をどんな処でもよい

から一匁十円でもかまわんから売ってくれと沢山申込んで来たそうですが吉崎が手放した後であった。又吉崎が腹わたを取らねば腐ると思ってはらわたを取って便所へ捨てたがはらわた丈でも六百円か七百円取れるものであったと今に残念がって居ます右は吉崎田中両人から聞き得た大略ですそして甚だ申上兼ねますが吉崎田中両人が小説が出来ましたら各一冊ずつ頂きたい様に云って居ますから、無料で送ってやって下さる様願います。これは年月を調べたりするのに許可証をさがし出したり色々世話をかけたのですから（後略）

＊（一）　警察署の許可証に憑ると、入場料は大人十銭小人五銭と定められている。

＊（二）　予の記憶でも父の手紙でも京都大学云々の話になっているところが、これでみると京都大学病院前の散髪屋であったところがユモラスではないか。

山妖海異

秋風や酒肆に詩うたふ漁者樵者　蕪村

熊野という地方は、古代では、もと一国であったという。西は有馬皇子の結ぶ松で知られた岩代（田辺《たなべ》市に近い切目川と南部《みなべ》川との中間あたりにある）から、東は伊勢と国境を接して、荷坂峠から花板峠を経て大台原山の稜線を吉野川の源のあたりまでつづいていた。すなわち現に和歌山県の東牟婁《むろ》と西牟婁《むろ》、三重県の南牟婁と北牟婁という風に、古の熊野の国は今、新宮川によって両断されて二県にわたる東、西、南、北、牟婁の四郡の地なのだから、地域はそう狭いというのでもないが、国の大部分は深山幽谷で海岸にも河川の流域にも平地らしいものはほとんど見られないから、民は心細げに山角と海隅とに居を営んで、魚介禽獣や山の樹や海の草より人間の少い世界である。だから、一国とするには足りない小国と見て、地つづきの同じ小国木の国と合併して一国とし、紀伊と名づけられ、熊野は終にその一隅になってしまった。

地図を開けば明かなように、海は山に迫り、山は海を圧してこげ茶色の山地と藍色の海との外にはおおよそ七十里に及ぶ海岸線にも多くの河川の流域にも、平野のしるし緑色はごく細く断続して見られるばかりである。こういう地勢をほかで見つけようとすると裏日本では越後と越中との国境のあたりに地域は比較にならぬほど狭いがそんな場所があると見たのが、名に聞く親知らずであった。世界的には喜望峰のあたりが、どうやらそんな地勢らしい。

折口信夫さんはいつぞや、熊野では伊勢寄りの土地が景色がよいようですと云っていたが、さもあろうと思えた。志摩半島の西側につづく熊野の西端北牟婁郡には海山町と云う町名があるのを見ても知れるとおり、海と山との最も近く迫り合っている場所で、それが西へ行くほど激しくなって荷坂峠の麓にある熊野最西端の町、長嶋あたりでは海と山との一番遠いところでもせいぜい十五メートルあるなしだという。

こういう地域だけに伊勢の方から入るとすれば山又山の山道が険しいし、東の方からはすべて荒海を渡らなければならないため、海山に遮られて交通は不便を極め、現に紀伊半島を一周して名古屋から大阪に出ようとする鉄路も、たしかこのあたりのトンネル工事に難渋して停滞している。

こういう場所では海や山も天然のままの姿をよく保っているし、人間の生活や性情も古の風を失わないでいるものである。ただ農耕の地は無いから、住民は漁者でなければ樵者というわけで、彼らの語り伝える話題も海や山にだけ限られ、それも怪異の談が多いのは彼らも世の中から離れた日常生活の単調に堪えないからであろう。海妖と山異との間に、彼らは僅にその生活感情をいくらか託しているが、それとても主題は生の不安と死の恐怖とのいかにも原始的なもので、この地方の漁者樵者は、さながらに朴訥な古代人のおもかげをとどめているのは彼らの民話によって見るべきである。

「日の出湯の新ちゃんらの孫ばあさんのつれ合いはのう、尾鷲《おわせ》の相賀《おうが》から来た人じゃったが……」と、何を思い出してか老人は近所の少年たちを相手に、こんな風に話し出す。「その日の出湯のお爺さんやのう、カンカラコボシを能《よ》う使う人でのう……」

カンカラコボシ（河原小法師）と云うのはカッパを云う方言であるが、法師（ボシ）はここではすべて人間を呼ぶ蔑称であるが、カッパにも、ともかく人格を賦与している。そのはずで、彼等は災害をもたらすばかりではなく、ここでは時に人間の手助けをもするというのである。

カッパは全国に存在するものとされ、何故か当世の人気者になっているが、人間に使われるカッパの話は熊野のほかにはあまり無いらしい。

「カンカラコボシを呼び出すには法があって、先ず浜に立ちからっぽの飯びつのぐるりを、内部から杓子でカラカラとかきまわして音を聞かせ、さておひつのふちをたたいて呼び出す。そのたたき方に法があるのじゃと」

老人は片腕に飯びつを抱いた形で片手をくるくるかきまわす手ぶりをしてみせながらこんな事を云う。

汀から這い出して来て足もとに土下座しているカンカラコボシに海を指すと、ヤッコめ海のなかへもぐって行って鮑を差し出したり、てんぐさを両脇にかかえて浮び出したりする。そのたんびに赤豆飯をちょっぴりひとつまみずつくれてやる。カンカラコボシはとても赤豆飯が好きじゃ故《さか》、もっと食べたさにあわびやてんぐさを山盛りに採るのじゃ。川のカンカラコボシを呼び出して畑で使うのを見た人もあるんじゃげ。カンカラコボシはおとなしくよく働くものじゃと感心していた。

少年たちは半信半疑で、しかし好奇の目を見張って聞き入った。老人もそれだけで十分満足なのである。

この地方にはカンカラコボシが海にも川にも多い。という事は海や川で働く人が多く、また子供たちは海や川の外に遊び場がないために、水死人が多いということであろう。

そんなに沢山のカンカラコボシが居る理由に就てもまた説明がある。そもそもカンカラコボシは疫病神の生れ変りなのである。疫病やみが出ると、土地ではヤンゴロ（怨霊）船《ふね》を仕立て、竹法螺を吹いて町内を歩き廻る。竹法螺を聞いた住民たちは手に手に疫病神を家から追放する。疫病神は行方が無くなってヤンゴロ船へ逃げ込む。だからはじめは軽かったヤンゴロ船も、町中を歩くうちに刻々に逃げ込んだ疫病神のために、刻々に重くなりゆき、もはや船一杯になったと思われるところでこれを海岸に持って来て流す。流されたヤンゴロ船は潮流の関係で岩本という岸に流れ寄る。だから岩本の附近にはカンカラコボシが多いと云われるのである。――つまりは水死人の多い魔の地点なので。

長嶋町の江の浦湾外の海上二十キロばかりの地点にある島勝浦の白浦には、大白《おおしろ》さんと呼ばれて九十九段の高い石段を持ったお宮がある。神体は黄金色にかがやいた流木の大株だと云うがもと九鬼の浜に流れ寄っていたのを浦人があまり大きいのを邪魔がって満潮を見て肥えびしゃくの柄で突き流したのが、再びこの白浦へ流れ寄ったのを白浦では神異として祭った。八月二十日（であったか）のここの祭日には附近一帯のカンカラコボシが日頃取って置いた人間の胆を大白さんに献納する日になっている。それ故、当日はこの地方では一切水泳を禁止している。というわけは日頃蓄えのなかったカンカラコボシは大白さんに納入の胆を得ようと気を揉んで人の来るのを待ち構えているから、当日水に入ると納入の用意のないカンカラコボシに得たり畏しとばかりしてやられるというのである。大白さんの祭日は云わばカンカラコボシの納税日らしい。然らば黄金の流木はカンカラコボシ王の枯骨と見立てられたのでもあろうか。

苟もこれだけ堂々たる神社まで持っているカンカラコボシが、一つまみの赤豆飯に節を屈して人間の奴隷となる例外はあるとしても、決してそれが本領でない事は申すまでもなく、もちろん他処のカッパ並みのわるさをすればこそ疫病神の再来とも云われるわけなのである。

湊治郎左衛門さまというのはえらいお人であったが、或る日持山を検分してのかえり、赤羽川を馬で渡っての後、どうしたものか馬の歩みがはかばかしくないけはいに、心ひそかにうなずくといきなり、

「我《わ》りや！」

と叫んで気合いを入れ、刀をうしろざまに抜き打ちした。とたんに馬は繋《つなぎ》を放たれた如く

一さんに駆け出した。さながらに刀の鞭を受けたかのように、その勢に、馬の尻尾にくっついていたカンカラコボシは、斬り落された片腕を取り返すゆとりもなく、ただ傷口を押え押え逃げ帰った。残された片腕は、依然として馬の尻尾をしっかりと握りしめつづけたまま、振り落されそうに揺れながらにも指は力をゆるめなかった。やっと厩のなかに帰った馬が後脚を二度ほど強く踏みしめたとたんに、その片腕は厩のわらのなかにずしりと落ちたものであった。

川に帰ったカンカラコボシは思いかえしてあきらめ切れずに、折からの月夜をも、ものともせず、家並の軒かげづたいに、よちよちと湊治郎左衛門さまの邸に辿り着き、池水のはけ口をたよりに庭園《しま》まで忍び入り、折しも縁側に出て濤声を聴きながら月光を賞していた治郎左衛門さまの影を見つけると早速に論判をぶちはじめた。治郎左衛門さまは豪気な人で両腕の河原小法師さえ怖れない。まして、片腕の者などはなおさら屁とも思わない。とても力ずくやおどかしでは及ばないと知っているカンカラコボシはそら涙を使いはじめた。治郎左衛門が泣いて頼まれれば断れない人だという事はカンカラコボシもよく知っていたからである。しかし治郎左衛門さまも、あっさりそれではと返すはずもなかった。

「この暗愚《あんぐ》カンカラコボシめ、誰がただでかえしてくれるものか。その代りには、以後は決してわるさはしないと申せ」

「はいはい」とカンカラコボシはやっと涙をすすり上げてもみ手をしようとして片腕のなかった事に気づいたまま、片手をだらりとぶらさげたざまのわるい様子で、おろおろ声に妙なふしをつけ――

「ご先祖さま代々、孫ン子の代まで孫子末代《まごこまつだい》、カンカラコボシ一同は忘れても治郎左衛門さまの血の方の尻は引きません」

「きっとか」

「きっとでござります」とカンカラコボシは今になって飛び石の上にしゃがんだのは行儀のためではなく、気がゆるんで脚がだるくなったためであったろう。

「その心がけならよい。だが口先だけでは駄目じゃ証文を入れろ」

「いえ治郎左衛門さま。カンカラコボシは人間とは違って口約束だけで絶対に間違いはござりませぬ。きっとと申せばきっとでござります」

「何を」と治郎左衛門さまは人間の不信がカンカラコボシに侮辱されたのを心外に思って、

「腕はやるまいぞ。証文を書かぬと申すならば」

「カンカラコボシはまだ証文というものを知りません」

「知らなければ教えもしよう」

「はいはい。それでは証文も入れましょう」

こういう始末で治郎左衛門さまは証文と引き換えにカンカラコボシの片腕をかえしてやった。そうしてカンカラコボシの書いた証文というものがその片腕の見取図とともにこの間まで久しく村の役場に保存されていた。治郎左衛門さまは絵心もあったと見えてその片腕の図は青い彩色で立派に描かれてあったのを見た人も多い。カンカラコボシの字の方は誰にも読めなかったが天狗の文字に似ていたというが、今はそれももう無い。

この土地の親たちは子供が五つ六つにもなると子供の手を引き一升瓶を携え、治郎左衛門さまの子孫の営む湊屋呉服店へ行って治郎左衛門さまの血の者にしてもらう事を頼み入る。湊屋ではそれを承認したしるしに日の丸の扇子一本をくれる。湊屋呉服店はまるで大白さまの向うを張っている形である。日の丸の扇子を手にして、これでもうカンカラコボシに尻を引かれることもないと親も子も安心する。それが水を世界として一生を過す漁師の家での話なのだから、その朴訥愚に近いこの地方の気風のほども自《おの》ずと知られよう。

それにこれを聞く現代の少年たちまでが湊治郎左衛門さまがカンカラコボシを斬りつけた話や湊屋の子にしてもらえばカンカラコボシに尻を引かれない話はまだ信じて疑わない。というのは彼等の父も湊屋の子にしてもらってカンカラコボシの難を免れている事実なら家庭でも聞いていたからである。そうして少年たちのうちの小ざかしい一人が、これも家で聞いた言葉をそのままか、

「湊屋でもカンカラコボシを使うて酒を汲み込ませて居るのじゃげ」

　というのを聞いて、老人は、

「こりゃ、誰じゃ。何だ鬼屋の坊か。好《え》え子はそんな人魚の口は利くものじゃないわい。」

と、笑いながらにたしなめた。

人魚の口はまた剣の口とも云って悪口雑言を恣にすることを云う方言であるがこれに関しては、いずれ後に改めて説く。

岩松爺さの親の音松というのが、まだ子供の頃、江の浦の浜で海犬を見てのうと、老人はいきなり別の話題に移って行った。まあ黙って聞いているがよい。山犬のように海には海で、海犬がいるのを見たと云うのじゃ。

　音松の親は何太夫とかいう人じゃったが、子供のころの聞きおぼえで、今はとんと思い出せないが、その親太夫どのが音松に磯で海老網を引いて来る間待っていろと云いつけて置いたのを、帰ってみると子供の音松は浜に着物をかなぐり捨てたまま海へ入り込んで、それも

今にもおぼれそうな首ったけの深みまで歩み込み、声のありたけを泣きわめいているのである。

何事とも知れないから親太夫は慌てて船を漕ぎ寄せ、船の上に抱き上げ、

「おとろしいよう。おとろしいよう」

とばかり恐怖を訴え、泣きじゃくって云うこともとりとめもないのを聞いてみると、ひとりでいるところへ沖のダイナから海犬が波を蹴立てて浜へ飛んで来たのを逃げて海へ入り、追い払うと海犬は底にもぐり入って、いつまでも足もとにじゃれかかり、足に嚙みつこうとするので泣いて助けを呼んでいたところであったという。話は一向にとりとめもないが、つまりは不意に海からの恐怖におそわれたものらしい。子供はそれを海犬と云い波の上を飛ぶように早く這い、犬に似た四つ足で、山から来た山犬ではない。沖のダイナ（というのは涯知らぬ水平線の奥のこと）から来た海犬であった。というが、そんなものは岩松の親もまだ見も知らず聞いた事もなかったから、場所が岩本の近くではあり、やはりカンカラコボシのいたずらか、岩を踏んづけた浮足を波にさらわれそこなったのでもあろうと云うが、子供は強く首をふって、四足で犬と同じ形のものが沖のダイナから飛んで来たのを見たのだから、海犬だと云い張って聞かなかった。仕合せなことにおどかされただけで別に怪我もなかった

が、その当座はあの腕白ざかりの餓鬼大将が思い出しては三つ子のように海犬が来た、海犬、海犬。と怯え泣くので町内の評判が立ったものであった。

この江の浦には底に大きさ二畳敷もある赤鱏《あかえい》のぬしが居るとむかしから云い伝え、それににらまれた海女は熱を出すと云われるのは聞いていても、海犬というものはこの子が見たと云うほかはついぞ誰も知らないが、だからと云って、そんなものは居ないとは誰も云い切れまい。何しろ、海にはいろんな見も知らないものが、いつどこから湧いて出ないともかぎらないのだから。

大島ではえたいの知れない青い火が燃え立っているし、時化《しけ》の日に浦の口を暴風を一ぱいに孕ませた帆があとからあとから競争のように走り過ぎて消えて行くのは、皆も見て知って居るじゃろが、あれは何じゃ、どこの船がどこへ行くのじゃ。——誰も知らない。

わしは若いころ、新町の花相撲に出ようと真夜中に浜づたいを近道していると、浜一帯が妙に騒がしく賑やかに焚火を焚き立てて船の出るところであった。こんな時刻にこれほど揃って出るとは。烏賊船ではなし、鯖船ではなし、何船であろうか。変なこともあるものだ。と見ているうちに明るい船は勢よく出て行って湾の口、入江大明神さまの前あたりへ行くと船の火はのろしを上げたように一度に明《あか》るくなったのが不意と火の気がおとろえて引きかえし舷に打つ波音しづしづと帰ると、また一度賑やかにあかりをかき立てて出て行っては港口でまた暗くなって引返して来る。懲り性もなく何度も繰り返されるのは一つ船であろうか。それとも同じような船が幾つかあるのかと気をつけているうち、また出発しようとする賑やかな船を見かけたので目を据えて見送ると、

「ころがイナ、みんな外尻《そとじり》をかけているのじゃ！」

というのがこの不思議な船の話の結末の一句である。「ころがイナ」というのは然るに汝らよという意味の方言で豈図《あにはか》らんやぐらいの語気であろう。外尻とは舷《ふなばた》の外に尻を突き出して腰かける事を云う舟人の術語で、これは甚だ危険でもあり、亡者の船の乗り方と戒めて船では一切厳禁の作法なのである。だからみんな外尻をかけていたの一語は明滅する奇異な船が幽霊船であった事を意味している。

幽霊船の火がその前で一度最後の焔を上げてから消えたという江の浦の口に祭られた入江大明神という奇異な祠の神体に就いても話がある。

町の網元の一軒、庄助屋で鰹船を出して三マイル程沖に来た時、海上にまんまるな光りながら波の表を漂い流れるものを見つけた。海上では流木であれ、屍であれすべてが光りものになって流れるのが普通だから、発光体は少しも珍らしくはないが、まんまるいのが何か貴

重品らしく思えたので船を寄せて拾い上げてみると古風な鏡。見るからの神々しさに、物の名にちなんで、大島のわきにある鏡島というのへ一度納めて置いて漁の帰りに再び持って帰った。

この鏡を道行の守り神にもと、街道筋の木立の奥まったあたりに巌のある岩ノ子という場所の石上に祭ると、道を通りかかった荷馬車の馬がその前にさしかかって、みな棒立ちになり、進まなくなってしまう。馬方は馬がアババイのだという。この方言は霊威に打たれて畏怖するの意のようである。ともあれ、馬がこれでは交通の安全どころか、かえって障害にもなろうというので、鏡は再び持ち帰って今度は街道から遠ざけ、入江を越えて江の浦の湾口に祭って入江大明神とあがめ、場所がらで新造の船が必ず第一に詣でる神社となったものである。馬でさえ畏怖する神霊であってみればみな外尻の船がそのあたりの航行を憚るのも当り前のような気がする。

或る時わしらで鰹船を沖へ急がせているところへ波間から女らしい腰をした死体が白く光って漂い出て来た。仕事に向おうと張り切った場合にこんなものと出くわしてかかり合うのは有難くないから、一同は「仏を浮べる」のは帰りにしようと囁き合った。相手には聞えぬとは知っていても自然と声をひそめたものである。「仏を浮べる」とは「仏を浮ばせる」と

いうつもりで、古来の漁師の儀式に則ってこれを水葬して成仏させることなのである。舳乗《へんのり》が舳《へさき》から死体を見入りながら、

「わしらはこれから漁に出るところでいそがしい。今はこのままで通りすぎるが、帰りにはきっと浮べる。待ってござれ」

とそう話しかけると、今までうつぶせに流れていた死体は、この時波がしらにあおられて、まるく黒い乳房のある上半身をひらりと仰向けにして、一瞬間、顔を船の方に向けてうなずき肯《うべな》うかのように波に揺られると直ぐもとの姿勢にかえって潮の流れのまにまに浮きつ沈みつどこかに没し去った。

わしらの船は、その日は一日中いい漁をして大漁の旗を景気よくへんぽんとひるがえし船足も重く帰ったが、帰りに仏を浮べる約束を忘れてはいなかったから、潮流のかげんを見はからい見はからい、流れの上《かみ》へ上へと漕ぎ進めたのは、実のところ、二度と再びあの死体とはめぐり合いたくなかったので死体の流れ過ぎてしまったあたりに行こうと船を操っていたものであった。何しろ仏を浮べるには、おもかじを三べん廻ったり、死霊と問答をする作法をしたり、式はなかなか面倒で時間もかなりかかる。夏の夕日ざしのなかで腐りやすい生物の荷を積み上げて一刻も早い荷上げをとあせっている折から、今日の帰りは往きと同様いや

それ以上に仏を浮べるひまが惜しかったのである。

それで潮流を計ってうまく逃げたつもりでいたのに、何と、死体は約束どおり浮べてくれるのを待っていましたと云いたげに船の行く手に近く漂うているのであった。面倒なとばかり見て見ぬふりをして逃げ帰った。

そうしたら、その同じ船をその年の秋刀魚網《さいらあみ》に出したら、船がはかばかしく進まない。船には異状もない筈だがとあたりを見まわした舳乗《へんのり》が何気なく下を見ると波間に漂う黒髪をふりみだした女体が船とすれすれに流れ寄って頭を舳にすりつけ組み合した両手をうしろざまにぐんと高く差し延べて指を舳にひっかけているのであった。斜に浴びせた月の光は、鰹船の夏の日に一目向き直って見せたあの顔をあざやかに照し出して、思いなしか、あの日の違約を詰るように見えた。こんなのがみなあの不思議な船に外尻をかける人々だ。と、こんな話は好んで秋や冬の夜ばなしに語られて、語り手は最後に反り身になって組み合せた両手をうしろざまに突き延して舳に指をひっかけているポーズよろしく仕方話にしてみせるのである。この全く同じ話の後段を金毘羅詣での途上と話す者もあるらしいが、これはどうしても夏の日の鰹船と晩秋から初冬にかけての秋刀魚網でなくてはならない。それが熊野の海と季節感とを表現するためには変更することのできない条件なのである。なお蛇足を加えるならば、この漂う女体の屍はまるく黒い乳房を見せていたというのだから生み月に近い孕み女ではなかったろうか。生きて一たびは愛する男に約束を破られ死しては荒海の波のなかで行きずりの男たちに約束を違えられた憾がさぞ深かったのであろうというのがわたくしの解釈してみたところである。

江の浦の漁師、何の某が磯で海老網を手ぐりあげるとなかから見知らないものが出て来たが、どうやら話に聞いている人魚らしいので、占めたとよろこんでカンコの蓋に手をかけた。カンコというのは漁船の底に海流を船の動揺につれて自由に出入させる穴を仕掛けて船底に造りつけの生簀《いけす》のようなもののことで、漁師が板一枚下は地獄と歌うのは嘘で、本当は蓋一枚下が魚の生地獄のわけである。

漁師は、カンコの蓋をあけて人魚らしいものをそこにぶち込もうとするとたんに、人魚は人に似た口を喚喁《あぎと》いながら人語を発して云った――

「この野郎、おれをカンコにぶち込む気か。覚悟して置きやがれ、やい。おれをカンコに入れようとしているたったの今、きさまのうちでは、よぼよぼおやじ奴は屋根から落ちやがってど性骨をぶっぺし折りくさり、死にそこなって居るわい。きさまのうちの餓鬼めはくどの下の火を蹴りおって少しばかりやけどをしたはずみにうろたえくさって、釜の蓋に手をつきそこね、煮えたぎる湯のなかへころげ込み、とたんに上半身肩から胸にかけて大やけどに泣いているぞい。おれをつかまえて家へかえってみろ、きさまは大熱を出して明日の朝とも云わず、夜ふけにそのままごねるのじゃ。おつぎはきさまの嬶《かか》まの番で、気が違って岩本の岬《はな》からなんまみだのどんぶりこじゃぞ。おれさまのおかげできさまの一家一族はあっさり死に絶えるのじゃ。よいか、きさまの仏はどいつが祀ろうてんだよ」

と云われて、漁師はこんなもの一匹のおかげでそんな災難がふりかかってはたまらないとうす気味悪さに思い返して、カンコに入れかけた奴を舷の外へ投げると、人魚の奴は海に落ちると見るやゆったりと游ぎ出し、あとをふりかえりふりかえり、大口あけて、

「やあい、暗愚《あんぐ》。やーい暗愚のぐう太郎太夫やい。知らないのか。おれの鱗一枚は千両じゃわ」

と冷笑しながら波のまにまに沖へ消えて行ったという。暗愚という語はこのあたりでは他の地方の間抜けというのと同様の日常語になっているのである。

人魚はこういう風に呪いを口にして捕獲を免れるものだと云い伝えられ、そうして冷嘲熱罵をたくましくするのを方言で「人魚の口」とも「剣《けん》の口」とも呼ぶのである。思うに熊野人は未開で社交性に乏しいのでこんな伝説やこの方言を設けて警めたのかと、わが口を省み

て思い当る。

人魚というのは游いでいる時のオットセイのことだという老人もいて、むかしは熊野灘の岸にもオットセイがよく来て浜で臥ているところを見かけたものだと説く。或は海驢《あしか》かも知れないと説く人もいる。

あしかなら今でも来るのか。生簀で、魚や海老を死なしたり失ったりすると、人々は「あしかに吸われた」とか「あしかにやられた」とか云うのを今も常用語としている。言葉だけがむかしのままで慣用されているのかも知れない。

山にもいろいろな話があるが大杉村の弥太郎というのが父子で猟師の名人として話を多く残している。大杉村は伊勢の国であるが、この父子《おやこ》の名猟師を、熊野人はもと熊野の山地から伊勢に行った人と云いたがっている。

この弥太郎（というのは主役はいつも子の方である）がある時狐のばけたものに相違ないと思う旅人を一人打ち取ってみると、思いきや死骸は狐ではなく依然として人間であった。弥太郎は自分の眼力の及ばなかったのを恥じるばかりか、人殺しの悪名に困り切って父の弥太郎に打ちあけると親はそんな場合は大神宮さまのお札をさしつけて見よ、必ず正体を現すものだと教えた。親の教に従って大神宮のお札をさしつけてみると、それでもややしばらくは人間の形でいたのがおもむろに正体を現して九尾の狐であったというのはどの地方にもありそうな話だが、地域が伊勢に近いだけに熊野権現ではなく伊勢の大神宮の神威を云うところがおもしろい。

弥太郎がまだ若くて父子そろって猟に出たころ、一日谷川を渡る猪を見つけて撃とうとする子に父は岸に上るまで待てと云って、猪の流を渡って上る岸のあたりを指し示して射程を用意させ、猪が対岸に上り身ぶるいして水をはじくところを撃てと命じたと云う。

また或る時、山深く迷い入って日のくれた弥太郎が森の奥の一つ家《や》に一夜の宿《やどり》をかろうとしのび寄ってうかがうと、三本の枝を組み立てた上にのせた火皿に燈心のか細い炎をたよりに糸車をくっている婆のひとり住みで、あたりには妖気が満ちている。怪しからんと睨んで、もう自分の眼力には自信があったから、弥太郎は婆の左背中をねらい打った。たしかに手ごたえはあったのに、婆はやはり姿勢もくずさず平然と糸車を繰ったまま、ふりかえって冷やかに、

「弥太郎かい。よく打ったの。わしを撃とうとなら、金《きん》の弾丸《たま》を打って来やれ、ほかのものでは利かぬてや」

とほざいたので弥太郎は口惜しさを父に訴えると父は一笑した。

「何の金の弾丸も何も入るものか火皿の上の炎を打って消しさえすればよい」

と父に教えられて弥太郎は再び山中に入って大台原のぬしと云われる古狐を退治て来て以来父にも劣らぬ猟師との名をとっていた。

そのころ弥太郎の朋輩に猪が撃てないため一人前の狩人《かりうど》で通用せず、みんなから笑い者にされるのを口惜しがって猟師よりは一そ狐になって思う存分の悪業を楽しみ、ついでの事に猟師どもを愚弄してくれようと云っていた三太郎という奴がいたが、そのうち諸所方々の里や在所を神出鬼没に荒しまわる容易ならぬわる狐が横行してどの猟師にも手に負えないというので退治てくれと頼まれた弥太郎は、これはてっきり三太郎が狐になったものと知って命ばかりは助けて置き、折を見ていけどって改心させようと父に相談すると、

「では先ず跛《びっこ》にして置くがよい。悪事をしても思いのままには逃げられず人につかまっていつも存分の仕置きに合うように」

というので跛にするには踝《くるぶし》をねらって足頸から尖を無くしたがよかろうかと問うと、父は足頸なしで達者に駆け廻っていた狐を見た事もあるから足頸では駄目だから膝の折れ目を打ち砕く工夫がよかろうというので弥太郎は父のさずけた方法に従った。その後しばらく三太郎狐はどこにも出歩かず、弥太郎の名はますますあがった。

或る時、江の浦の猟師が那智の勝浦へ湯治に行っていると、浴槽で膝の関節に鉄砲傷のあるへんな男を見かけて伊勢の山の者とだけで詳しく云わないのは、てっきり三太郎狐とけどったが、まさか片脚で山づたいをここまで来る事もできまいがと半信半疑、試みに弥太郎の噂を出してみると、怪しい男は顔色を変えながらも、

「天下におれのおそろしいのは弥太郎ひとり。あいつはおれを生かそうと殺そうとままじゃ。今度は悪くすると殺されよう」

と、閉じこめた湯の気を出すために一寸ばかり隙けてあった浴室の窓を、湯気のようになってすりぬけ山の方へ消えて行った。

鉱泉ぐらいはあっても湯治場らしい湯治場もないから、北牟婁らしくもないこの話の舞台は那智の勝浦になっているばかりか、話のもとも東牟婁のものではなかろうか。というのは、東牟婁にも名こそ違うが弥太郎に相当する猟師の名人がいて高い杉のてっぺんに休んでいた天狗の片肘を射《う》った。後に天狗が湯治場の客になっているところを人に見つけられ、三太郎狐と同じようなセリフを残すと、いきなり雲を突くような大男となって浴室の天井を頭で突き破り、こわれ残った壁は一またぎに行方知れずとなって、あとは沛然たる山雨が到ったと云う話があるのだから。

どちらにしても今日の紀南の堂々たる構えの温泉宿ではふさわしくもないが、山かげや川ぞいにほんの掘立小屋が設けられていた頃の湯治場の出来事とみれば多少の感じがないでもあるまい。

しかし総じて弥太郎話のシリーズは伝説や民話としての純朴さが無くて江戸末期の大衆作品らしいにおいが強く、海の民話のような原始的な深山の気の乏しいのが慊《あきたら》ぬ。同じく山の話でも、空腹で山に入ると「たり」という狐狸のたぐいに憑かれるとか、狐狸の類はすべて足の拇指の爪のさきから入るものだなどは、断片的だが何だか山中の生理のようなものを伝えていて面白いが同じように山中の心理を伝えて、面白いのは「さとり」の話であろう。

山林の下草を刈ろうと山に入った男が切株に腰をかけてシバ煙草を一服していた。シバ煙草というのは熊野に特有の風習で、椿の若い葉の葉柄を軸にして刻み煙草を巻き込んだもので、吸いがらが外に散らないで燃えにくい椿の葉のなかにつつまれ残るために山火事を防ぐに足りるし、また椿の葉に特有の香気が煙草を味《あじ》よくすると云って熊野の山人たちはこれを愛用するのである。

切株に腰かけた男は煙草の煙の向うに、ひょっくりと見慣れぬ奴が現れ出たのを見つける。

大人とも子供とも見分けのつかない妙な奴である。

「おや！」と思うと、
相手はきさま「おや！」と思ったなと云うので、いよいよへんな奴だと見ると、

「いよいよへんな奴だ」と思って見たな。

はて？　どうしておれの思う事を片っぱしから知るのであろうかと不安になると、思う事を一々知られるのが気になるかと問う。

「えい面倒くさい。こんな奴……」と思えば、

「えい面倒くさい。こんな奴……」

と思ったな。

「……ひと思いに殺してくれようか」

「……ひと思いに殺してくれようか」

と云うのかい。と相手はさあ来いと云わぬばかりのす早い身構えである。こちらは益々不気味になって来て、心中に大神宮さまを念じ入っていると、別に相手を殺そうという意志も無いのに手にしていた利鎌《とがま》がひとりでに手をすり抜け、相手の頭上に風を切って一飛びぐるっと薙ぐように舞った瞬間、地上に吸込まれたかのように、へんな奴の姿は一時に縮まって

かき消え、あとには秋の天高くさんさんたる日の光のなかに歯朶の葉が一本首をふるようにそよ風にゆらめいているだけであった。

山中にいるというこんな奴を、こちらの思う事を何でも見抜きさとるというので「さとり」と名づけている。「さとり」は熊野山中ばかりではなく遠く飛驒あたりの山地にも居て同じ名で呼ばれているというが、飛驒では焚火の弾《は》ぜたとたんにさとりが消え失せたと云われていると聞く、熊野は山中でもそう寒くはないから焚火ではなく煙草一服だが、同じような少し落ちついた場合に出るのも偶然ではあるまい。「さとり」は山中の妖魔ではなくやはり心中の妖魔らしい、或は山の霊でもあろうか。

思うに人魚は海の精で漁者の海上の不安とあじきなさとの象徴であり、「さとり」は山中の樵者の恐怖とさびしさとでもあろうか。いや、海上や山中ではなくとも、人間にはこのあじきなさとさびしさ、不安恐怖は近代都市のただなかに在ってもつき纏っているかのように思われる。

春宵綺談

或る晩、私は倶楽部でたったひとりテーブルに肘を突いたままひどくふさぎ込んでいる佐藤春夫の横顔を見た。そこで私は彼に近づいて、晩春のこんな美しい夜をどうしてそんな顔つきをしているんだと尋ねた時に、彼は少しばかり風変りな話を私に聞かせた――

……その停留場に私は立っていた。つい一週間ほど前のある夕方のことなのだが。と見ると、私の二間ほどさきのところに年のころ二十七八というひとりの美装した婦人がやっぱり電車を待っている。美人だったろうと思う。が私の見たのはうしろ姿だけだ。それにしても何というあでやかさであろう。と見ていると、突然、そのおしりのところへ紫色の夕闇のなかにフレンチバアミリオン色の?が、しかも三つ???こういう具合に並んでありありと私の目に見えて来たのである。初はうっすらとしていたが、見つめているうちに実にあざやかになって来た。私はそれを凝と見据えていた。それでもその???は消え去らなかった。そのうちに電車が来て、その婦人は事もなげに電車へ乗ってしまった。が、私はぼんやり取り残された。私は???をあんまり注視していたものだから電車へ乗りそこねてしまっていた。というのは、その婦人がその場から動き去ってしまってからも???だけはやっぱり闇のなかでさっきからの場所で宙に浮いていたからである。

???その正体をつかまえてやろうと、私は思い切って駆け出した――と思ったら、???はスウッと消えうせてしまった。

それはもうわかっているのだ。

あれや貉なのだ。

一たいあの停留場のあるあたりは、一名むじな坂と言って昔から名うての場所なのだからね。――ただどうも私にもよくわからない事は、そもそもあの???は一疋の貉が三つに化けたものだか、それとも亦三疋が正列して一疋がそれぞれに一つの?になったものやら。僕が今考え込んでいるのは実はそのことだったのだ……
——そう言ってかの男は世にも快濶な声で笑って見せた。

柱時計に嚙まれた話

I II III IIII V VI VII VIII IX X XI XII
文字は星のやうにあざやかな金
その文字板は死のやうにまつ黒
ぐるりは花と葉との浮彫
さてその振子はと言へばそれは
風にゆれるたつた一房の葡萄の実
熟れて命のやうに甘いたつた一房

このよき細工人は無名でこそあつたが
ヱピキユラスほどの賢者だつた
美しい教はつつましいから
人には知られずに三十年の間
場末の時計屋で塵まみれだつた

これは私がその時計を買った時に、うれしさのあまりにつくった詩であります。地震の年のしかもあの怖ろしい事の五六日前に、わたしは、その頃いた大森の町のガアドのわきの古い時計店でそれを手に入れたのです。その時それは本当に塵まみれでした。店の主の話では二十五年も三十年近くもうれ残っているのだという事でした。多分うそではありますまい。その時計店というのがかなり古い店らしく、主人の話では彼の父が横浜で店を開いたのだそうです。時計屋などという新奇な——当時としてはさぞハイカラな店をやっただけに、その人というのがやはり好事家だったそうです。そんなことを話しながら四十位のそこの主人は、ふみ台などを持ち出して壁の上の高いところにあるその時計を、

「これもおやじの物好きの形身でさ、いつ買い入れたものだか、あたしが覚えてからでも二

十五年や三十年にはなりますよ。……え、いくらででも買ってやって下さい。……さようですな八円ぐらいではいかがでしょう。」

わたしは時計が気に入っているところへ、時計屋の言葉も気に入ったし、値段も気に入った。喜んで買う約束をして、しかしそれにしたって機械は大丈夫だろうなと念を押すと、売手は確実にうなずいて、

「大丈夫ですとも。何しろ、しかも、あまり長い事ほっ放してありますから、一度掃除をして油をさしてから——さよう、明後日御とどけ致しましょう。ただね、予め御断りして置きますが、こいつは風の当るような場所へかけると駄目ですよ。振子がこのとおり外へぶらさがって出て居るのですからね。何しろ洒麗た細工だなあ。」

そう自分の売物をほめたのも買うときまったわたしには、愉快でした。それでわたしも店さきを見まわしたりして、そこに掛っていた古びた銅板画の額などをほめたものです。全くちょっと見あたらないしにせらしい、それも落ちぶれたしにせらしい床しさのある店でした。

そこで肝腎の時計だが、それは約束どおり三日目のひるすぎに、暑いさかりを店の主人が自分で運んできて、それを掛ける釘までうってちゃんと壁の真中へかけて行ってくれたのでした。時計は楽しそうに振子を動かしています——これは風にゆれる一房の葡萄の実。熟れ

て命のように甘いたった一房の葡萄の実——わたしは、その時計を半日見とれていて夜になると、前に言ったような詩みたようなものを書いたのです。ともかくもうれしかったのです。

そこへ持って来てあの地震！

あとでしらべてみると、私の時計は壁から落っこちてはいなかったけれど、彼は落っこちまいと精一杯努力して居るうちにとうとう発狂してしまっていた。わたしはそれを手をつくして直させたが、彼の狂いはどうしても本当には全快しなかった。彼は結局半気違いだった——出鱈目の時を打ち響かす。わたしはあきらめてしまって、彼の打つにまかせているが、それでも夜半に二十四もたてつづけに打つ時には、近所の手前も悪いし、それに第一少しばかり気味悪くもあります。

或る日、客が来ている時にあいつは十三時を打ちました。わたしは困ってしまって説明をしたのです。

客よ、おどろくな
十三時だ！　時には
二十三時も打つ

だが針を見ろ十一時だ
このキテレツな時計こそ
部屋の主《あるじ》とおんなじだ

かんじょうは出鱈目の
メチャクチャだが
理性の針は正しいよ

別の或る日の事でした。やっぱり客が来ていました。あいつはこの日いつの間にかサボって止っていたのです。そこでわたしは客との話がとぎれた時、客に時間を聞いて、いきなり椅子の上に立ちあがりあいつにぜんまいを巻き始めました。それから客に対して、それが半気違いのダダイストだということを手短かに説明しました。というのはあいつはぜんまいの強い時にはきっと二十四を二度もつづけて打つ癖があるからです。彼のそういう無作法を——全く世に有るべからざる無作法を、前以て客に謝して置くが主人たるものの義務だとわ

たしは考えたからです。わたしは話つつねじをかけました。調子に合せて歌い出したのです

――

客よ　おどろくな
十三時だ。時には
二十三時も打つ

だが針を見ろ十一時だ
このキテレツな

と！　言いかけたその瞬間です。

時計は一大叫喚を上げたかと思うと、私の指にいや、というほど噛みついたのです。

ぜんまいの鍵を投げすてると、わたしは自分の親指に垂れている血を見ました。

約一分の後、静にわたしは回想し得たのですが、調子にのってわたしはぜんまいを捩じ過ぎたらしい。バササン、ザン、ボロン！　真似がたいあの音は時計の心臓の裂けた音響だった。時計は心臓の裂けた瞬間に、ぜんまいの鍵をわたしの意志とは反対にこぜ返した。鍵は

わたしの指に喰い込んだのです。

わたしの様子に愕いて椅子から飛び上った客に、わたしは冷静に言った――

「キテレッと言われたのが気に入らなかったらしい。この時計は細君のヒステリイのように怖い。ねえ、君！」

客なる独身の友は笑っています。わたしの言葉の真意を知らぬのです。尤も、諸君よ、わたしの善良なる細君はヒステリイでは無いのです。万歳！

道灌山

——えたいの知れぬ話——

はしがき

一つの奇妙な事実談を語りたいと思う。或は少しも奇妙事ではなく、至極ありふれた事の一角だけが表面に現れて大部分が埋れかくされているためにえたいが知れないのかも知れない。そういう事が世の中には多い。きっとそんな事であろう。ともかくもえたいの知れない話である。

（一）

あれは何時だったか知ら。この家ができたのが関東大震災の翌々年の二月、それからこの家へ最初に電話の取りつけられたのはその年か、その翌年かの五月ごろでもあったろうか。するとかれこれ三十年ぐらい昔の話、その間にわたくしも壮年期から老年期に入ったばかりか、あいだに戦争などがはさまったせいもあって、あのころの家常茶飯事はおおかた忘れてしまったのに、あの話だけがふしぎと記憶に深い。それにしてもどれだけ正確に思い出せるやら。

（二）

あの頃の習慣で、執筆はいつも深夜になっていたため、自然と朝起きるのがおそく、ひとりで朝飯と昼飯とを兼ねた十一時ごろの食事をすまして一服しているところへ、けたたましく電話がかかって来たので困った。人々はみなわたくしの書斎の掃除でもしていたらしかった。

由来、電話と云うものは性に合わない上に子供のころから薬局生や看護婦を頼む習慣がついてしまって嫌いなのだが、台所の要求によって自分では一切電話に出ない条件づきで設けた電話なのである。

折口信夫氏は電話で呼び出されると何か大事出来のようで不安である。電話は魚屋や八百屋を呼び出すものだと不きげんであったと聞いている。

ジョセフィン・ベーカーも電話ぎらいで一切電話口へ出ないが、電話に出ない現代の女は彼女と英国のクウィンぐらいなもので大した気位だと云われているとか聞いて、僕はこの黒人の踊り子を折口さんぐらいに好きになったものであった。

しかし折口氏は知らず、わたくしはジョセフィンとともに気位が高いのではなく、未開人のためにこういう社交的な文明の利器が性に合わないのである。

電話はしきりに鳴る。出渋っていたが、是非なく重い尻を持ち上げて、自分で出てみると、聞きおぼえもない女の声がいきなり、

「お前さん、目白坂の佐藤かい？」

とこう高飛車に来たので面くらいながらも貴様は一たい何者だとも云わないで、

「そうです。そちらは?」

と問うと、今度は、

「道灌山だよ」

「え、道玄坂ですか?」

「道玄坂じゃないよ、――ドウカンヤマ。わかったかい。ドウ、カン、ヤマ。」

わたくしは以前一度道玄坂に住んだ事はあったが、道灌山には何のゆかりもなかったものである。

「道灌山はわかりましたが、道灌山のどなたですか」

「お前さんでなく、主人を電話口へ出しなさい」

「わたくしが主人ですよ」

「書生ではない? それでいて道灌山がわからないのかい?」

「道灌山ではわかりませんが、どなたですか」

「道灌山だよ。どなたもヘチマもないよ、お前さんの神さんの姉さんを忘れたのかい?」

と語気もはなしも、益々出でて益々おかしい。

「わたくしの家内はひとりっ子で、姉さんも、兄も弟も無いはずですが、何かの思い違いではありませんか、それとも電話の間違いではありませんか——こちらは××局の〇〇〇番ですが」

「電話の間違いだろうって？　とぼけなさる勿《な》！」

と云い放って置いて、先方では何やらコソコソと内輪話をはじめた様子が洩れ聞えて来るのであった。

わたくしは、しばらく受話器をさし置いたまま、腑に落ちない気持のうちに、さては？と思いはじめた。何かわたくしの身寄りだと称することを他人に証明する必要のある人間が向うの電話口にいるのだな、きっと！　それにしてもわたくしの妻の姉であるという事は果して何の利益があるというのであろうか。とても思いも及ばない。だが、わたくしは何事とは知らず、この不可解な電話のなかに、好もしからぬ犯罪の臭気を感じながら、ぼんやりと、電話器の前に立っていると、ベルは再びけたたましく鳴り出した。わたくしが再び受話器を取り上げると、今のさっきと同じ声が、

「お前さん、目白坂の佐藤かい？」

と先方の云う事は今のさっきとまるで同じ事である。こちらの答えるのも今のさっきと同じよりほかに云い方もない。嘘はどのようにでも云えるだろうが、真実は同じ云い方しかで

きないからである。

厄介な話だなと受話器を手から掛け放したと思うとたんに、またしてもベルが鳴りひびいて同じく三度目の同じ電話である。こうして同じ電話が、三度、四度、五度、六度。こちらでも三度、四度、五度、六度、同じ電話を繰り返した。

いくら突っぱねても、何度でもこりずにまたかかって来る。その度を増す毎に、先方は言葉も語調も益々ぞんざいに荒々しくなってくるばかりで、話の内容は最初のとおり依然として変りはない。

わたくしは考えはじめた。まさかいたずらでもあるまい。それよりもヒョッとすると気違だなと思いはじめた。

その執拗さにほとほと手を焼いたわたくしは、或は気狂いか犯罪者としか思えないような、こんな電話の取次を交換局に対して中止するように懇願する方法は無いものであろうか。せめては先方はどこの何人がかけているのかだけでも知ることができないものであろうか。そんな事を申出てみたいと思いながら、そんな申込みのできるものやら、否や、できるとすればその番号を何番へ連絡するべきものかも知らないで、ひたすらに当惑し切っていると、又しても何度目かの電話のベルに又かと眉をひそめながらも受話器をとると早速耳には、

「お前さん、目白坂の佐藤かい？」

である。うんざりしながらもわたくしは今度は返事を変えて、

「その電話なら、先ほどから云うとおり人違いでしょう。そんな事は知りません」

とこちらも自然と幾分は声が荒くなってきっぱりと云った。先方はなお荒々しく、

「お前さん、神さんの姉を思い出さないと云うのかい。それならそれでいいからね」

と何だか笠に着ておどかしめいて来た。

「それでは電話はもうおかけ遊ばす勿《な》」

とわたくしはわざと声をしずかに語調を改めてみたものであった。――相手にどういう反響があるものかと験してみようという気になったらしいのは、わたくしに幾分のゆとりが出たのでもあったろうか、先方のおどかしに対してユーモラスに身をかわしたつもりであったろうか、今はもう思い出せないが、少し口調をかえてみた事だけはおぼえている。多分腹立しさのある頂点へ来ると自動的にスウィッチの切りかえになる装置が、わたくしの頭に、或は一般の人々の頭にあるらしい。

「何と云う云い草だね！　それは？」

こちらでも何か云おうかなどと考えている最中にちょっとした地震があった。わたくしは

す早く受話器を掛け残すとそのまま室の出口に身がまえした。

何しろ、大震災の記憶もまだあたらしい頃であったし、何らの被害も蒙らなかったわたくしにまで、地震の恐怖は大きく残っていたものであった。

しかしわたくしは自分で設計して十分にすじかいを入れさせたこの家に就ては、出来上ったばかりではあり、そう簡単に倒れもしないだろうという信頼もあり、地震の方も当分は大丈夫だろうと思いながら部屋の天井の中心でゆったりと揺れている電燈を見ながら、(柱時計はとまらなくとも、電燈があれだけに動くのはちょっとした地震だったのだ)必要があったら、いつでも飛び出せるような位置に、その態勢で構えて、地震よりも、また電話が鳴り出しはしないかとその方により多く気を取られながら居た。

そこへ今まで二階で掃除をしていた女連が地震のおさまった今になって、はしたなくどやどやと下りて来た。

「何だい騒々しく」

わたくしは先ず彼女たちをたしなめた。そうして二階での地震の状態を問うてみると、大したものではなかったが、一度にドカッと来たのでドキリとしたが家がゆれないので騒がなかったと云う。それに何だっていそいで下りて来たのだと云うと、

「さっきから度々電話のベルが鳴るので、早く電話に出なければと気がもめて」

まのぬけたようなこの云い分にわたくしは思わず笑い出した。

何を笑うかと問われて今のさっきあれほど悩まされた電話に就て説明した上で「お前さんのお神さんの姉さん」なるものに就て何か心あたりはないかとわたくしの神さんに問うてみると彼女は狐につままれたようにキョトンとしていた。

彼女は地震の直前まで花柳界にいたのだから、肉親ではなく、その方面でも自ら姉さんと名乗り出るような人も居ないかと念を押してみたが、そういう人物も絶対に無かった様子は、今にしてその前後を考えてみても更に疑うべき節はなかった。

「おかしいわね」

「おかしいのだ、全く」

と話はそれっきりでおしまいになって、もし今度もう一度そんな電話があったとしたら、一度先方の云うとおりに、その女の妹の亭主になりすましてみて、先方の話がどう発展するか聞いてみれば、も少しは事情を判断する手がかりもつこう。先刻だっても、そういう出方も無いではなかったのに、そこに気がつかなかったのは智恵のない話。それで話が面倒になったら事実が事実だからいくらでも訂正の余地もあったものを。

何しろ、あまり意外な出方だったうえに話は思いがけない方へ思いがけない方へと持って行かれて、すっかりドギモを抜かれた形はどこまでも間が抜けていた。

わたくしはぼんやりした自分を口惜しがりながらも、どうしても腑に落ちないあの電話が奇妙にわたくしの興味をそそるのをおぼえて、その正体をつかまえたいと思いつづけていた。

ところが道灌山の「わたくしの神さんの姉さん」は、あの時のわたくしの電話で、義弟にはすっかり愛想を尽かしてしまったものとみえて、それっきり二度とふたたびは何の音沙汰もなくなってしまった。

(三)

この妙な電話の後、一年だか、二年だか、三年だか、そのへんがどうも明確でなくなっているのだが、何にせよ、あの電話の印象が、まだそれほどにぼやけてしまってはいなかったから、精々のところ三年かと思う。

その三年の間に、わたくしは別にそんな不可解な姉さんのある女だから疎んじたというわけでもなく、性格の不調和が日毎に目立って来たのに気がついてその女は去った。

或る晩秋初冬の一日、寒冷前線の通過でもあったのか、うすぐもりの朝から底冷えがしてひる過ぎには時雨が降り出してだんだんと雨脚はしげく、まだ三時すぎと思うのに夕方近くのように暗いなかで電燈をとぼしてわたくしはわびしく読書をしていた。

書斎のわたくしに女中は客を取次いだ。紹介も何もない見ず知らずの人だと自ら名告るのだが、わたくしにちょっと伺いたい事があるから、ここまで出てほしいと、台所口にいるのだと云う。どういう用件かと問わせてみようとすると、既にそれは聞いてみたが、あまり要領を得なかったと云う。そういう訪問者にうっかり会うと、合力を頼まれたりすることがよくある。それで客の風体などを聞いてみるが、女中の返答は更にはきはきしないが、四十がらみの実体そうな男で、警戒を要する人柄でもなさそうなことを云うが、この裏書きが第一にあまり信用もならない。

しかしあの頃は、書生かたぎで、それに第一今日ほどは物ぐさでもなかったし、ままよんな奴が何を云って来たのか、格別、暴漢に襲われるようなおぼえも無い身ではあり、せびられたにしたところが大金もない身軽さと気まぐれな物好きも少しは手つだって、その男がいるという台所口の方へ下りて行ってみた。男は入口の前にいるらしい。

さて、まず、すりガラスの少し透明にのこっているあたりから、そっと様子を伺ってみるが、様子はよくわからない。だが、ここまで出て来たのだから、鬼でも蛇でも出て来いとばかり、戸をからり開けると、軒下に立って空模様を見上げるように立っていた男は不意をくらったように振り向きざま、帽子を脱いで下駄箱の上に置いたが、こちらに向き直るとほとんど同時に上り框の前に手をついてわたくしの足もとにうずくまり、頭を低く垂れているのは、いかにも恐縮した様子でもあるが、顔を見せたくないのかと思えないでもない。しかし挨拶は、

「これはご当家のご主人さまで、わざわざ見ず知らずの者のために……」

と鄭重を極めている。さてふところから大形の紙入れをもそくさと取り出すと、なかから普通よりは大き目な名刺を取り出して、わたくしの足もとへ置いた。(名刺があるのに、なぜこの名刺を先に、女中に渡さなかったものだか、わたくしにはわからなかった)名はもう忘れているが、北区西ヶ原あたりの住人で糧秣商とあった。云うべき事もなくただ黙って突っ立っているわたくしに向って彼は、

「ご主人、突然に参りまして、つかぬことを伺いますが、ご当家さまは何か新潟県にご関係がおありでございましょうか」

と切り出したものであった。全く藪から棒の質問である。

「はてね」とわたくしは先方の意をはかり兼ねながらも、突立った形から先ずしゃがみ直して、さておもむろに、

「僕は紀州、和歌山県の者で、新潟県とは格別の縁故もありません。強いて申せば、二三人の友人があり、またただ今、お取次をした女中が新潟県の出身というが、これも何のゆかりもなくひょっこり来ただけの者です。新潟県が一たい僕にどうかしたというのですかね」

先方の質問が漠然としているから、わたくしの返答もぼんやりとしたもので、逆に反問に出たのである。すると、

「こちらのお屋敷は新潟の前島さまのお屋敷あとでございましょうか」

「左様、ふるい逓信大臣の前島密さんのお屋敷あとであったという事です。これも手に入れて後、他から聞いた話でしたが」

「そういたしますと、あなたさまは前島さまご縁故のお方ではございませぬので?」

「そうです、これも偶然手に入れた土地でした」

相手は、何故か、それきり黙っていよいよ恐縮している様子であった。今度はわたくしの方から問いを発する番であった。

「それで、あなたは何で、そういうことを問いに来られたのですか」

「それがでございます。わたくし道灌山のお邸へ……」

相手は云いかけて言葉をと切らせたのでわたくしは、

「道玄坂のお邸ですか」

「いいえ、道玄坂ではございません、道灌山でございますよ」

わたくしは二三年前のあの電話を思い出さないでは居られなかった。わたくしは心ひそかによろこんだ。先年の謎がどうやら解けかかって来たような気がしたものだから。

「あ、道灌山でしたか、その道灌山のお邸というのは何町何番地の何様ですか」

「最初に図面を書いていただいて場所はよく存じ上げて居るのですが町名や番地は失念しましたが、お名前は石崎さまと仰言いました」

「その石崎さまがどうかしましたか？」

「左様で、不意にお引越しあそばされましたのでして」

相手はこの時まで伏せていた顔を上げて、わたくしを見上げたようである。わたくしも彼の顔を注意してみた。所番地を知らないなどうさんげなと思わぬでもなかったのに、見れば、粗野なおやじではあるが、実直げで、何ら悪党らしい感じは受け取らなかった。女中の鑑定だってまんざらでもない。わたくしは袂をさぐって煙草を一本ぬき出して火をつけている間

に、相手はやっと云うべき言葉を見つけ出したかのように、

「気がついてお隣さんで伺ってみますと、何でも急のお思い立ちでお引越しとか。一時知り合いのところへ荷物を頼んで置いて、すぐ友だちの家の近所に家が見つかる手はずになっているから、話がきまり次第改めて移転通知を差上げますと云って出たまま、まだ移転通知がないから引越先はわからない。ところでお隣さんのお話では、石崎さまは目白坂の前島さまやそのお屋敷あとにある佐藤さま――というのはつまりこちらさまの事のようですが――とはお身内のように聞いていたから、そちらへ廻ってみたら、もしやお荷物でもお預けになっているか、それともお友達やお引越先でもわかるかも知れないという事で、手前、こちらさまへ伺いに出てみましたような次第で」

と云い方がわるいのか、聞き方が悪いのか話が妙にこんがらかって不明瞭であるから、性急なわたくしは短兵急に、

「お話の様子では石崎とやらは近所をそう云いくるめて、夜逃げでもしたと云うのでしょうか」

「さあ？　そこはどうでございましょうか。何しろ突然のお引越先がわかりませんので」

「それはいけないね。ところでわたくしの方は先刻からも云うとおり越後の前島さんのよう

な名門とは何の縁もゆかりもありませんし、またその石崎さんとやらも一族どころか名前もはじめて聞くのですが」

わたくしはさっきから思い出しつづけていた道灌山の姉の電話の話をこの男に聞かしてやったものであろうか、その必要もなかろうかなど、とつ追いつ思いながら、

「何をする家ですかその石崎というのは」

「しもた家さんですが、何をなさるお人とも存じませんが、厩があって馬を飼っていらっしゃるのですから、あるいは軍人さんでもあろうかと思って居りましたが――お好きでお道楽に飼って置かれましたものか」

話の漠然としている点はいつまで経っても同じことなのでわたくしは一層じれったくなってしまって、ちょっと水を向けてみた。

「それで、あなたはナンですか、その石崎さんから何か損害でもかけられて居るのではございますまいか。それだと少し思い当るところも無いではありませんが」

「いやいや、滅相もない。秣《まぐさ》を三四度お運び致しましたが、お代はその都度きちんと頂いて居ります。それだけにいけません。手前はそんな銭金のことで石崎さまを追っかけて居るのではございません。今度もまた秣のご注文をおとどけ致しますのでして、何しろ相手が生き

物だけに気が揉めます。早くおとどけしなければとあせって居ります。この前差し上げたのはもう無くなっている日取りになって居りますので、わたくし荷車を引っぱって、飢えている馬をこうして追っかけている騒ぎですよ。車はすぐそこの空地に置いて参りましたが」

「なるほどなるほど」相手のその話もわたくしには実のところまだ十分には腑に落ちないのだが、これ以上わたくしが深く追及するすじ合いでもないと思って、うなずいて置いて、

「それはお困りですな。わたくしの家は既に人間が住んでいるようなていたらくで、ご覧のようにとても馬のような大荷物を預かるような場所もありませんが、そんなやっかいな荷物を預れと持ち込まれたら、さぞ迷惑な事でしょうね」

わたくしはそんな話にはもう取合わないという調子でこう云っていたのが彼に通じたものか相手は、

「それはどうもおいそがしいところを飛んだお邪魔さまで」とこの親切な秣屋は下駄箱の上から脱ぎ捨ててあった古いハンティングを取り上げると、雨着代りに着込んでいた色褪せた筒袖のモジリ外套の前をかき合せ掻き合せて軒に踏み出し、小降りながらまだ降りつづく空をちらと見上げて、

「これや今夜もまだ上りませんな。ご免」

と小腰をかがめてから帽子を引っかぶってわたくしの家のあたりを見まわしながら帰って行った。

　やっぱりちとへんなうろんな話だなと思いはじめたわたくしは、曲り角で消えて行った彼のあとを追っかけるともなく飛び出して、小雨のなかに秣屋の消えた方をのぞき込んでみると、果して秣だか何かは知らず、ともかくもこもをかぶせた小さな荷をのせた手車の、そのへんに置いてあったらしいのを片手で曳き出しているモジリの筒袖外套のうしろ姿のシュルレットがなだらかな坂道を下り遠ざかって行くところであった。彼はこれからどこへ行こうと云うのであろうか。もうあきらめて西ヶ原の家へ帰るだろうか。わたくしは小雨に濡れながら物好きにわびしくしばらくそれを見送っていた。

　何も東京中に秣屋はあの男ひとりと云うではないし、失踪者も行った先で秣を別に注文できないわけでもあるまいに、その注文者もあてどもなく何処までも馬の餞を案じて追っかけ捜すというのも、律気者のしわざとしても、やはりちと腑に落ちにくい。さればと云って、そんなこしらえごとを種に、わたくしの家の様子をさぐりに来る必要も無いしそんな様子とも見えなかった。

　一切が奇妙である。そうして大都会のしぐれの日らしい趣が無いでもない。わたくしはやっと事件（というほどの事でもないが）そのものをはなれてそういう風に感じはじめたが、道灌山から来たというその地名だけが依然として印象に深かった。

立ち出でたついでに、わたくしはわが家の角にある街頭のスウィッチをひねってみると、ほのぐらいなかに黄ばんだ光がぼやけうるんでいる。見あげた空はどんよりと、明日もやはりしぐれらしかった。

（四）

あの電話の話も、この秣屋の事も、ともに意想外にどこまでも疑わしく取りとめのない点で何か共通のものを感じさせるものがあるばかりか、どちらも道灌山という地名で何かのつながりがあるような気は、その当時からしていたものだが、今でもその気がしてならない。

わたくしはこの断片的な二つの事実をいつまでも得忘れず、そのつながりをどこかに見出してみようと骨折ってみたが、どう空想を働かし、推論を操ってみても、結局は一つのものにはならない。それはばかりか二つとも嘘の話のような気がしてくる。それでいてどちらもわたくし自身で、この目がこの耳が体験した事実なのだからどこまでもへんである。

わたくしはこの二つのなかに関聯を見出すことをあきらめてからもう二十年ぐらいになる。そうして最後にこの二つの断片的事実を、事実のままでここにこうして投げ出した。こんな事実をどう解釈したらいいものであろうか。誰かこれに関聯を与えてくれる人が有るかも知れない。

関聯は終に誰にも見つからないとしても、せめては二つとも事実だと人々が承引するであろうか。何でこんな事実が起ったか。それともまずい作り話を事実と押しつけようとするのだと拒むだろうか。わが筆力の不足である。

わたくしがこれを書いてみる理由はこのとおり単純である。読者にこの二つの場合にわたくしの受取った狼狽にも似た当惑の幾分を伝え得れば、わが能事は終る。

そうしてわたくしはあの事実の記憶を現実のなかへまぎれ入った夢のたぐいとしてこれで忘れよう。あまり煩わしいから。

わたくしはただへんな記録をつづっただけである。間違っても一種の詩などとは思ってもらいたくない。詩というものはすべてもって明確なものだから。

Ⅲ　文豪たちの幻想と怪奇

山の日記から

自分は脚気に罹ったらしかった。毎晩、脚のだるいのに閉口した。幾度となく寝返りをしてやっと寝ついたが、朝、目をさましてみると、やっぱり脚の重さが第一に気づく。始めは何とも思わなかったが、あまり毎日の事なので、自分は病気だと知った。自分は今まで殆んど病気の経験はない、脚気などは無論だ。しかし父や友人などがこの病気で苦しんでいるのを見たことがある。医者に見せようと思っているところへ弟が来た。弟にこの様子を話すと、やっぱりそうだろうという事であった。ヴェランダの椅子に掛けていた自分の膝の関節を弟がたたくと、左の脚はともかくも跳ねたが、右の方はだらりと垂れたまま手答えがなかった。

弟は三四度試みたが同じことであった。自分は片脚だけ脚気になる場合もあるのかとへんに思った。弟は脚の毛を挘《むし》ってみた。痛さを感じなかった。病理学の研究生である弟はこれ以上には何もしなかった。開業医の診察を受けるようにすすめていた。病苦というほどのものではなかったが、どうしても仕事をする気にはならない。ところが自分はどっさり仕事を背負い込んでいる。少くとも二十日間ほどの間に、創作を二種と雑文を三種ともう一つは論文見たようなものを全部合せると百五十枚ほどは書かなければならなかった。腹案だけはそれぞれにみんなあったけれども、筆をとり上げるだけの気力が出なかった。創作の一つはやや長い短篇で、もう一つは少し風変りな一幕物で、これには操り人形を使って見たいと工夫していた。

谷崎潤一郎が半年ぶりで上京して、五六日ほど自分の家にいた。彼が帰るという前夜になって、自分は旅行を思いついた。その夜、谷崎などと一緒に築地小劇場の「真夏の夜の夢」を帝劇で見て、そのかえりに銀座を歩いたが、脚が重くって、ひとのステッキを借りてやっとみんなについて歩いた。カクテルを一杯つき合ったらもう歩くのがいやになった。殊に蒸暑い晩で、これからの暑気が思いやられた。自分は今まで暑いのは平気だった。寧ろ好きであった。だから避暑などというものをいろんな意味で軽蔑していた。それが今年は急にどこかへ行って見たくなった。どこでもいい一つ気を変えて見ようというつもりであった。割合に気軽るに仕事の出来た自分としては、この点でも今度のようなことは珍らしかった。そうしてそのすべての理由を自分は体の工合に帰した。この病気の為めにも転地は最もいい筈であった。自分は一昨年人に案内されて遊んだ養老へ行こうと決めた。割合に便利で、それでいて山が深い感じがするのと水の多いのとがあそこの取柄で、大したところでないだけに田舎らしさの多いのがいいのだ。眠雲聴泉有峯千仭有渓數曲晝遊夜宿清意何窮と言っては大げさだが、山居の気持は確にある。宿の主人にも去年よく紹介されてある。

谷崎は夜行で立つのだが、その夕方、偕楽園へ泉鏡花先生を招待してあった。自分たち夫婦もお招伴になった。谷崎と泉先生とは去年芥川龍之介のお弔いの帰りにやはりこの家へ一緒に来て以来、一年ぶりで又ここで会うのだそうだが、そう言えば今日は七月の二十七日で、偶然にもちょうど去年のその日と同じ日であった。自分は去年の今日は西湖《さいこ》に遊んでいて、芥川の葬式には列し得なかったが、今日この席には偶然、片身わけに貰った芥川の衣物《きもの》を着ていた。偕楽園での食事は案外手間どって、まだ旅の用意をしていない自分は出発をもう一日延そうかとも思ったが、西へ帰る谷崎と同車したかった。一たい、身軽に旅行しつけている自分は三十分ほどの間に、妻や女中をせき立てて夫婦と子供との旅の用意をさせた。慌てたが、汽車の時間も思ったよりたっぷりゆとりがあり、無ければどうでもいいと思った寝台車も買えた。しかし、その寝台へ落ちついてから、自分はやっと重大なことを忘れて来たのを思い出した。自分は芥川の一周忌を記念するための写真帖をつくるつもりで、その写真を選択したままで製版所の方へまわす手筈を言い置くのは忘れて来た。それはたくさん写真のなかから択ったのだから、ただ上下に区別して置いたぐらいではほんの自分の心おぼえにはなっても、手紙やなどでは留守番などには決して要領を得させられまい。そんな事を考えていると外にもいろいろ忘れた事を思い出した。人に預ってよそへ紹介する筈の原稿を、紹介状だけ出して置いて原稿は出さずに来てしまった。

＊　＊　＊　＊　＊

養老は、来て二三日は天気だったが、それから雨がふり出した。この山間の空気は自分の気に合ったらしい。雑文の方だけは寝ころびながら、すらすらと書きつづけた。尤も、一向に興などは湧かなかったが、事務的にやっていられたのだ。気のせいか体もいくらか楽になったように思うが、やっぱり楽しくは寝つかれない。雨も四五日はよかったが、一週間以上になると侘しくなった。新聞を見ると東北の一部分を除いては殆んどどこも一体に雨らしい。雨はここだけではないと思うと、日本中を一杯に一つの大きな雲がつつんでいるような気がして、一そう悲しくなって来る。この春書いた長編小説を単行本にしようと思って、それの校正刷を持って来てある。退屈まぎれにそれを取出して見ると、もとより決して自信のある作ではなかったが、今更自分ながらさっぱり面白くないのに参ってしまった。自分は二三年前からもう三冊ほど組みかけた本を途中から解版させた。今度またそんな事になっては本屋へも済まないし、それに今度の本には挿画があって画家は非常に苦心している。だから画家に対しても申しわけがない。画家の熱心に対しても自分の書きなぐった仕事がきまりが悪い。自分は近ごろの自分があまりに無雑作に仕事をしすぎるのを、このごろ少し考え直さなければならぬと思い出した。しかし自分はそれでは何に苦心をしていいのだかその点がわからない。芥川の死後まだ焚いてしまわなかった書きかけの原稿が、半ピラの紙で約三千枚近くあるというのを聞いている自分は、彼のそんな全力的な努力に感心してしまった。〆切の日は空しく迫って来て、長い方の創作は今度は間に合いそうもない。その代りに操り人形のへんな脚本を書いてその方の約束は果すとして、それではもう一つのこの脚本を書く積《つもり》でいたところには、何を書いたものだろうか。自分の身辺の出来事や、片々たる見聞録見たようなものなどをいくら書いて見ても全く仕方がない。

＊　＊　＊　＊　＊

雨は毎日やまず、子供が東京で貰って持って来た花火もマッチも湿ってしまって火がつきにくい。夜になるとしきりに犬が吠える。

＊　＊　＊　＊　＊

芥川と谷崎とが自分の家のヴェランダから食堂の方へ歩きながら、谷崎は芥川に本を上げようと言っている。芥川が開いて見ている本をのぞき込むと、その大きな本はアルフレッド・クウビンの「髑髏舞《トオテンタンツ》」という草画集である。自分も芥川にやろうと思って買って置いた本があったのを思い出して、その事を芥川に言いながら、自分は書斎へ行って見ると、自分の本もやっぱりクウビンの「トオテン・タンツ」である。そんな筈ではなかったがと思っても、どうしても、それより他に芥川に進呈すべき本はない。同じ本を二冊も、芥川だって必要ではあるまいし、しかし今、面白い本を進呈すると言って来た手前、自分は非常に困ってしまった。芥川の書いた脚本は、上演されて今日は初日である。自分と谷崎とは作者につれられてそれを見物するのである。幕はあいているが、芥川の芝居は実にへんなものである。舞台の奥の方に小さな家が一軒あって、登場人物はひとりもない。この一軒家は怪物《ばけもの》屋敷だということだが、そこから洩て来る光は赤くなったり青くなったりする。それだけの事である。芥川はその変色する光線で怪物屋敷の効果を出そうとしたらしいのだが、電気装置でそんなものはわけなく出来ることを知っている我々は、そんな子供だまし見たようなものでは凄さは少しも感じないわけである。君の芝居は、この意味で全然失敗だ。自分は芥川にむかってそう言った。実際自分はひどく失望してしまった。芥川は自分の批評に対しては、蒼白い顔を自分の方へまともに向けたままで、無言だった。そのうちに芝居は進んだ。見物人のつもりだった自分は実は役者の一人であったので、座席から花道へ上った。例の怪物小屋の傍には石垣があり、その石垣と家との間には可なりの大きさの柿の枯木がある。自分はその柿の枝を攀じのぼって石垣の向うへおどり越さなければいけない。自分は柿の木につかまり、石垣の石の隙間を足場にわけなく登った。

しかし、いざ乗り越そうとする時に、急に柿の枯枝がまるで生きたもののようにぐっと自分を石垣の方へ押しつけた。自分はその枝と石垣との間へはさみ込まれてしまって、木から下りることも、石垣を跳り越すことも出来なくなってしまった。中有に足をぶらさげたまま、自分は自分の体の処置に困ってしまった。

その時、ふと、自分の直ぐわきのこの一軒家が怪物屋敷だったと気がつくと、自分はその家が非常におそろしくなってしまった。なるほど芥川はこういう効果を覘《ねら》って、最初にあの怪物屋敷の遠景だけを見せて置いたのだな。芥川の芝居はつまらないと思ったのは、こうなって見ると確に自分の間違いだった。何にしても困ったものだ。いつまでもこんな姿勢でいなけりゃならないなら苦しくて仕方がない、足がだるくって仕方がない——夢はここでさめた。

犬が吠えている。ガラス戸に風が当っている。噴水のせせらぎの音にまぎれて雨の音はわからないが、筒樋《とい》に雨だれがしきりにするのをみると雨も大ぶんふっているらしい。夢のなかの恐ろしさは無論すぐ消えたが、さびしさだけは目がさめてもそっくりそのままに残っている。夢のなかの谷崎はぼんやりしていたが、芥川は写真のようにはっきり印象に残っている。臆病な自分は小便を催しているが便所へ行くのがいやになった。

自分は部屋の小窓のことを考えた。その下は庭と言えばまず庭だが、少し崖のようになり雑草が茂ったままだから、それにこれだけ雨が降っていれば差支はあるまいと思った。その窓を隙《あ》けて、そこから小便をした。外は、この窓は藤棚で蓋われているから雨は大して当らず、自分が自然に目をやったあたりは、楓や桜や松などの繁った枝の隙間から低いところにある大きな池の水面へほんの一部分が、そこらに立っている電燈を反映して光っている。その水面が大きな池の中心にある小さな噴水の余波で、ゆらゆらと揺れうねっている。樹々の枝は風で音を立てた。

再び寝床へ這入っても、犬はまだ吠えつづけている。自分は今日、宿の女中が妻に話していた事を思い出した。

何でもこの宿の隣——といっても樹や池や路などをへだてて大部遠いが、そこの主人というのが二三年来、理由のわからない熱病であったが、この二三日は重態だそうである。その人はまだ三十かそこらだが女房に先き立たれて、後妻には先妻の妹を貰った。先妻の子はまだ五つかそこらの男の子だが、それを夜中に急に枕もとへ呼んで自分の亡き後の事を言って聞かせたという噂である。話の模様では後妻は姉ののこして行った子供を、あまり愛していないらしい。

話をする若い女中は言いながら涙ぐんでいたが、田舎の娘らしい単純な態度を自分はいいと思った。今吠えている犬は、その病人の愛犬であるが、ふだんはあまり吠えもしないのに、この二三日どうしたかやかましく吠えるのだそうである。

自分はすっかり目がさめてしまった。そうしてさっきの芥川の夢の分析を始めてみた、極く浅い眠のなかで見たものらしく、大ていの事は昨今の実生活と何か関係のあることばかりであった。自分は夢のなかでさえも実生活から脱し去ることの出来ない自分を自ら憫れんだ。クウビンの「トオテン・タンツ」は実際ある本である。自分は自分の書斎で谷崎にそれを見せたものだ。ただ怪物屋敷という観念だけはどこから来たかわからない。

＊　＊　＊　＊　＊　＊　＊

その夢から三日ほど後である。

留守宅から小包がとどいた。その中から田中貢太郎君が送ってくれた同君の近著怪談全集歴史篇が一冊あった。偶然の事だが、自分はへんな気がした。自分の軽微な脚気はじき治りそうであるが、その代りに自分は久しぶりで神経衰弱に罹ったらしい。

＊　＊　＊　＊　＊　＊

雨が晴れた。花火を日向にほして、その夕方子供と一緒にそれを燃やして遊んだ。その時、自分は思い出した。この間の夢の怪物小屋の色の変る光は、この花火の光と同じものだった。女中の話では隣家の主人はまた持ち直しそうだという。

そのせいか犬はもうあまり鳴かない。

へんな夢

この原稿を書かなければならないと思いながら眠った十日の夜の明け方、実にへんな夢を見た。

文芸日本の同人、誰と誰とであったかはよくわからないが四五人で、牧野と飲んでいるうち牧野はひどく酔っぱらってしまって、一同とは別にひとりで勝手にどこかへ失踪してしまったまま帰らないと、一同は心配して僕に善後策を相談しているのであった。牧野はいつになく泥酔してひとりでわけのわからないことを叫び立てていた。あれでは気違いと間違われて精神病院へでも入れられはしないだろうか。交番で見咎められたら巡査と喧嘩でもはじめそうな勢であったと、一同はそんなことをいろいろに心配しているのであった。僕はいくら酔っぱらっていても、そのうちには酔もさめて自分の家を思い出すだろうからあまり心配することはあるまい。酔のさめるまでに交通事故にでも遭わなければよいがと心配しているのは富沢らしかった。

僕は牧野に迷子札でもつけて置けば無事に家へ送り帰されるだろうから、帰ったら今度は迷子札をつけさせて置こうと発議すると皆は笑って賛成した。

この明け方の妙な夢は別におどろかされることもなく自然にさめて、夢のなかで失踪を案じられていた牧野が不帰の客になっている事実を僕は、はっきり思い出した。

夢は願望の現われであるとやら、僕は意識下ではまだ牧野の死を承認することができないで、酔っぱらって迷子になったぐらいにしか考えないで、今に酔いがさめたら帰ってくるものと願望しているものと見える。

死の四日前に来て久しぶりに一時間あまりゆっくり話して、足もとも危く帰って行った彼の感銘と、あまりに不慮の死とが、このへんな夢になったものであろう。いや、牧野の死その事自体が僕にはまだへんな夢のようにしか思えない。

夢に荷風先生を見る記

荷風先生の回想なら拙作「小説永井荷風伝」のなかに何一つ漏さず書き尽して一つの話題をも漏らさなかった。だからここに新しく書きかえる事は何もない。

小説荷風伝を書いた結果、荷風に関して別に書くべき事が生じたのは「実説永井荷風」とでも銘を打って非小説の文壇生活の実情をもルポルタージュとして記録して置きたいと思っているが、それはここに書くには少々長すぎるばかりか、あまり適当ではないような気がする。

そこで気軽るに執筆を引き受けては置いたようなものの、書くべきことは何もないというよりは小説荷風伝を書いた事と実説荷風に書きたい事とによって、荷風晩年の側近と自称して荷風を食い物にしている下劣な男とそんな男を無条件に信じている馬鹿な一批評家のおかげで、わたくしは彼らがわたくしを中傷するために口なき故人の語をつくり出したとは信じながらも、わたくしは往年の荷風崇拝から脱却したような気がして、何も改めて書きたくないと思っていたのかも知れない。

ところが、ついこのほど、あれは十日か二週間ばかり前でもあったろうか、夢に荷風先生を見てさめ、自分はまだやはり往年の荷風崇拝から卒業し切っていないのだ。自分の心の底に根を張った昔ながらの荷風先生は今もまだわたくしの心に生きていたことを知った。そこでその夢を語る痴人になろうと思う。

夢は多分、この原稿を書かなければならないが、書くべき何事も無いのを思い煩った明け方の残夢でもあったらしい。

夢のなかでわたくしは荷風先生の死を、はじめて聞いた。わたくしは荷風先生の亡くなった家を見て置きたいと思い立って、直ぐ家を飛び出した。わたくしは先生の亡くなった家というのを当時まだ見ていなかったからである（この事は事実である）。

夢のなかの荷風先生臨終の家というのは何処だかわからないが、ちょっとした丘をのぼったところにあった。屋後に出ると月の下には家々が遠くつづいて見えた。後に思えば、あの眼下の町の様子はどうも三田山下の一角稲荷山であったらしい。稲荷山というのは三田の塾の奥で演説館のあるところで、わたくしは前年の秋二度ほどここへ行って、往年の塾の学生時代を思い出していた。

丘の上の家はいかにも主の亡くなった人のように閉め切っていた。それで裏手にまわって見ると、庭は黄色くもみじした雑木の林でその根方のスロープ一面にうす赤い色の尾花が風になびいている。季節は秋で夢は美しい色彩があった。わたくしは二三十年ぶりで色彩のある夢を見たのである。

しばらくこの庭に佇んであたりを見まわしていたが、再び表へまわって門の入口から敷石づたいに（この敷石は偏奇館の門から玄関に通ずるものと同じであった）門から出ようとすると、家から出て来た人がある。見れば、それが夢というものなのであろう、死んだはずの荷風先生であった。わたくしは先生が突然ここに出て来たのを少しも怪しみもせず、ただ先生が黒紋つきの羽織に白い紐をつけた珍らしく改った様子なのを珍らしいと思った（わたくしは先生が時々和服で塾の講義に出たのを見ている。しかし黒紋附を着ていたのは、写真を見たことがあるだけで、その写真を珍らしいと思ったのが夢に現われたものらしい）。

わたくしは直ぐ先生に近づいて行って、今見て来た庭の景観に就いて語り、

「あの赤い尾花は東京附近にもあるものでしたか。それともわざわざどこからか持って来させたものでしょうか。あれは狐萱とか云って佐久の山野などではよく見かけるものですが」

「キツネ萱？」

「キツネ色をしているとでも云うのでしょうか」

「名は知らなかったが植木屋が持って来て一株植えたのがあんなにはびこってね。甲州からもって来たのかも知れない。植木屋は甲州の男だと云っているから」

そんなことを立話しているところで夢は覚めた。

わたくしは生前、先生から「雨瀟々」の特別本（これはわたくしが出版の緒をつけたので）をはじめ岩波本の「濹東綺譚」同じものの私家版などそれぞれの署名本をはじめ父の「懐旧」に関する手紙など多くのかたみになるものを与えられて珍重していたのを、疎開の留守中にそっくり盗まれてしまって何一つ無くなった。盗んだ奴もほぼ見当はついているが、どうにもしょうがない。これを悲しんでいたら、偶然ならず故大鹿卓の未亡人がわたくしの意を察して、大鹿君が秘蔵していた吉井勇宛の先生の尺牘をかたみ分けとしてわたくしに贈られた。文は次のようである——

御手紙拝見致候　筆研益々御健勝の段抃喜の至に奉存候其後滅切老衰致し銀座へは久敷出掛不申葵老も此夏より糖尿病の由にて元気稍消沈の体に相見え候随て世間の噂も耳にする機会なく甚落莫たる生涯を送居候御申越の俳句何れも旧作に候得共至急の際故右にて御免被下度候

子を持たぬ身のつれつれや松の内
松過や蜜柑の皮のすてどころ
暫の顔にも似たり飾海老
去年からつづく日和や今朝の春
初東風や一二の橋の人通

十二月念六日　　　　　　　　　　　　荷風生

吉井勇様

以上が本文でなお追て書きに次のように細書で記されている――
先年三十間堀で鈴本と申し候待合茶屋の娘お栄さんと申し候もの去年頃より明治屋裏通にてほがひと申酒亭を営み居候由、先頃銀座通にて出会立話致候貴著酒ほがひの名にちなみ候由既に御承知の事かと存候小生はまだ参り不申候と読まれる。初春の五句めでたく先生と吉井勇との交情のさまも見えてよろこばしい手紙ではあるが、わたくしにとっては三人の師友の悲しい思い出の料で新年に掛ける気にもなれないから、せめては先生の命日にかかげて先生をはじめ二亡友のおもかげをしのぶとしよう。

なお吉井氏宛の手紙は吉井氏が家庭解散の砌《みぎり》、大鹿氏方に荷物を預けたお礼に、大鹿君の望みにまかせて与えられたものと云う。

「たそがれの人間」

この一篇をこの文中に出る手紙のＴ・Ｉに贈る

見給え、ここに僕のところへ来た少年作家からの手紙がある。精々二十一二の男でね――いや、僕は未だ会った事はないが、作品は随分沢山見た。そう、百篇以上ね。尤も一篇というのが先ず一枚か一枚半ぐらいなのだ。僕も兎に角、恥しい事だが一人前の作家のような面《つら》をしているものだから、時々には突然、知らない人から作品を見せられる。しかし、この少年作家Ｔ・Ｉから見せられたものほど、僕の気に入ったものは未だ一つもない。いや、気に入ったと言ったのじゃいけない。この少年は、その作品を「なるほど僕に見せないではいられなかったろう」とそう感ぜられるのだ。それほど或る基調に於て彼と僕とは一致しているのだ。決してわざとらしい模倣じゃない、自然にね。試みに、先ず次の手紙を読んで見るがいい。君は——僕の性格を熟知する君は、この手紙を恐らく、僕自身が僕の性格の説明に用立てるためにつくり出した戯文《パロディ》だと思うかも知れない。全くそれほどこの男は僕に似ている。まるで僕自身の全生活を二十歳に縮刷して見ているような気がするよ——自分ながら。だが、本当にこれはその男からの手紙なのである。

＊　＊　＊　＊

謹啓

しばらく御無沙汰して居ります。独りで明石の海とその上とに立つ雲を見ているうちに夏が過ぎて行って九月がやって来ました。

九月になったと言えば、あなたは上海へ行かれますか？　僕はせっかく東京へ行っても張り合いがないような寂しい気がします。あなたが支那へ行ってしまわれるとすれば……。

僕はその後、小話を少しと「煌めける城」という百枚位のを書きました。未だ書いて見たいと思う材料は二つ三つ持って居ますが、さて僕はその何れにも大して興味もなければ希望もなく、このわけのわからぬ憂鬱は一たいどこから来るのかそれもわかりません。

「それは心の病気だから、唯、静かにして恢復するのを待っておればいい」

こう倉田百三氏を好きな友達が言ってくれましたが、さて僕はこうして三年間、この退屈な生活をつづけて来たのですが、恢復するどころか、いよいよ変な方へ傾いて行くようです。僕のような者は所謂たそがれの人間とでも云うので、いずれは自滅すべき種属であるのは、勿論自分でよくわかっていることなのですが、さて自滅するのを待つまでの期間ということです、問題は。

あなたは「若者ではあるし、季節はよし、ラブでもしているのではないかと思っていた」と言われましたが、何うして僕がラブなどをするような男ですか、今も、これからも、そうして恐らく一生も——。あんなうるさいものはとても堪りません。強いて言えば「彼は何故月を恋するようになったか?」と云う私の話にでもある位の恋の外は。花の三月半にしてすでに秋風が吹いていると言う「私の国」の気候では、お月さまがそれはきれいに見える筈です。

「ラブをしているなら月や星の話を書かなくてもいい」と言うあなたのお言葉は、その逆の場合にのみ成り立ちます。人生に何の興味もない時にだけ、人は童話の天文学者になります。

シバの女王から去ったバルタザアルが櫓《やぐら》に籠って星の研究をするじゃありませんか。「人生もいや、芸術もいや、自分の好きなものを探して世界を歩く人！」僕はあなたのあの言葉が大へん気に入りました。殊にロンドンで気に入ったネクタイを二つ見つけるというのが……。出来る事なら僕はそんな人に逢って見たいと思います。一層、僕もそんな生活をして見たいと思います――今の境遇ではとても及びもつかないことながら。又よく考えると、そうして幾度考えても、僕にはそんな事より外に何の仕事もないように思われるのですが。で、夢のようなことながら誰かに世界の果、でなければフランス辺りへでもつれて行ってもらってもう一生日本へ帰って来たくはない。そうなってみたい。みたいのじゃない、それを切望する。そうでもしなければ到底この病気の治る見込がない……。と何時も、今のさっきも考えました。実際こうしていると、やたらに寂しくなって、悲しくなって、それに雑って笑いたい気になって、フフンと云って見たい気になって、一たいこれから何うして行こうかと考えると……今が昔なら高野山へでも登るのですが、一そのこと遠い山の中へでも入ってしまいたい気になります。周囲が快くしてくれないこと、早晩何とか身の振り方をつけねばならないことを考えると、僕の愛する月と星との話は果して何時までつづくか？　そうしてこのような結果が総て私のように生れ落ちた人間の上に来る運命であるか？　たしかに生れて来たのが間違いだ。自分の知りもしないうちにとんだ所に来ていたものだ。僕はこういう結論にならざるを得ません。全くこの問題に就て私はほとほと持てあましています。で、心弱いと思いながら生活派の方もつくづくふり返って見たい気がします。それは自分が徹底しないためでしょうか？　僕のような人間の行くべき道、それがわからないのです。

先月、七月の初めに上京しようと思って、父に明日行くと云うことを告げると、その曰くに、

「何時でも好きな時に勝手に行くがいい。お前のようなものは家に居ようが居まいが同じことだから……」

こんな口吻ですもの。僕も「そんなつもりなら！」と言う気持にならざるを得ません。そりゃ父の身になって見れば僕のようなものが勉強も何もしないで三年間もブラブラしているのだから無理もないでしょうが、僕は只非常に寂しく、それにつけて人生というものがいやになって来ます。こんなわけで、家庭は全く芸術ということはわかりませんし（謡曲とか能楽とかの外は）僕のすることだってくだらないお伽話ぐらいに思っているのでしょうし、又それがいかに本当にその通りであるかよ！　です。僕としてもそんなところに飼養されていることを快しとは思っていません。で、これからは何うなる？　それが今のところさし迫っ

て来る問題なのです。一たいこんな場合にはどんな方法を取ればいいでしょうか。僕の芸術的方法（！）は、「何処かの王様が、その不思議な国か、偉大なる鳥籠のように美しい邸宅かへつれて行って養ってくれればいい。そうすればいい。そうすれやその人のため一生懸命、珍らしいことを考えてやるのだが」という空想です。僕の体は持てあましているほど――消えて無くなってもいいほど自由なのですから。飛んだところへ脱線しました。

　こんなことを言うのも、今夜の窓の外の明るい月夜に――それによっていかに我々の同種属が救われたか――明石の海を飛び交う白い鳥の翼に当る秋風のせいかも知れません。そうして僕の好きな小説「夢を築く人人」の著者が、やがてあの海を渡って支那へ旅立つであろうと考えて見たことから起った淡いセンチメントかも知れません。

　あなたのお父さんが狸と格闘された話は気に入りました。勿論。――結局へんに終ってしまうと言うのが。そうして少年時代のあなたに逢って見たいような、なつかしさが起りました。「人間の意志の力は微弱だ。こんなことより外には出来得ることはないと言って自分のヒゲを時々剃ったり生やしたりしている人の話」「自分の好きなものを探して世界中を歩き、そうして結局気に入ったネクタイを二本ロンドンで買って帰る話」の出来上る日が待たれます。僕は、「地球の上へ腹ばいにねそべって月と接吻をした次の晩に死にたくなって、星と星との間へ針を通してその中間に首をくくって死ぬ話」及び「私は何時どんなふうにして“I'm going to decend on the top of a mountain, with my scarlet cap. A man at the star in milky way.” というへんな手紙を得たかという話」を書こうと思っています。そうして明日は、僕の義兄——姉さんの婿である鉱山技師が真黒に日にやけた顔の上へ手垢のついたヘルメットを頂いて、葉巻を脣でかみながら、二十貫もある体の片手で大きなグランドストンを軽々とひっさげて、白麻の詰襟のポケットに二十幾種の新聞をねじ込んで帰省して、ここの籐椅子にどっかり腰を下し、さてその太い足を高く組み重ねて、そうして私に「お前は生きては居らん」と意見をするでしょう。そうです。そのとおり。そうして彼は生きて居るです——確に。

くだらない事を長々と書いてすみません。只、何故だか寂しくなったので筆を取りました。それも明日の朝になって考えれば、自分のした気紛れに又後悔をすることでしょう、何時ものように。で、後悔をしないうちにポストへ入れることにします。草々。卅一日夜、T・I

コメット・X
‖シルクハットもギタアもくれる男‖

わたしはこの男にはとてもかなわぬと思いました。でもこの男は馬鹿で、それがためにまじりけのない芸術家でした。この男は、蝶は夜になったらどこで寝るだろうかということを苦にしていたし、ゴオルデンバットの箱にある二疋の蝙蝠は夫婦にちがいないのだが、それならどちらが雌だろうかという疑問を抱いていました。この男はアラビアンナイトの中から無駄を引抜いて、それを一千一秒間に語りつづけることも出来たし、アインスタインの法則に従って、第三半球を発見するのでした。誰もとても出来そうもないことをこの男は事もなげにやってのけました。というのも、神さまが特別にこの男に恵みを垂れて、この男の頭のなかからどこかのくさびを一本外してしまったからでした。この男の全体は神聖な発育不十分でした。二十五歳にもなってこの男の頭のある部分は今だに十五歳のままでした。そうしてすべての少年のように彼は新鮮極まる官覚を持っていて、それがしかも決して不老のものでした。そうして彼の変則な頭の山や川のなかには、だからフェアリィがたくさん住んでいました。彼は生れながらの童話作家でした。神さまのミスビルディングとしてはまあ無二の傑作の部門に属すべきもので、一口にいうと、天才的とでもいうのでしょう。ですから、誰しもこの男にはちょっと驚かされます――少くとも芸術のことが多少でもわかる人間なら。そのくせこの男を初めから大して尊敬する気にはなれないのです。そこがどうも少し不思議なので、わたしはしばらく気をつけてこの男とつき合っているうちに最後に、この男が前述のとおりの美的低能児だということを発見したわけでした。

それでわたしはこの男のことをゴオルドスミスとアダ名してやりました。このアダ名と一緒にその理由を――馬鹿であって美しい傑作を残した大作家のことを聞かせてやると、彼はおこったような恨めしいようなあわれみを乞うような全く特有の目つきをしてわたしをちょっと睨みました。

この男はしゃべらして置くと、いろいろ大議論をします。芸術や哲学や科学などについて、どこでひろい集めてくるものかなかなか豊富なフラグメントを得ています。そうしてそれらの断片を独得の立法でつぎはぎにして面白く馬鹿げていてしかもなかなか暗示的な議論をしでかします。思いがけない手軽なうまい比喩があります。感心した顔で聞いているときりがありません。しまいに少しうるさくなるので、こちらはあくびまじりに、わざと彼の説がひどくつまらないようなことを一喝すると、彼は急にキョトンとしてしまって、

「あきまへんか」

といったきり悄気てしまう。彼は神戸の生れであったが、こんな場合の上方弁はこの上なく脱俗したものに聞えました。

「おい、ゴオルドスミス君」

私がそんなことをいって呼びかけると、彼は慨然として答えました。

「今まで、そんなことをいわれたことはないのやがな——馬鹿だなんて。みんな驚いてまんが、どうや、あの科学と哲学を見！　といって」

そこでまたしてもわたしは「あの科学と哲学とを見」という言葉を覚え、その後は彼が議論を長々とやり出すと、それにピリオッドを打つつもりで、わたしはいつも「あの科学と哲学とを見」といってやるのでした。

彼はわたしには尻尾をつかまれているから仕方がないと、よくいいました。それは古はプラトオから近代ではアンデルゼン、オスカアワイルドに至る哲人や芸術家の如く、この男もソドミストだということを、わたしが偶然に発見したからでした。

初めてわたしのところへ尋ねて来た時でした。夏の夕方わたしは彼をつれて銀座へ散歩に出ようと郊外の停車場へ出たのです。停車場はどうしたわけか、いつになく混雑していて、改札口で人が押合いました。わたしは自分の肩へそっと手を置いたものがあったので誰か知らない女でもわたしの後から押れているような気がして振りむいてみると、そこにはやはり彼がわたしに従って来ているだけでした。しかし、その時の彼の手の感触がわたしに妙に思えてなりませんでした。それは人込みのなかで男が男に触れる時のような、事もなげな自然なものではありませんでした。わたしなら婦人にでも触らねばならない時にだけ、あんなにためらい勝ちにそっとぶっつかるでしょう。そんなことをわたしが感じ出すと、まだ彼に会わなかった以前、彼から貰った手紙にある親愛の調子がやはりどうも、一種変調なもののような気がして来たのです。そのころわたしは弟夫婦の家に厄介になっていたので、彼もやはりそこにいることになりました。二週間ほどのうちに彼は一度外泊して来たのです。弟はそこで冗談に、昨晩はどの方面でおたのしみでしたとからかうと彼は狼狽をして、

「いや、違いま、違いま。僕は派違いです」

と答えたそうです。「派違い」という面白い言葉を一つ覚えて、それが問題になったのです。わたしはその言葉の意味を、この間の自分の空想と結びつけてすぐに、彼のことをソドミストだと断定したのです。そうしてその晩次のように彼に尋ねてみました。

「時に、君は衆道のたしなみがあるそうで——結構なことで」

彼はわたしの言葉を聞いた一瞬じっとわたしの笑顔を見ていましたが、そのうち泣きそうな苦笑をして眼を外してしまいました。「おそれ入った、」「こわいな」「どうして判ったろう」「不思議やな」この衆道家は一しきりそんな言葉を繰返していました。そうして彼はわたしには何もかくすことは出来ないといいました。実際わたしは彼のことなら大ていのことは見抜くことが出来ました。というのは鎌をかけておびき出しさえすれば、彼はひとりでに自分のことをしゃべり出し、そうして置いて自分で語るに落ちたことは気づかずに、みんなわたしが見抜いたものとして驚歎するのでした。傍にいる人が彼に彼が用もない自己告白を自分でしていた結果だと注意をすると、彼はしたしげに答えるのでした。

「そんなことはわかっているさ。でもこうして、人に見抜かれたように花を持たせますのやがな。それが社交の要訣や。何もかもわかっているのや」

負け惜みのようでもあったし本当に人を食っているようでもありました。多方面にいろいろと趣味のあるわたしだが、そのわたしもまだ衆道の趣味だけはない。それで折角こんな衆道家が出現してもこの点では用はなかったが、この男の面白いことは実に尽きませんでした。わたしは友人の息子の十五になったのをひとり、彼に紹介をして事のなりゆきを観察することにしました。わたしはその少年には予め彼には用心すべきことを含めて置きました。この少年の方が彼よりもずっと悧巧であったから、別に間違いの生じないことは信じましたが、わたしはそれでも少年の保護を名として、いつも衆道家の企ての邪魔をしていました。わたしは少年とそんな交わりを結ぶためには、一体どんな風に持ちかけるものか、彼に聞いてみました。

「おもしろい秘密の倶楽部があるのや。そこの会員になるとおとなしくなって、人に好かれるようになる」

と、いうのだそうです。無論、少年は逃げまわって何事もありませんでした。ただ困ったことには、彼は少年がほしいというものがあると、わたしが物好きで集めて置いたちょっとしたものなどを、どんどん少年にくれてやってしまうのでした。ロシャの大学生の制帽だの、ポスタアだの、珍らしい煙草のあき箱だの、いずれはそんな、無論、大したものでもなく、わたしにとってももう飽きてしまって持っていたのを忘れていたようなものばかりだったから大して差支えもありませんでしたが。

こんなことをして一年半ばかりもわたしは彼と同じ家にいました。このおもしろい天分を持った男は、そのうちに本を出したり、なかなかいい童話を発表したりしました。わたしはこの男に今まで知らなかった新らしい天分を一つ発見しました。というのは、この男は一面では原稿を人に売り込むことがなかなかうまいらしいのです。彼の書いたものの特色はそうすぐ誰にでも理解できるものではなかったのに、彼の原稿が売れたのは彼に別方面の特別な才があったらしいのです。彼がどことなく愛嬌があり、しかも割合に品がよく、又一見して才気煥発――「あの科学と哲学とを見！」と思われたからかも知れません。彼はそんなことで得た金があると酒ばかりのんでいました。それから時々、ひどく感傷的になると、それに負けまいとするらしく彼は極端にニヒリステックになりました。

彼は時々わたしにいろいろな忠告をしました。例えば、いやしくもH・Sともあるものが銀座を歩く時には山高帽をかぶるべきである、などの種類の忠言であります。また彼は、文章を書くなどは馬鹿馬鹿しい話だから、そんなことはやめて寄席の芸人になるのだといい出しました。尤もその寄席というのはきっと、例のフラグメントとして覚えて来たパリあたりの見世物か何かから暗示を得たらしいのです。で彼の空想はといいますと、自らコメットXと名告ってその小屋で彼独得の小咄を三つ四つして、最後に彼の作った歌詞と歌曲とをギタアで発表するというのである。その歌詞というのは例えば次の如し――

むらさき深く
　暮れなやむ
春の夕べの
　かなしみを
我ならずして
　誰れか知る
――星の数
　タラン、タラン。

そうしてコメットXたるものの衣裳は勿論、そのチョッキには金で星や箒星や三日月を縫い、燕尾服でシルクハットでなくてはならないというのでした。そうして聞けば彼はもうシルクハットは手に入れてあるそうで、それは上からおさえると板のようにつぶれるシルクハット――つまりオペラハットだそうです。(道玄坂の夜店で十五銭だったことはあとから聞いたのです。）彼は自分の空想をどこまで実現するつもりなのか、今度はギタアを手に入れました。――わたしは見たことはありませんでしたが、それを手に入れて友達のところへ預けてあって、その友達は音楽が出来るからそこでそれを習うという話でした。

「一つ、よろしくやってくれ給え」

わたしは、そんなことには別に興味をもってやらないという表現には、いつもそういうのが常なのです。

彼とわたしとのいた前の家は解散することになってしまって、わたしはその機会にかねて考えていた上海への旅行をすることにしました。わがコメットXは当然どこかへ下宿をしなければならないわけなのです。しかしこの男は着のみ着のままと三枚の蒲団の外と無数の空想との外には何一つ持っていませんでした。机一つなしでは下宿するにも困るだろうと思って、わたしは自分の古机をこの男にやることにしました。その序に、わたしの荷物をいくらか彼に預けることにしました。放浪のような生活をしていたわたしにも満足な荷物はありませんでした。大部分は売ってしまったり質屋へあずけたりしました。その残りの彼にあずけたものというのは、蒲団が五枚――上下二枚ずつと、夏蒲団が一枚。その外には、売りたくない本が三四十冊あったでしょう。十年来読みなれて書き入れをしたものやら、少しは珍らしい本やら、また二三の友人が時折の記念にくれたりしたものも五六冊はありました。わたしはそのわけをよくいって彼にそれを頼むことにしました。

一年ほどしてわたしは旅から帰って或る下宿に落ついた。早速、彼に荷物をとどけてくれるようにハガキを出した。とどいた荷物を見ると蒲団がたった三枚しかありません。わたしは彼を呼んで外の荷物のことを聞くと彼は明日とどけるというのです。どうして一度にとどけなかったかというと、口のなかで何かむにゃむにゃといっているのです。よく聞くと一枚の掛ぶとんは、赤いきれいな更紗模様があまりに美しいので、朝眼がさめた時にあれを見ているとあじきない気持が救われるから、拝借して自分で掛けさしてもろうています、という。どうやら自分のは売るか質に置くかしてわたしのを代用しているらしいのであります。

「で、外のもの——本やなにかは」

「あります、あります。あした、拝借している掛蒲団と一緒におとどけします」

翌日になって蒲団が一枚とどいただけでした。使が手紙を持っていて、本は今日都合があっておとどけし兼ねるが、蒲団は一日も早く上げなければ寒いだろうと思って、これだけ先ずとどけます、と書いてある。二三日すると彼は自分で来ました。本はしかし持って来ませんでした。何でも、彼自身のところよりも別の友人のところの方が安全なのでそこへ預けてあるのだが、その友人が生憎と留守で持出すことが出来なかったのだそうです。

「それで夏蒲団はどうした」

「あれ、今お入りになりますか」

「いや、今はいらないけれど、序に一緒にとどけさせてくれればよかったじゃないか」

「は。それやったら今度持って来ます」

「今度って、一たいどこに置いてあるのだね」

「へ。あれはB君がかけて寝ていま」

「B君が。——あの肺病のB君がか、あの夏のふとんを?」

「へ。B君がこの頃また血を吐いて体が悪いので、寒がってしょうがありまへん。大きなふとん三枚やったら重いいうし、先生のあのふとんが丁度ええいいまんね」

「あきまへん」——冗談の口調でしたが少し腹が立って来ました。

「それやったら今度持って来ま、なんて、持って来られちゃ困るじゃないか。そんな血を吐いたような人の着ているものを黙って持って帰ってどうするのだい。そんなものは持って来なくてもいい、B君にくれてやるよ」

「へ」

「その代り、本はきっと頼むよ。——君、本は大丈夫なくなりはしないのだろうね」

「あります、あります。ちゃんと今も見て来ましたが。留守やから、宿の神さんが持ち出させませんのや。S先生の本やいうて友達は大切に、みんなに見せびらかして置いてあります」

「そうか。それじゃ頼むよ」

その次にまた一週間ほどして彼は遊びに来たが本は来ません。何でも、その友達というのはただ留守になっているのではなく、国元に用事があって二週間ほど帰っているということが、今日になってわかったのだそうです。それだからもう一週間ほど待たなければならないというのです。わたしはもうよほど怪しいものだと思ったからいいました。

「君、もし質にでも入れてあるならそういいたまえ。いくらでもあるまい。精々十五円も借しはしないだろう。金なら何でもないよ。あれは君、僕にだけ大切なものなんだからね」

「わかってます。大丈夫、質になど入れません。だれがS先生の本やと知ってそんなことするものですか。あとがおそろしいやありませんか」

同じような問答が何でも七八へんつづいたのです。いつも大同小異で、申しわけはだんだん細かくなるくせに、だんだん嘘らしくなって来たのです。わたしはもう本は二度と手もとには返らないと、ぼつぼつ覚悟をしていましたが、ただ意地になって、どうにかしてこの男に本当の話をさせたくなりました。そこでわたしはわざとくどく、しつっこくいいました。

「ね、君。あの本はほんとうにどうしたのだろう。僕は外のものならもうあきらめるが、あれだけはどうしてもあきらめ兼ねるのだ。それに君は決してあれをなくしたとはいわない。一たい僕がどうすればいいのだ。僕は本を失ったばかりじゃない。今では、本やなんかもうどうでもいい。この心理的な不快の方がずっと大きいのだ。だから、わたしは君に今までも何度も本当を打明けてもらいたいばかりに、いろいろと頼んだじゃないか。今更、君にはもういい訳は残っていまい。だからいわないことじゃない、嘘はなるべくあっさりしたうちが、ばらしやすいじゃないか。今になってなくしましたといったところが、僕はもう承知は出来ないのだからね」

「先生。そんなにいわんと置いて下さい。」

「いいや、僕はもっというつもりだよ」

「もう、よして下さい。先生、シルクハットでもギタアでも——何でもあげます」

わたしは彼のこの言葉を聞くと思わず吹き出してしまったのです。わたしはこの男がいよいよ出ていよいよ面白いのを見ると、もうここらであきらめてしまおうと思ったのが、もう一度、何かいわずにはいられなくなりました。

「君は卑怯な男だ。今になって、そんなことはいってみたところで、僕は君をゆるすわけには行かないのだ。シルクハットやギタアなどは、お断りだ。それよりも本を持って来てくれたまえ。しかしなくなったものなら仕方がない。けれども君としては、今もいうとおり、はい、なくなりましたといえた義理はあるまい。君の立場の窮状も大に同情するよ。それでこういう約束にしようではないか。今度来る時こそ、君、本を持って来てくれ給え。もし今度この部屋へ来た時、本を抱えていなかったら、僕はもう何もいわないで、君をここの梯子段のところへ引っぱって行って、いきなり下へ突きおとすよ。一ぺんではどうも気がすみそうにもないから、もう一度引ずり上げて、また突き落す。大丈夫死にはしないだろう。こうして梯子から二度突きおとした後は、僕ももうすっかりきげんを直して、本のことなどおくびにも出さずきれいに忘れて、君とまた新らしく交際をしようじゃないか。どうだね」

「は」彼は例の特有のおこったような恨めしいような憫みを乞うような目つきをしていった

「そうして下さい」

しかし、それっきり後は半年ほどわたしのところへは来ませんでした。——本当に梯子段から突き落されると思ったらしいのですよ。

後に人から聞くと、本は彼自身が売ったのではなくて、彼の悪友が盗み出したのだったそうです。そんなことは一口もいいませんでしたが、そんなわけで彼が私に本当を告げなかったとわかってみると、これはわたしにとってもいい気持です。彼も馬鹿であって只の馬鹿でない所以でしょう。

旧稿異聞

——伝鏡花作「霊泉記」について——

一

当時、浦松星華君はまだ某私立大学の在校生で近代文学を専攻中であったが、「同君は卒業論文として年来尊敬する吾が鏡花先生の研究を呈出の予定に有之就ては参考のため御示教を得たしと当人の希望により」というわたくし宛の紹介状を鏡花の現在する唯一の門人とも云うべき寺木定芳氏から貰って来たものであった。この寺木氏は少年時代の一時期を鏡花の書生となってその玄関に住んだ人であるが後年渡米し歯科医となって帰朝後も往年の縁故により鏡花先生の門に出入して先生夫妻から往年のとおり「坊や」と愛称されていた人で、わたくしも一面の識はあった。

それで被紹介者の浦松君を引見した。浦松君自ら語ったところによれば、彼のお母さんというのがいわゆる文学少女時代からの鏡花の愛読者であった関係から彼自身も早く鏡花の名をおぼえ中学生の頃からお母さんに導かれて鏡花宗と呼ばれる一人となり長じて自ら文科に志したのも、亦それを実業家の父（後に他から聞くところでは浦松君の家というのは甲州財閥でも名のある一家とか）には珍らしくこれを許したのもみな鏡花のためであった。

この好因縁によって卒業論文は入学の時から鏡花研究をと心がけてこれを母に捧げたいと念願していた。作品は不用意ながらもあらかじめみな一読しているから改めて家蔵の鏡花全集（そのころはまだ春陽堂本）を改めて読み直そうと思い立ったのが卒業の二年前の夏休み前からであったが、その前に人としての鏡花を知って置きたいと考えていると、同級生の一人から偶然に寺木氏と鏡花先生との関係を聞き及んで、最初は寺木医院へ患者となって行って寺木氏に近づいて、先ず鏡花の境涯や為人、日常の生活その他を知る目的は一応達したから、つづいて作品の研究という段取になると、寺木氏はその任に非ずと尻ごみし謙遜して、里見弴氏や久保田万太郎氏の意見を徴したがよかろうと先生方に紹介状を書いてくれた。そのついでにこちらの先生（というのがつまりわたくし）にも紹介状をと云うと、あまり親交もないがとにかく一面識はあるからという寺木氏にねだって紹介状を貰って来たというのであった。――これはもう早、十二三年も前の話である。鏡花先生健在の頃だから。

浦松君の研究『人及び芸術家としての泉鏡花』は「先生方のおかげで抜群の好成績」（浦松君の言葉）と云われ、浦松君は教授の慫慂に力を得て、寺木氏の導きのままに卒業論文の浄写稿を捧げて鏡花先生を訪問して閲覧をも経た。鏡花にこの母子二代の愛読者と特に母に献じる研究者の念願が喜ばれて、浦松君は晩年の鏡花にも一再ならず引見されて、年久しい敬慕の情益々加えるばかりか、先生から機会があったら君のおふくろさんにも会って見ようとまで云われていた折から、先生の易簀に遭ったのであった。知遇を得てまだ一年にもなっていなかっただけに、その哀悼の深さは水上瀧太郎氏を除いては最も深いだろうと自任した程であった。

浦松君は、爾来わたくしのところへも常に出入して今日に及んでいる。と云って特にわたくしに傾倒するところがあるというのではなく、大学時代に指導を受けたH教授の邸が、偶々わたくしの家に近いために教授の門を敲くついでに、わたくしの方へも顔を出すものと思う。

その浦松君が、先日わたくしの東北旅行十日ほどの留守の間に二度まで訪問して「ちょっとお智慧を拝借したい事があって参上したが格別いそぐわけでもないから、いずれご帰宅になったころ改めて参上」という口上を残して行ったと云う。

二

浦松君はわたくしにお智慧を拝借などと改まった挨拶のあった事は今までにまだ一度もなかったし、留守中と知って重ねて来るなど何事だろうと、留守番の報告を不安と云うほどではないが少々気にとめて聞いて置いたが、浦松君はその後、それっきり音沙汰もないから、大した用でもなかったのであろう、H教授のところへ頻々と来る用があったのだなと、もう忘れかかっているところへ、ひょっくり現われての話というのは、

今度、某社から出る三代文学全集というのの鏡花篇の収録目録を製作したり、その解説を書くに当って思いがけない困難な問題に遭遇したに就いて留守中を騒がせたというのであった。

何だ問題はそんな事であったのか、浦松君が一個の鏡花研究者として世間に通用しはじめ

た事の吹聴的報告に来ただけの話ではないかと、はじめはただそうほほ笑ましく聞いていたら、話は忽然として、鏡花の未発表の小説原稿、それも三百枚になんなんとするものが、発見されたに就いて、この報をわたくしに伝え聞かし、且つわたくしに考えてほしい事があるというのであった。

はじめ鏡花篇をたのまれた時、浦松君は終戦直後に、ちらと小耳にはさんでいた事を思い出して、もしその話が本当で、それがちゃんとした作品ならば、これは作者のためにも、出版者のためにも絶好な発表の機会になるのではないかと考えたので、終戦後鎌倉から新橋に出て来たと聞きながらまだ訪ねてもいない寺木氏を見舞いかたがた出かけて行って、新に発見されたという鏡花先生の作品に関する明確な知識を得た。

三

その新発見の原稿は二百八十枚「霊泉記」と題されて数回毎に章の名を設けて全六十七回で完結している中篇小説である。

はじめ二十一年の秋（終戦後出版界がぼつぼつ色めきわたりはじめた頃）そうして浦松君

が小耳にはさんだ風聞もこのころの事であったらしいが、関西で鏡花の未発表原稿が売り物に出たというので東京のA新聞のK氏がその原稿の書き出しの部分二三枚の写真とその原稿と同時に出たと云ってその原稿と関係のあるらしい菊池幽芳宛の鏡花の書状を持って寺木氏のオフィスへ現われた。久保田万太郎氏の紹介であったという。

写真に現われている原稿の文字というのも幽芳宛書状の文字というのも一見して紛う方なき先師鏡花の文字と寺木氏には鑑定された。なお原稿並に共に発見されたという菊池幽芳氏宛書状の筆蹟を仔細に検した里見弴氏の記すところによると、「正しく真筆に相違なく思われる。」と云い、また「菊池氏宛書状の印紙に捺された消印に拠ると、明治三十五年六月二十六日午後七時三十分、牛込局の差立であることが明瞭だ。」とあるが郵便スタンプの時間は現今では前、後の何時——何時、と大きく二三時間をくぎって三十分などを示したものは無いと思うが、明治三十年代にはそういう時刻が明示されていたものか、それとも里見氏の誤であろうか。一向重要な点ではないが、わたくしは直接に現物を見なかった者として、この点にささやかな疑念を先ず存して置く。

書状の内容は窮状を訴えていんぎんな懇願の態度を以て新作（その題名の記入が無かったらしいのもいかがか）の売り込みで、文言中には「まず二十回だけさし上げ候」など見えているその文字も写真による原稿の文字同様に先生の文字を知る何人の目にも「正しく真筆に相違なく思われる。」と里見氏も確言を以て寺木氏と同様に鑑定したが、なおも念のため事のついでに当時、熱海に疎開中の先師未亡人の一覧に供すると写真と書状とをこもごもと取り上げてつくづくと見入った末に、「これはあるじの手に相違ござんせんよ、坊や。」との言葉にいよいよ確信をかためて、真正のものとの認定を与えたうえで、写真と手紙とはK氏に返し、なお成行を見るつもりで、忘れるともなく忘れている折から、翌二十二年の晩秋（ちょうど満一年より少し経った頃）、今度は小島政二郎氏の紹介で、紹介状によれば小島氏も自著の出版を委ねている京都の信用するに足る某書店のS氏というのが寺木氏を訪れた。

京都のS氏は出版の目的を以て先年来、売り物に出ていた「霊泉記」の原稿を引取ったというので、改めて寺木氏に現物による真贋の鑑定を求めたものである。勿論この度は原稿の全部を持って来ていて寺木氏にこれを示した。寺木氏は一年前にその二三葉を写真で見たものを今度は現物で見直して、その文字や、ところどころを墨黒々と消しつぶした原稿の書きぶりなどを、ただなつかしく見入ってこれには更に一点の疑念もなく、ただ話の舞台が、安房上総の地名や葛飾砂子の如きは別として具体的に千葉県下を書いているのは先生としては外に思い当る例もなく、この点、少しく奇異なと小首をかしげただけであったが、S氏は不日全文をコピーして数部送るから、然るべき筋に分って内容をゆるゆる検討していただこうと約束し、すこぶる満足の体で帰った。

数日後、約に従って京都から届いたコピーは、寺木氏の手で、里見弴、三宅正太郎、鏑木清方、久保田万太郎の先生の友人四氏の外に熱海の未亡人にもとどけて、それぞれの鑑定を依頼して意見を徴した。

未亡人は亡夫が、以前、師紅葉が犬吠岬に転地していた折、再三その地へ見舞いに行った事実もあり、或はその時の見聞でも作品としたのではなかろうかと、千葉県下に取材の事は一向に怪しまず、ただこの原稿はずっと若い時分、おそらくは大塚時代（というのは二十九年から三十一年）ぐらいに、どこかへ売ったのが陽の目を見ずに暗から暗へ今日まで転々と流れ流れていたのではありますまいかと寺木氏に話していた。

半世紀の長年月をそのように流れ流れていた原稿というのも、少し神秘的にすぎる話であるが、鏡花未亡人には先生の感化かそういう神秘的な考え方があったし、この人ばかりでなく総じて遺物というものを見せられた遺族にはその真偽を深く調べる前に、たやすくこれを肯定し勝ちな心理が何かあるのではあるまいか。

ともあれ、未亡人にこういう意見もあり、前記の四友人の鑑定でも、筆致の未熟なのはよほど若い頃の仕事と見えるが、当時の事ならばともかく、今どきになって鏡花の偽作を原稿紙三百枚に、ご苦労千万にも墨黒々のぬりつぶしまで模倣して見ても一向間尺にもあわない仕事、そんなのんきなもの好きも居ないだろうし、これがもっと早く、発見されなかったに就ては、何か事情でもあったのだろう、腑に落ちない節もあるが、原稿が真筆であったというなら、作風も文章も、若書きにしても、先ず鏡花のものには相違なかろうという事に話は落ち着いた。

四

寺木氏はおおよそ前のように説明した上で、浦松君に、

「君がもし、読んで見る気があるなら見せてもいいのだが。」

と云ったので、いずれはコピーでも見せてもらえるものと思って頼んで見ると、出して来て渡してくれたのが、思いがけなくも校正刷の殼。それも念入りに要四校と書き入れた三校で、里見、寺木、久保田三氏の解説前がきなどがついていたばかりか、根もとに菖蒲咲く岸の合歓の花かげに田舟をあやつりなやむ手弱女の水色衣に紅の帯、緋鹿の子のしごきの姿あ

えかになまめくものを清方が今は亡き友のために、絵筆を揮った口絵の色もあざやかに眼を奪うばかりの見本刷まで添えていたのは、何時のまにこうまで運んでいたものやら、何とも手まわしのいい話で、明日にも市場に売り出されようとしているものとばかり。それで諸家の文にはそれぞれ二十三年十一月の日附がありながらそれが五年後の二十八年の春三月まで、そうしてその後その晩秋の今日の現在《いま》までも、依然としてその時の状態のままでいる模様。

この何とも知れない時の間に、肯定者の側に立っていた先生の未亡人も既に亡き人の数に入った。この問題の原稿の有力な証人が一人失われたわけである。それよりも前に、件の遺された旧稿と深い関聯がありげに見えた菊池幽芳は、否定の側に有力な証言をのこしたままで、問題のはじまった後、幾ほどもなく他界してしまっていたから、証人の失われたのは既に二人目なのである。

ところで幽芳は彼に宛てた鏡花の手紙や原稿に覚えはないと云っていたと云うのである。五十年前に彼が受取った手紙の内容に関してではなく、その年に彼の手元から出た筈の手紙そのものに関してである。真筆に相違ないと鑑定された手紙もこれでは多少疑わしくなり、ひいては手紙と同じ文字の原稿にまで疑いは及ぶ。すくなくも真に迫った鏡花の偽筆家がいるらしいという事にはなろう。

尤も老衰して死に近づいていた人の証言をどれだけ重く見るかは別として、これは用意周到な久保田氏が、最初にA新聞のK氏が現れた時、K氏を通じて確めて置いたところであったと聞く。

なるほど、これで出版元にとっては大に宣伝効果が生じ、またニュースヴァリューとてもまんざら絶無とも思われない同時代の文豪に関する話題を、そんなトピックを好きな筈のA新聞も、菊池幽芳のいたM新聞も取り上げずにしまった理由も納得がゆく、ジャナリズムでも、つまりは鏡花のこの旧稿の真実性を信じなかったのではあるまいか。それでなければ成り立てのほやほやの文化国家の文化好きなジャナリズム一朝の話題ぐらいには賑わった筈。それとも今さら鏡花でもあるまいと、大に新しがったか。

五

「とにかく『霊泉記』は」と浦松君は話しつづけた「五六年も前から将に製本するばかりのところへ来たままで、そのままぱたりと停滞していることを知りました。二三年のうちに出版界の情勢も急に一変した事ではあり、特に京都の出版書肆はだいぶん打撃を受けた様子だから、京都の某書店そのものも、その書店の企画もどうなったものやら。」

実は、それが取りやめになってしまったのなら、それはそれで結構、と云うのが、浦松君の心持で、というのが浦松君は「寺木さんのお話を伺っていながら、先生方はいずれ十分にご研究になったことと信じながらも、僕はいろんな不審が起り、不安な気がしてならなかったので、そもそも、三十五年の鏡花は名声も既に隆々たるもので菊池幽芳氏の居た大阪毎日新聞でも既に『通夜物語』『三枚続』の傑作を発表した後だから原稿を売り込むにしてもそうそう辞を低くして懇願するにも及ばないところだし、……」

「ですが」とわたくしが浦松君の話のなかへ割り入って「辞を低くし、貧乏話を持ち出すのも、そういう場合の鏡花としてあり得る態度でもありましょう、手紙を見ないから断言もできませんが。」

「――僕も手紙は見ていないのですが、けれども、その場合、わざわざ大阪くんだりまで、それも春陽堂あたりならともかく、あまり親密でもない幽芳あたりへ懇願するまでもなく、当年の鏡花は東京でだって十分に原稿のさばける人だったのだから、その方が早く要領を得たでしょうがね。」

「ところが三十五年は伊藤すずと相知るの年で、おんぶからやっと自前で金を使いはじめた時代だけに、東京の要領を得やすいあたりでは各方面もう要領を得尽していたという事も考えられますね。」

「しかし、手ぶらでおびやかしに行くのではなく現物の売り込みです。」

「それも東京では飽和状態で関西まで手を延すことはあり得るし、現物は僅に二十回、それにあとを続々というにはやっぱり二三年来当てている大阪毎日あたりへわたりをつけるのが軍資金調達の順路ではありますまいか。」

「それはそうも考えられないではありませんが、結局採用にもなっていない『霊泉記』がその後六十七回の完結まで送りつづけられ、それを幽芳の方から送り返すでもなく、鏡花が取り返すでもなく、その後五十年、それも鏡花の歿後十年経つまで幽芳の近所でうろついていたというのは、やっぱりおかしくはありますまいか。」

「そうだね、その点はたしかに君の云うとおり、鏡花は断簡零墨の行衛までも気にする人には違いないし、まして、たとい上出来でなかったとしても三百枚に近い完稿というのであって見れば、取り返して何とか処理するなり、もしも再び見るのも気に入らぬほどの作であったとすれば、なおさら取り戻して改稿するなり、破き捨てるなり。」

「鏡花は或る程度の自信を持てないような作を無暗とよそへ送り込むような非良心的な作家

とも思えませんが、『心中唄立山』の場合のように一つの着想を二三度も書き直した場合もありますが、その場合にもどの作もみな全集に保存して居られる先生として、『霊泉記』を全集に収録することを忘れるとは思えません。殁後の岩波の全集の場合は編纂の先生方が岩波の編輯部で一所懸命に遺漏のないように原稿を集めていたのですから菊池幽芳氏が同業者の誼としても知人としても手元にあった鏡花の作品をこの際にだって呈出する筈だと思います。それに誰もこんな作が先生にあると聞いた人はないのです。これもおかしい。」

「おかしいが、自尊心の高い先生は、友人や後輩に握りつぶしになっている旧稿の話は持ち出さないことは無いとも限らない。」

「それでは水上瀧太郎氏でも聞いていたでしょうか。」

「これが本当の話で水上瀧太郎君が聞いているくらいならば他の人々も知っているし、阿部君なら聞いていれば先生のために後年こんな煩いのないように事務的に処理して置いたとも思えます。」

「僕は今、阿部さんが居てくれたらと痛切にそう思いましたね。」（水上瀧太郎の阿部章蔵は鏡花が『金も力もある色男』と呼んだ人物であったが鏡花の死のほとんど直後、講演壇上に脳溢血で世を去っているのである。）

「心配をかけるという遠慮から阿部君にはかえって云わなかったかと思うが、すず夫人が聞いていないという事の方があり得べからざる事のように思うね。鏡花はまるで夫人をお母さんのように信頼していた幼児のような人だからね。このすず夫人が大塚時代の作品だろうと推定したというのはやがて、三十五年、自分が知って以後はそんな事は全然聞いていないというのと同じだし、大塚時代だろうという推定もいいところだね。それ以前とすれば鏡花はまだ紅葉の手を煩わさずに原稿をひとりで処理するだけに文壇人として成育していない。」

六

それで浦松君は寺木氏からゲラ刷を借りると、乗物のなかでも見たいほどの衝動をおさえて家に帰えると直ぐそれを読み出した。作品そのものは最初からあんまり信用する気になれなくて早速に読むほどの熱もなかったから、巻頭の里見弴氏の解説から読みはじめた。解説はゲラの一つづり一六ページ以上に及ぶ長文で概算では二十五枚ぐらいある原稿と思えたが、鏡花の生い立から創作年表まで含んで三十五年代の旧稿が五十年後、それも作者歿後十年を経て世に現れる事の不合理を考え得る限りの角度から厳密に考察し列挙したものでこの点からは絶対に不可能と思われるものが、何人の目にも疑うべくも無い正真正銘の鏡花真筆の原稿であり、手紙であることは確認して、作品そのものも全集中に欠けるのが惜しまれるほどの出来でなくともいかにもその人らしいもので筆路も未熟ながら凡手に出たものでなく鏡花一流の夢幻的な興趣なども具わると見た里見氏は、苦しまぎれに鏡花の舎弟たる泉斜汀の贋作もしくは公認された代作かとまで考えてみている。里見氏は例のキビキビした筆で、懇切に克明に鏡花の真筆でありながら真作として首肯できない点を列挙しながらも、さればと云ってこれを偽筆贋作と断じ去れない点をも数えて、

「この小説は、私一個として、およそ、これぐらい判断に苦しむ事実に直面したことは、未だ嘗て覚えがない。」

と悲鳴を上げていたのは、僕も全く同感で同情したと浦松君は云う。次には寺木氏が「本作上梓に至る経路」という一文の既に浦松君が直接に聞いて来たと同じ事を記しているのである。浦松君はこれを読んで話を聞いた時と同じ疑念を繰り返した。話のうちに起った疑念は、相手の話の進行といっしょにあっさり通り過ぎてしまうが、文章に対した場合、疑念はもっとしつっこいのを免れない。例えば、未亡人の意見の大塚時代に売ったものが陽の目を見ずじまいに転々と流れて行ったものとすれば、三十五年までに鏡花が再びそれを入手して

菊池氏宛に送附した事になるが、それを当時は実際として鏡花夫人になっていた人が全然知らないのはおかしい。また誤まって春陽堂版全集にも洩れて現在まで流れ流れていたのを何人かが拾い上げたとしたらあきらかに幽芳宛書簡はニセ物である。ニセ物の書状と原稿とを組み合してたくらんだ仕事のうたがいも濃厚で、この推理からもこの原稿の素性は怪しまれる。それに気づかない寺木氏はどうかしている。現にH教授は誰か幽芳宛鏡花の書簡を入手したのを奇貨措くべしとしてなか身をすりかえて仕組んだ仕事とも推察できる。

「その出た時期が恰も荷風の『四畳半襖の下張』とかいう偽作めいたあやしい出版の出た頃でもあり、文章にも筆蹟にも偽筆に妙を得た隠れた才人がいるらしいから、荷風の贋作が出来るなら鏡花のだって出来ないとは限りませんね。間尺には合わない仕事かも知れないが、それが出版された後に、あれはニセ物で何を隠そう乃公こそその筆者と覆面をぬいで名告り出でて、文壇へ見参するようなその種の才人相応な策《て》もありはしないのですか。」

と云うのがH先生の意見ですが、「上梓されるまでの経路」に現われた寺木氏の結論はあまりあっさりと認定されているような気がします。――未亡人と寺木氏のこの素朴な認定の結果で京都から出版の段取となったのでしょうが。

疑問はまだ原稿の発見者や出版者の側にもあります。第一に発見者が、遺族の承諾を得ないで出版者へ持ち込んでいるのもおかしいいし、原稿の初ページ二三枚を写真にとる手間で、発見者なり所持者なりが、その原稿そのものをすぐ遺族に見せて、その出版を相談すべきでしょう、版権は当然遺族にあるのを知らぬ道理はありますまい。持主が骨董的にこれを珍重するのは勝手だが、それが売物に出たのを入手したからと云って出版者に渡すのは筋違いの越権ではありませんか。本になった際の印税は遺族のものだから、何も所持者が直接本屋に渡してみても自分の利得になるわけはない。むしろ売るなら記念品として遺族に売りつけるべきでしょう。その出版に関しては遺族の考えるべきことだし、遺族が旧稿を不用とするなら所持者が骨董として所蔵するための真蹟の箱書きのためにも第一に遺族の方へ先ず持ち込むべきを、何のために急いで写真を寺木氏に送り、そうして一年後に、わざわざS氏を通じ、改めて現物を呈出する手間をかけたのかこの事も判断できない。悪くかんぐるなら、何者かがはじめの二三枚を鏡花の筆を真似てニセものの見本をつくって遺族たちの鑑定に及第したのを待って、一年がかりにこっそりと二百八十枚を仕上げて出版者まで持ち込んだとも思える。

「それで久保田君の書いているところは？」

とわたくしが問うてみると、浦松君は、

「あの人は要領のいいところを発揮して、その出て来た経路や、作の真贋などと野暮なところには一言半句も触れないで、あっさりと『序に代えて旧作を記す』と来ましたね。すなわち鏡花先生の逝去からお通夜、初七日などの句を数句前がきと一緒にならべているのは見事なものですね。三人三様にみな面白いですよ。つまり、里見さんは四つに組んだが、久保田さんはさっといいなしているわけですね。それでいて久保田さんは、幽芳宛の手紙を幽芳が知らない証言も、また『霊泉記』の舞台の千葉の成東《なるとう》は紅葉の静養の地で鏡花が見舞いに行ったのも、犬吠ではなく、その土地だから鏡花がこの土地を書くに不思議のない事もよくご存じなのです。」

紅葉は明治三十五年五月十四日斜汀を率て成東に静養に赴き門人等もつづいて同地に師を見舞うこと紅葉の日記に明か、六月二十六日までに二十回書く時間もある。

「なるほど、胃病には犬吠の海岸よりは成東の鉱泉の方が静養には適当だし、現に作中の伯爵桃井工学士も胃弱の静養でこの鉱泉宿に滞在しているとか云うのではありませんか。そうでしょう？　すると紅葉の成東静養の事実は鏡花が成東の鉱泉宿を書く可能性のある有力な証拠になると同様『霊泉記』がもし贋作ならこの贋作者なかなかただのねずみではないというだけの事、真作の側にも贋作の側にも別にキメテにはならない。」

七

僕はもういつまでも真作贋作の問題にこだわってはいられなくなって、自分でじかに本文にぶっつかって見ましたが、これが更にいけない。この点も里見氏の云うとおり「構想、布置、行文、登場人物並に彼等の行動に対する好みや正義感など、すべて十二分に鏡花的である。殊に『第四十二』『第四十三』の、水を被った田の面の叙景、——鮮明、眼前に見るが如くにして、而も夢に現われるに似た非現実性、恍惚感」など正しく鏡花世界。その独自の筆致なども、寺木氏等がすぐ鏡花と断定し、小首をかしげた里見氏が令弟斜汀の「鏡花ばり」と思ったほどのクロッポサは十分にありながらも、鏡花の文章にあるコクや冴え品格というような内面的の美質、読者の精神を昂揚せしめ、また筆端に風が起り紙上に颯颯の声があるという力は感じられない。真似の出来るという限界は、争われないものだと、今さらに感心しました。特に章の題名が甚だ杜撰に見えます。

しかし僕は(と浦松君は律義に坐りなおしながら)自分の未熟な鑑識眼にはあまり自信はありませんが、諸先生方の諸論にもかかわらずこの作はあやしいと感じました。しかし勿論、これは僕一個の単なる感じで勿論決め手となる筈はなし、諸先生方の鑑識に対抗する権威のあろう筈はありません。それで真贋は決して断言する限りではありませんが、僕一個の評価では贋作としてはよくでかしたシロモノで、真作としては鏡花集中に無くもがなの凡作、それもさまざまな疑惑の伴うものを、単に未発表というだけの物好きみたいな事から採用するまでもあるまいと僕は担任を引受けた鏡花集には当然これは加えないで、序におっかなびっくりの大英断で、その集の解説の末に「近ごろ未発表作と称する中篇『霊泉記』というのがあるが信ずべきものではなかろう。」とも記して置いた。

「つまり僕としては」と浦松君はつづけた「この作はもう贋作として解決した問題なのですが、それがなかなか、それだけで気がすまないのでしてね。もっと決め手がほしいのです。

「一見して贋作とわかるものならお愛嬌ですが、ニセモノもこうなっては事が面倒です。今までの間にももう重要な関係者が二人まで他界していますし、言葉では百年の後と云いますが事実では二分の百年か悪くすると四分の百年もするうちには関係者は誰も居なくなるはかなさです。しかし問題の原稿はその時も必ず消滅するとは限りません。否、時が経つほどその品物に都合の悪いもの——例えば里見氏の解説などは捨てられて原稿そのものと手紙とだけぐらいが都合のいい口伝に飾られて、いよいよ珍重なものとして残り伝わる可能性ならずい分多いのです。僕が『信ずべからず』と明記したのもそのためですし、更にそれだけで足りないで決め手がほしくなったのも同じ理由からですが、今のうちに出来ることなら真贋をはっきり決定して真筆なら真筆のようにニセモノならニセモノとしてキッパリ処置して置きたいのです。

「書画などの場合、用紙、用墨、用筆などいろいろ物質的にも鑑定の方式があるようですが、原稿となると当年の先生の他の原稿が果してどれだけ保存されているかも疑わしいし、比較するものの有無が先ずおぼつかないところへ、作品そのものを鑑識する段になると丹念に文章の構成や用語例を集めたりいろいろと科学的に方法を講じてみても結局のところ、最後には批評家個人の心象の問題として僕のような若輩は申すまでもなく、どんな大批評家の結論だって、やはり決め手にならないのではありますまいか。それが心細いのです。僕は鏡花先生の知遇を得た者のはしくれですが、それで、そんな素性の疑わしいものが将来鏡花先生の真作の一部分に紛れ入るのは先生の本旨ではないに決っていると信じます。鏡花先生は作品を命とし、また飽くまでもものの純粋を愛した人です。僕が決め手を求めあせるのはこのためで他意はありません――おわかり下さるでしょう。」

わたくしも黙ってうなずく外はなかった。

八

「ゲラは揃えて、まだ僕の手もとにあります。一度寺木さんにおことわりしさえすればよいと思いますが、お目をお通しにはなりませんか。」

「見たくないではありませんが、何だかわがはいも『判断に苦しむ事実に直面』しそうで厄介だね。それに吾輩が見せてもらっても諸氏の意見以上に出られる自信もなく、勿論真贋いずれの決め手も考え出せないことはわかっているから。」

「先生までそう熱が無いのじゃ困っちまうな。これはやはり鏡花宗の大使徒、水上瀧太郎にいてもらわなくてはならないところでしたね。」と浦松君は何やらひどく不足がましく「実のところはそのゲラの三人の前書きを読んでみていただきたかったのですが、三人が三様の態度でありながら、そこに一つ面白い共通の点があるのですが、久保田さんは先ほどの話のようにテンから知らぬ顔をしてござるし、寺木さんは二度目に原稿全部を持って来訪の『Sさんはこの原稿を入手するまでのいろいろをお話し下さった上』と記しただけで、万事ひとりで飲み込んだだけで『入手するまでのいろいろの話』そのものはどこにも一向に具体的に

は記しては置かない。里見氏になると、

『……およそ考え得るかぎりのあらゆる角度から、与えられた限りの資料に照してこの原稿を検討し、大した遺漏もなかったつもりだ。ただ一つ、承知で放置したのは、この原稿並に菊池氏宛書状がY書店の手に入った経路である。これを次から次へと手繰って行ったら存外真贋いずれかの実相が突き止められそうに思う』と折角、最後の決め手に気がつきながら『併し、探偵小説や刑事といった儔《たぐい》のものを好かない性分とて、そういう方面には一切触れないことにした。』と僕にはこの『併し』がわざと流星光底に長蛇を逸しているような遺憾が深い。僕はこれでもその真贋を追求する任にあるつもりだし、また里見流に云えば、性分としてそんなあやふやを自らゆるせない。里見氏たちが誰になんの義理合いがあって、その経路を追求せずに伏せて置くのかさえわからない。」

「うん、君の云うことはよくわかる。」とわたくしは一本気に思いつめて昂奮している相手をなだめるつもりで「しかし、君は、失礼ながら、まだお若い。そこが君のいいところで、わたしの君とつき合っているところなのだが。君が今もの足りず思っているらしい里見、寺木などの諸君は学者ではない。君が学的に処理しようとしているところを世間智でおおまかにかたづけているのだよ。」

「それでいいものでしょうか?」

「それそのとおり、君はあまり一本気に、単純で性急だが、現実というものはそうばかりでも行かないものらしいね。実は吾輩にもまだ君のような気質が残っていて十分には社会に消化されず、世間智も処世の法も知らず、常に事毎《ことごと》をやりそこなっているおかげで、このごろになってやっと少しずつ気がついて来たのだが、問題のいかさま原稿が将来必ず鏡花の真作として世に重要視されるのは我慢がならないような神経質に思いつめた面からだけではなくもっとゆったりくつろいだ気分で現実を認識するようにやって見たらどうだろうか、これは自分の今努めているところだが。」

「と云うと?」

「つまり現実というものは譬えば河の流れみたいなものではないだろうか。両岸のさまざまな汚穢や塵埃そのほかあらゆるけがらわしいものどもを残らず無選択に運んで行くが、それでも、そのため上流の悪疾の流行を必ずしも全流域に伝播したり世界を汚穢と塵埃との集積にするでもなく河川や土地やには自らな消毒浄化の作用もありまた流域の住民の注意や努力もあって河川は大した害毒もなく海に流れ入っては、或るものは海底に葬り去られ、或る物は粉砕されて泡沫のなかに消滅し、或る物は再び地上に返されて岸に打ちあげられ、或る物は見も知らぬ異域の縁もゆかりもないところへ運ばれてしまうなどすべての汚穢や塵埃なども案外無難に都合よく適当に処理されて行くのが時の河川であり、現実の海なのではないか、と考えるのはあまり単純で楽天的にすぎるだろうか。」

「比喩としては大へん面白いと思いますし、事実そのとおりなのでしょうが、まだその悟りにまで達しませんから同感はしかねます。また一つの思想としては受け入れても、今、僕の考えている問題を具体的に解決するには役に立ちそうにもありません。」

「それじゃ、君は今どうしたいというのですか。」

「世間智や処世法を持たない僕はやっぱりどこまでも決め手を見つけるまでどんどん追及して、真作ときまればその発表を促進し、贋作に相違ないとなったら焼却するなり何なり方法がありはしませんか。」

「その潔癖は尊重するが、下手をすると、いたずらに敵をつくるだけで結局は真相もわからずじまいで何かの償いをするような結果に終るのではないだろうか。底には底のある現実だし、君を云いくるめるぐらいは赤ん坊の手をねじ上げるようなものだからね――悪いたくらみをする手あいには。」

「先生方がみなそういう態度だとすれば、僕はなおさら、このあいまいな原稿を自分で処理する義務があるような気がしてならないのですが、何かいい方法はありますまいか。この間からお智恵を拝借したいと思っているのはここのことでしたが。」

ここに到って里見君が「およそ、これぐらい判断に苦しむ事実に直面したことは未だ嘗て覚えがない。」と云っているという文句を思い浮べそれを転用して「およそこれぐらい解決に苦しむ問題に直面したおぼえが無い」ような気がしながら、浦松君が一途に思い入っている様子を感心して見つつ、おもむろに、

「さて、わがはい一体が策《て》も足も智恵もない不精な馬鹿な奴で、事が面倒と見れば前後の見さかいもなく、さっさとありのままをざっくばらんにぶちまけてしまうだけの無技巧に単純至極な人物なのだから、この場合とてただ原則どおり……。」

「と申しますと？」

「わからない点はわからないままが本当。」

「知らざるを知らずとするを知るという聖人の教に似て。」

「――と、そう云われては恐縮だが、わからないものは仕方がない、百疑が雲集しながらただ贋作の決め手の無いだけのものを鏡花作とするのは、勇断にすぎて不安心だから一そありのままに泉鏡花作？　――とクエッションマークでもつけるかな。」

「著者名に疑問符のついた著述も古来例はありますまいが。」

「古来あまり前例のないような事件が起った結果だから前例のない方法による解決法も仕方があるまいではないか。それとも古来の伝統を尊重するなら書画などの場合に倣って伝鏡花作とでもするか。これなら前例は一向めずらしくない。そんな著者名で売れるか売れないか、そんな事は我々の考えることではない。そんな著者名でもいいという出版者をさがして、もしあれば出させるまでのこと。」

「そういう事になれば泉家では印税を取れない事になりはしませんか。」

「勿論、正当の版権者ではない。しかしともかく鏡花の名前を仮りるには相違ないのだから、徳義上、名前を借りるお礼でも出すのだろうか。それともそうなると、贋作者が覆面を脱ぎ捨て名告り出て、著者権を主張するかもわからない。」

「これも前例のない事で想像の外ですね。」

「――著者名をそういう風に事実のままに切り出した上は、あとは苦労もない、一切それを原則に、ありのまま、原稿と一緒に発見された書状もそろえて、石版かオフセット版かできるだけ現物に近いものに複製（と云えば本来オフセット版などでは原物近い効果をあげるためには原物と同じ用紙を使うので、その用紙を見つけているうちに、三十五年出来の原稿の紙は現代にざらにあるもので三十五年頃のものとは違うなどと思いがけないところで真贋が解決するなんて事も無いでもあるまい）ともあれ、よく複製して何もかも看官《みるひと》の鑑識判断に一任してそっくり投げ出すまで、解説とてもあけすけに真作かどうか疑わしい節を精々数え上げた上でされぱと云ってまた贋作と断じる理由も発見出来ない事の次第を明細に記して置くのだ。幸に清方の口絵がみごとにできているというなら、この方はまさか贋作ではない、これを巻頭に飾って、好事家の愛玩本ともなり、また研究者の好資料ともなろうというものを造るのだ、一般に必要な出版物ではない、どこまでも鏡花好みに仕立てた贅沢な限定版として少部数を出せばいい、値段は無論思い切って高いものにしてもよかろう。この方法で採算が採れると思う出版屋にまかせるのだね――果して有るか無いか、恐らくは有るまいが、ともかくもこの方法ならば、原稿のまま或は普通の活字本で伝わるよりは幾分よいかと思うが、出版者が見つからぬとならばそれっきりさ。」

「それは名案ですね。」と浦松君は思いがけなくも、この冗談のような贅沢本の話にきげんをよくし「もし、そんなのが出る場合にはこちらの先生が解説を書いてくださるでしょうか。」

「立案者としての責任もあり」こういいながらも実現の可能性をうたがいつつ「また、別に舞文曲筆する必要もなく、ありのままを無技巧にぶちまけるだけの事ならば吾輩にだってできないでもあるまいが、巻頭には既に三氏の文章の出来ているのがあるとすれば、それはやはりそのまま巻頭に据え置くとして別に巻末に吾輩が更に三十枚かそこらの駄文を添えたのではどうであろうか。」

「結構ですな。」

と喜んだ浦松君は、この時のわたくしの見るところでは、私財を投じてでもわたくしの云う方法で出版して見ようと気負っていたもののようであったが、実際に当って見ると、今日オフセット版や石版を使っての二百八十面を豪華本に仕立てるとなると、莫大な費用がかかることがわかり、世が世だからさしもの甲州財閥有数のご大家のおん曹司も母者人のへそくりでは間に合わぬと二の足を踏んでいるところへ、一方寺木氏を通じて当ってみてもらったところでは、京都のY書店及『霊泉記』の原稿所持者と云うのが同一人ではなく二人とか、どちらも買い手があると見て、真筆の真作だと信じ込んでか、それとも居直ってそう云い張るのだか、一ころはせめては組み代ぐらいでもと云っていたと聞いたのが、今はなかなかあっさりとは手放すけはいもなく、これまた途方も無い金額を切り出したので、浦松君が折角の志も頓挫のかたち、かくて、わたくしが浦松君と会見の当夜、性急にもすぐ忘れないうちにと心おぼえに走り書きして置いた解説の下書きも紙屑になってしまっていたのをふっと廃物利用に気がつき、ここに取り出して、つまりはありのままのざっくばらんの事実三十枚分のところどころにいささか小説風の嘘八百の十枚がところをとびとびに書き加え文字どおり虚実を三に一の割合で雑えたのがこの篇。

永く相おもふ
——或は「ゆめみるひと」——

時が経ち、そのうえ、中間に戦争の時代がはさまっているから、当時の記憶もおおかたかきみだされうすれたが、忘れもしない一九三五年の春寒がわたくしから、先師与謝野寛先生を奪った。

かりそめの風ごこちと伝え聞いたのが、わたくしの贈った枕頭の早咲きの牡丹がつぼみを開くのもお待ちなく、老人性肺炎から死の転帰に急いだものであった。

わたくしが急を聞き知って駈けつけた時にはもう永久に対面の機を逸していた。晶子夫人はその時看病の隙間に、わたくし同様、病院に集って来てロビーでうろうろしている一団に対して、重態の先生が、現在は薬の利き目で快く熟睡して居ると告げて、我々を犒《ねぎら》いいたわって必ずしもまだ絶望でもないらしく思えたが、師はその夜の明け放れぬうちに永眠した。わたくしはその夜、廊下の一隅にでも残って居るべきで、安心して帰ってはならなかったのであったろう。

わたくしが十七の日から二十余年間変らぬ知遇と指導とを受けたこの大詩人は還暦を越えたばかりでまださほどの高齢というのでもなかった。わたくしは二十五のころまではこの師の門で何くれと世話になったが、その後散文を書くようになっては、そのためというでもないが、昔日のように頻々とその門を敲かなかったのはわたくしが自ら省みてその我儘な性癖が今に師に疎んぜられるであろうと惧れたからで、その以外に何の理由もなかったからわたくしは依然として門下の末輩で、人々はその社中の駿足を数える序にはわたくしをまで加えてくれていた。唯社中めずらしく散文を書くだけの事で。

先師の告別式に晶子夫人は社中の古顔たちと相談のうえ、わたくしに式場の告別の辞を読むことを命ぜられた。それが門弟の代表という意味らしく感ぜられて敢て当らずとは思ったが、諸先輩にはそれぞれ都合もあるらしく辞退すべき場合でも無いとお受けはしたが、社中に少くない先輩をさしおいてわたくしにこの任を与えられたのは光栄であった。それぱかりか拙い弔辞を晶子夫人が喜んで下さったと聞くのは更に名誉であった。

そうして、別にそれがためというのでも無かったろうが、中陰明けの後、晶子夫人が一封の手紙と一緒に小さな小包便に託して先生の遺品として貴重な陶印二顆を恵まれたのはわたくしにとって重ねがさねの寵遇の感があった。

あの手紙は特に得難い記念と大切に保存して置いた筈だが、今ここの疎開荷物のなかに無いとすると、東京の何処に残して来たろうかしら。そんなはずはない。やはりここの荷物の捜し方が不十分なのであろう。さし当ってそれをここに引用する事の出来ないのは不用意千万な話ではあるが、幸に記憶だけはまだ明かである。

その手紙によると恵まれた印二顆のうち「ゆめみるひと」の方は鷗外先生のお作にかかり主人（というのは故先生）が鷗外先生から頂いて久しく珍重していた品で今一顆の「永く相思ふ」の方は主人が鷗外先生のひそみに倣ったものかいつぞや自ら手なぐさみに試み造ったものであるが、その文によってあなたと奥様（荊妻のこと）とのお間柄のお睦しかれというわたくし（晶子夫人）の祈念をこめてこの機会にあなたにお送りしました。御受納下さらば幸という意味であった。

先生の亡くなられた後、仏前やその後のお見舞にわたくしは家内をつれて晶子夫人のところへ参上した事が両三度あったから家内の事に及んでいるのであろう。またわたくしどもの風変りな結婚を特に憐れむ心も籠められたのであろう。

わたくしは文房の雑具の類などを甚だ愛好する性癖を父から享け伝えて、特に印を好み自ら刻を楽しんだ父の蒐集の外に自分でも十あまりは持っていた。晶子夫人はわたくしのこういう趣味をいつ知られたものか、その明察から鷗外先生、寛先生、それぞれにお手作りの世にも貴重な、我々にとっては百城にも代うべき天下の至宝を頂くのは甚だ喜ばしく文豪、大詩人の衣鉢を伝え得たかのような面目とも思うにつけて、早く品々が見たさに、既にそれと気づいて家人がほどきかかっている小包のあく間をももどかしく、それを奪い取って気短かにしかし慎重にあけて見ると、なかから出て来たのは紙にくるんだのを更に茶に色褪せた鬱金木綿の小片と綿とにくるまって、正しく印二顆であった。

けれども手紙では陶印二顆とあるのに、現物の一顆は正にそれながら、いま一顆の方は玉質乳白色の石材で陶印ではない。試みに文を見ると陶印は狛犬風のつまみに青い釉薬のごく薄くかかった赤土のものの文字は、平仮名で「ゆめみるひと」と細くペン書きの鋭く強いのびやかな線はかねて見おぼえのある鷗外先生の書風である。さてもう一つの乳白色の石印は、陶印でないのを怪しんだのも道理でこそ、その文も「永く相思ふ」ではないらしい。さては長相思か、そうも見えない。試みに肉池を出して紙片に捺して天地左右さまざまにためすがめて見るが、どうしてもよくは読めないながらに、「永く相思ふ」でも「長相思」でも無い事だけは確実で、また到底素人が気まぐれの手慰みとは見えぬ本格の篆刻である。どうも先生のお手づくりとは思えない。思いついて事の序にその印影を捺した紙片をものの解りそうな一友人に示すと、一議なく長相思ではない。無論仮名は一字もなく、さればとて万葉仮字でもない。友人は暫く紙片に見入っていたが、或は「座久落華多」の五文字ではあるまいか――あまり自信も無いがという意見であった。何にしても晶子夫人の手紙のものと違うのは明確である。或は外観が似ていて取り違えたかも知れない。朱文で刻も見事なうえ座久落華多なら春夫の名にもふさわしいから自分の遊印として適当なものと思いながらも、折角、先生のお手づくりのものと思った期待がただ手沢品に終ったのが些かならず失望の気味であった。こうなると、有難い「ゆめみるひと」を手にした喜びよりも「永く相思ふ」の無い失望の方が大きいのも不思議なばかりである。

わたくしは自分の物に執する事の深い性癖がわれながら忌々しいほどはっきり思い当った。これは今にはじまらぬが、平素の買い物などに当ってもほしいものが二つ見つかった場合、わたくしは決してそれを必要な一つだけで満足し得なかった。二つとも同時に買い取るか、でなければ二つとも同時に断念してしまう事にしていた。というのは手に入れた一つを喜ぶよりも、その一つの品がかえって手に入れなかった方の別の品物の思い出になって手に入れたものよりも手に入らなかったものの方が好もしかったようなへんに未練がましい執着に悩まされるのがいやなばかりに、一そ二つとも同時に手に入れ得ない限り、二つとも断念する方が、折角得た一つが得なかった一つの無念のかたみになって残るよりはいいという妙な理由であった。

唯慾深いというのとも少々違うらしいが、何しろあまり好ましくないこの性癖は決して一般に誰にもある程度ではあるまい。わたくしはこの時自分のこの性癖を強く感じそれを自ら憎んだ。買い物の時ならそれでもよかろうが、こういう贈物に対してはこの我儘の通用しないのを何としよう。

そうしてこの意地の悪い偶然を疑もなくただの間違いの結果だと思うにつけて、よく路に迷うとは聞いているが、そういうそそっかしい迂闊なところなどは今までに少しも見せたことのない晶子夫人としてはよくよく奇異であるが、先生の亡くなられた後の悲や取込みのためにこのごろ夫人も少しぼんやりしているのではないだろうか。そうとよりは思えない。ともあれ今はただ拝受の礼のみ申して置いてそのうち適当な機会を見つけて、ありのままを夫人に打明け、改めてお願いして本来のものと取代えて頂く事にしよう。とわたくしは最後にそう考えて自分の執着をなだめすかしながら、その石印をも一時小匣に納めて置いた。

取かえて頂く。もしそれが間違いなら、それもあたりまえのような気がするものの、しかしこの場合そんな事を云い出して果して無作法非常識でないであろうか。わたくしは執拗に相当長い間それにこだわりつづけながら遂にそれを云い出す機会を見つけなかった。機会は幾度かあっても、やっぱりただの間違いとばかり断定しにくい節もあり、またたとい先方の間違いに相違なくともその好意から出た贈物をこちらで択り好みする権利はあるまい。況んや先方や先方の不注意を咎めるような失礼を犯してありもせぬ権利を主張するなどと、さまざまに思いあぐんで久しく躊躇していたのが、終に一切を断念すべき時が来た。

先生が亡くなられて後の心労、というよりもその追慕のはげしさが、もともとその体質に潜んでいた脳溢血を促して、晶子夫人が病床の人となったのは、先生の亡くなってから、そう久しい後ではなかったと思うが、今は明確には思い出せない。

先生の亡き後は既に夫人ではなく世間の言葉では未亡人と呼ぶべきではあるが、わたくしは本来その言葉を好しとしないうえに特に晶子夫人の場合には良人あってのこの人ではなく、我々にとっても社会にとっても夫人は厳として一個独自の存在であった。そうして我々の感情から云えば、この女詩人を今こそ先生とも呼びたかった。

われわれの同輩のひとりが現にまだ先生在世の頃の或時そう呼んでいるのを、わたくしはそばで見たが、その時この女詩人はそれを許さぬばかりか、柔かく拒否してさえいた。さながら相手の呼びかけを聞き咎めるかのように、

「わたしはあなたの先生ではありません。だって同門ではありませんか」

謙遜に見せかけた晶子夫人のこの言葉は実のところ一つの強硬な抗議であり非難でさえあったのをわたくしは知っている。

寛先生は晩年、晶子夫人の年々に隆盛を加える名声とは反対に、昔日の名声を失墜するにつれて、門人たちも無意識の間に晶子夫人の方をより多く尊敬しているようなけはいがあるのに対して晶子夫人は慊焉としたのであろう。それ故、わたくしは先師在世の頃は勿論、その後も夫人に対しては心にその感を以て師事しながらもわざと先生とは呼ばなかった。しかし先生の在世中から、真情としてはその御夫妻に師事したのであった。

先生在わさぬ後の晶子夫人は、この世にはもう用のない所謂未亡人のように自ら云い、それがまた本心でもあったろうが、その詩魂はまだ決して老い衰えては居なかったから、われわれにとって晶子夫人は未亡人どころか、まだまだ長く大切な人と思われるのに、それがそ

う急いで先師の後を追おうとするかに見えるのだから、夫人の発病は実のところわたくしにとって、先生の時に優るとも劣らぬ心配であった。そうして終に先生の病床に侍る事の出来なかったわたくしは、せめてもの心やりに今度こそは大急ぎで遠い郊外のお宅へ夫人を見舞に駈けつけた。わたくしは出来るだけ早く出かけたのだが耳に入るのが遅かった。そうして参上した頃には幸に夫人の病的発作はすんで予後は良好に経過しつつあった。

夫人は採花山荘の庭を見通す奥まった離れのような一室を病室として、その中央に高さ二尺ばかりの日本間用の特製寝台らしいのを病床にして派手な友禅の寝間着の胸白く横わっていた。

夫人は世の常の目には決して所謂美貌の人というのではなかったが年とともに奕々たる神彩を発して一種唯ならぬ霊活な美しさを身辺に漂わせていた。その身辺の雰囲気がこの人の特別な派手好み（それは往年パリ人をも驚かせた人とも似合わしいものになっていたが）老後の病床では特にそれが奇異になまめかしく若々しくさえ見えるのであった。若い時よりも年取っての方が、そうして健康な時よりも病床に在っての方が美しく見えるのはわたくしにはいよいよ不思議な人に見えたが、病褥でのむさくろしさを厭う身だしなみか、それともこの種の病人に特有ののぼせ気味のためであったろうか、やや面長のふくやかな頬にはうっすらとした紅色が浮んで薄化粧をしているかに見えた。真中だけ丸く禿げ光った髪の毛の細く衰えてもつれたのがふんわりと銀色をしたのは争われない老齢のしるしではあったが、それさえも病床のこの老いて若々しい女詩人を神さびて見せた。

わたくしは病人の思いの外の元気をよろこび、また有難くも少年の日から知遇を得て親しんで来たこの不世出の女詩人を現世で一度でも多く見て置きたいという心と、折からその一番末の令嬢の結婚に関する用事などもあって三四度もその枕辺に伺った事があった。元来強壮に生活力の旺盛な夫人の恢復力は早く、病床でも元気よく快活によく語った、看病の人がその精力の消耗を案じる程客を喜び迎えると云ったが、夫人自身でも、

「退屈のせいか、この世にいる日ももう永くないと知るためか、このごろは人なつかしくて、玄関の鈴が鳴ると今日は誰方が見えて下さったろうかと家中で第一に耳を傾けるし、また皆さんのお帰りの時もここから皆さんの影が門の方へ動いて行くのが木立の間から見えがくれするのが妙に名残惜しく、さっきもふと見ているとあのあたりでちらりと見えた人影をあなたとも気づかずにここからながめて居りました」

などとも話していた。

医学を修めたため主として看病に当っていた長男の光君は亡弟とは同学の上、わたくしは

その少年時代からなじみが深いので、

「御病人をお疲れさせ申してはと存じながら、つい永居をいたしまして」

というわたくしの挨拶に答えて、

「度々の御見舞で恐れ入ります。あまり病人がお客を喜ぶので昂奮してはと、はじめのうちは案じて居りましたが、このごろでは大分日数も経ち、おかげさまで追々順調の折から、お客と思いのままにお目にかかった後の方が気分も晴れやかなように見受けられます。有難いことに精神も体力もめずらしく強靭な生れと見えます」

とも云っていたので、わたくしも気軽に度々この賑やかな病床に快活な病人を見たいと思いながら思うにもまかせなかった。それでも四五回はお目にかかったろう。

枕上に二三積んでいた書物を見かけたので、事の序にその頃わたくしの書いた自叙伝風の作品「我が成長」のなかに、はじめて寛先生にお目にかかった頃の思い出を記してあるのを携えて置いて来たら、夫人はそれを大そう喜ばれて、その後直ぐ手紙があった。捜していた肝腎なのは見つからなかったが、すぐそのあとのものと思われるのが見つかったから、少しい、い、てれるくだりもあるけれど先生亡き後の夫人の心の片鱗にふれるためにここに引用して見よう。半ぺらの薄い樺色の表罫の輪郭の左隅与謝野用箋の五字が六号活字で刷り込んであるものの四枚つづきは、順序正しく揃え畳んだだけで紙にノンブルは無い。

啓上

昨日は遠きをいとひたまはでお二方にて御たづね下されまことにうれしく存じ申し候。故人が微笑いたせしやうにもおもひ申し候。なほかかることのみ申しくれ候を侮らはしく思召すともあなた様をおもはず候。

昨夜ひと夜にて読まんは惜しきここちいたしながらも仕事はさしおきて我が成長によみふけり申し候。まことにおもしろくトルストイの少年時代のやうなもの得がたきここちいたしたりし日本にもまたかかるよきおもひでの本のあり候こと、今後の青少年のためによろこび申し候少青年のみならず私らさへ限りなくおもしろかりしに候、南といふ人のいかになり候ひけん。東といふ姓はよく新宮の人にききしものに候へばその一族にや。こましやくれしがまことによく見え申し候。石田先生もこの人を見るやうにて今さらに病者のさびしき今日このごろに胸痛くいたし候。誰か来らば今日はあの本の話をせんと思ひいたしかど《原文のママ》さることも今日は来りくれず候ひき、しぐれめきたる雨のおとは京の夜のやうにて昨夜も今夜もさびしく候。

明日は何とか云ふ右傾団の如き一団十七人とかで揃つて来るよし。話をせよといふ事に候。下手といひても、何といひてもきき入るべくもあらでこちらはきき入れしものに候へども少し気になり候。あらがへばあらがひ得るものにあらがはであるもまづよきことならんとて我慢いたし居り候。
奥様御幸福さうにお見えになりしこと何よりもうれしきことにおもはれ候。
故人の字の長く相思ふといふことばをそこへもおしておきて頂きたくおもひ候ひしもお二人を祈るこころにて候ひき。
秀へまた結構なるお祝品をいただき御礼申上げ候明日あたり逢ひ申すべく、よろこびを聞き候ことと存じ候
奥様へもよろしくおつたへ遊ばされたく候
十六日夜　晶子
佐藤様　御もとに

十六日とは封筒の記入に十一月とあるが、先生の亡くなられた年の晩秋かその翌年かはスタンプも不明瞭で判りにくいが、「なほかかることのみ申しくれ（暮らすの意）候」ことなどの文句は言外にいつまでもいつまでもの意が籠って聞え、また末段の「長く相思ふ」文字

や事の記憶違いなどから推定してやはり先生の亡くなられた一九三五年の秋では無く、その翌年か翌々年の秋らしく考えられる。この頃満洲建国の第二段階として既に支那事変の工作か何かに暗中躍動をはじめていた右翼団体が、「旅順の城は滅ぶとも滅びずとても何事ぞ、君は知らじな商人の家の掟になかりけり」とか「かたみに人の血を流し獣の道に死ねよとは……」とか歌った往年の反戦詩人のところへどやどやと押しかけて居た事なども知られる。それにしてもいかに軍部の手さきの団体でも当時は重病人の枕頭に十数人もただ話を聞きに押しかけるほど無法でも無かったろうから、これはまだ夫人の発症前であったか、或は最初の発病がよほど軽快になってからなのだかその辺が今はっきりしない。ともあれその不安をわたくしに告げ訴えた心がこれを読んでわたくしにはなつかしくうれしく思い出される。

最初の発作は幸に致命的なものでは無くて、その強靭な体質によってほどなく恢復して旺盛な精神力にも体力にも運動不自由の外は格別な障害をも与えなかったから、光君の行きとどいた用心ぶかい療病生活は寧ろ不自然でその単調に堪え難いものであったらしい。

「頭が働き出すと肉体の不自由はすっかり忘れてしまうと見えまして今まで丈夫なころに旅行した方々の土地が思い出されてならない様子で、いつも何処へ行って見たい、彼処の今ごろは嘸うつくしく楽しかろうなどとしきりに旅の興を催すと見えてそれを訴えます。そういう時の母はまるで子供のような人でして、見ていても気の毒になるほどいじらしいのです」

と光君がそんな事を語っていたのをおぼえている。

晶子夫人の胸底に潜む幽艶奔放な詩魔は、病床のつれづれな白日夢に夫人を誘うてその魂魄は曾遊の山川草木の間をちょうちょうのようにかけめぐっていたのであろう。その青春の日に人に恋いこがれて相聞の秀歌を多く残したこの女詩人は、中年以後人生のあらゆる事物を歌い尽したかに見えるが、老来、多くの東洋の詩人と同じく自然を、わけても羇旅の吟詠を第一の好詩題とした。それ故、相聞と羇旅の詩人とも呼ぶべき晶子夫人は、病床にあって事毎に亡き先生をしのび、その先生と手を携えて見た曾遊の山水を夢幻の間に憬れると聞き知ったわたくしはその話に深い感動を受けた。

夫人のこの心事はひとりわたくしを動かしたばかりではなく、周囲の人々を動かさずには措かなかった。あれは夫人の亡くなる前の年であったろうか、前の前の年でもあったろうか。とにかく一夏、その門下の一人が別荘代りに経営していた或る水辺の旅館に夫人の病室を移して暑を避けた事もあった。後日わたくしも一度その旅館を見に行った事があったが甲州の外山をひかえて碧潭に臨んで愛すべき地であった。都門に近かったから汽車を避けて、光君が脈を取りつづけて看護の人が附添いの自動車で長駆したのがこの病詩人を大に喜ばしたと聞いた。

　時に緩急のあるこういう病床生活の三四年の後に、たしか三度目かの発作に倒れて、一九四一年の春、先生に後れる事五年でこの不滅の人も肉体は六十四歳で地に帰った。女弟子たちは美を愛したこの女詩人のために泣きながら死顔にうす化粧をしたと聞き及んでいる。忌わしい大戦争が勃発した年末の次の年の春も深くなりはじめた頃で、わたくしが父を失ってまだ七十日とは経たないうちの事であったとおぼえている。

　　ねんごろにわが若き日を見守りし第一の星見えずなりぬる
　わたくしは心ひそかにこう歌い歎いたがそのあまりに拙劣なのを恥じて終にこの女詩人の霊前には得供えなかった。この時、同門の堀口大学は多くのすぐれた什を夫人の霊前に読みあげ捧げて、門人の弔辞に代えた。堀口は詩と歌と二つともよく学び得たが、わたくしは歌は遂に成らず中道でこれを捨てて詩と散文とに走ってしまったのであった。

　かくてわたくしは彼の貴重な二顆の陶印の一つに就ては終に聞く機会を永久に失ったのであった。思えば、前に掲げたあの手紙の後あたりが最もいい唯一の機会であったのであろう。これは決してその後の病床では持ち出すべき話題ではなかった。

　晶子夫人ではない、今は白桜院の大姉の法会の時おりにわたくしは、寛先生お手づくりの

「永く相思ふ」という陶印が果して今、採花山荘のどこに残されているかを、光君に質して置きたい、後になっては事も物も何処へとも知れず紛れ入ってしまう虞があろう。と憂えながらも場所柄や時機を考え、わたくしは自分の執念を自ら叱って、今にも口に出かかっていた言葉を再三無理に呑み込んだものであった。

もしあの二顆の印があの手紙の文句のとおりでない事が今日の仏のふとした不注意から出たものであったとしたならば、それを正そうとする事は決して故人の意志に反したものではあるまいと主張するわたくしの執念がいつまでもわたくしにそんな事を囁く。それにしても、あの手紙の文言と事実との相違が故人のただの不注意の結果であったと断定し証明すべき何物もあるわけではない。とわたくしの理知がわたくしの妄執に抗《あらが》う。

わたくしはその頃一書肆の需めに応じて一冊の随筆文集を出版する事にした。わたくしはその数年間に父母や末弟などの肉親を失ったのと相前後して若い頃に師事した先生方を順々に失っていたにつけて、文集には自然に蓄積されていた追慕の記事が多かった。そのなかには勿論新詩社の先生御夫妻に関する記事もあったから、インキの色の正に変ろうとしていた晶子夫人がシベリヤの車窓に認めた昔日の手紙——それにはシベリヤの花をお目にかけ候と二三輪の野の花が押し花になって封じられていたが花は夙に蝕ばまれていた。——や寛先生の遺品として恵まれた鷗外先生作の陶印「ゆめみるひと」の印影をも、馬場孤蝶先生の遺愛品のなかから見出されて今はわたくしの有に帰していた金冬心の「喜寿」の印影などと併せ掲げて集のなかに挿みまじえ、貧しい冊子を飾った。その時も申すまでもなく、寛先生作の「永く相思ふ」の事を頻りに思い出して、その印影をそこに並べ掲げる事の出来ないのを、どれほど残念に思った事であったろうか。

一九四五年、戦局は急転——ではない、今まで当局の発表していたごまかしの累積が事実によって見事に曝露されてその反対の事実が続続と証明されるに及んで、舞台は一時に暗転して、東京は第一線の暗澹たる戦場となった。上空には銀色まぶしく見も知らぬ優秀な戦闘機が朝に夕に訪問しはじめた。それまでは頑として東京からの脱出を肯じなかったわたくしも連日連夜の火箭によって即時に火の海となるこの巨大な生きながらの火葬場からの脱出を遅蒔にも企てはじめた頃、しばらく消息の無かった興津の堀口大学から手紙があった。唯の近況見舞であってほしい。時局につれて思いがけぬ悪い事が続出するからすぐこんな不安も生じた。読んで行くと幸に何の変事でも無かったがめずらしい事が書かれてあった。その手紙はこの間までこのあたりのどこやらにあったのを目にしたのに、必要な今は見つからない(今にひょっくり必要が過ぎた時に出て来るのであろう。その時にはしっかりと捉えて置こう）。わたくしは実にさまざまなものを多く所蔵しているが、それが必要な時に出て来たためしは無い。結局何も持っていないと同然で、それをいつも有用に使わないうちにしまい無くしてしまって惜しんでいるのは困ったものである。

その現物は見えないが、手紙のなかのめずらしい部分の要領は決して忘れ得ない。――彼の手もとに寛先生の遺品として晶子夫人から当人に贈られた一個の陶印がある。晶子先生からは確か寛先生御自作のもののように伺ってそのつもりで珍蔵しているが、高著によって鷗外先生作の陶印「ゆめみるひと」の印影というのをつくづく拝見してこれと見くらべると、その大きさといい、字体と申し、これはあまりに似通うて、それに君の方のは白字、こちらのは朱文の事なども考えると、或はこの二顆はもともと一対の作で、これも鷗外先生の作ではあるまいかという疑が生じて来た。つまり晶子先生のお言葉を小生が聞きちがえ乃至おぼえそこなったのではあるまいかという気持である。いかがなものであろうか一往御鑑定を煩わして置こうと思い立って印影を封入して置いたからよろしくとある。三四枚重ねた書翰箋の最後には、なるほど、朱肉の色あざやかに見えているのは実に意想外にも「永く相おもふ」の文字であった。いかにも大きさも殆んど同じく文字は似すぎるほど似ている。しかしこれは寛先生の作「ゆめみるひと」は鷗外先生作を寛先生が年来珍蔵とあった晶子夫人の手紙の文句は忘れもせぬ。実は御所蔵の「永く相おもふ」もこちらへ来る筈のようにその手紙にはあったのが別のものと取変っていたのを今まで心のこりにしていたのがその在りかが知れてそれも外ならぬ君の手にあったのはめでたい。寛先生のお作なることゆめゆめ疑い給うな。その時の晶子夫人の手紙も保存してあるが今は疎開荷物のなかへ納めてもう送ってしまった。と万事簡単にありのままを記して直ぐ返事を出して置いた。

それにしても堀口が「ゆめみるひと」の印影のあるあの本を今更おもい出したのは、彼も時節柄、記念品の失われるのを惧れてどこか安全地帯へ疎開を企ててその品物を見たにつけ思い出して書いた手紙なのではあるまいか。

何にせよ奇である。わたくしは堀口の手紙を手筐のなかへ納め、筐は再び疎開荷物に加えて後も「永く相おもふ」の印影をいつまでも目底に思い浮べつつ、それが堀口のところにあったのを最初は甚だ意外に奇ともしていたが刻刻にさながら暗中に物が見えはじめた如く一切は鮮明になって、不思議どころか、それが当然に在る可きところに在ったような気がして来た。

晶子夫人はどんな場合でも、どうして、うっかり物を取違えるような、そんなうすぼんやりではなかった。こちらこそうっかり間違って飛んでも無い失礼な事を云い出さなくていい事をした。

それが自分のところへ来て居ないのには、それ相当のちゃんとした理由があった。ただ折角書いた手紙をもう一度書き改めるだけの手間をはぶいたそのものぐさと、その次にわたくしに会った時に当然云うべき話を忘れてしまったらしいところとに、やはり先生に亡くなられた後の夫人の心の混乱の影が多少は見えぬでもない。

堀口大学はわたくしとは同庚、同門の友人である。同じ十八歳の春、彼は越後の、わたくしは紀州の、それぞれの田舎の中学校を出て北の方からと南の方からとほぼ同じ頃に東京に出て来たのがその年の夏はじめごろ、偶然に与謝野先生お宅の新詩社短歌会の席上ではじめて顔を合した。手もち無沙汰らしい二人の席上で一番若い少年たちを与謝野先生が先ず紹介して下さったものであった。同じ席上にこれを見ていた晶子夫人は、そのころ三十の筈であるが、先生の紹介で互にぎこちなく頭を下げ合うふたりの少年を、にこやかにかえり見ながら、先生の言葉につづけて、

「おふたりとも同い年で同じ道に志してここへ集っていらっしゃったのだから、これを御縁にいつまでも永く仲よく一緒に御勉強なさるといいわね。南のお生れと雪国の方とではかえってきっと話がよく合いましょう」

と晶子夫人はきっと若狭の山川登美子と和泉の御自分とをでも思い出したのであろうか。そんな風にどちらにともなく話しかけて、妙にてれ合っているふたりの田舎文学少年に交際の糸口を見つけてくださった。この夫妻の大詩人の祝福があったためであろう。わたくしと堀口とはうまが合ってその後三十年今にいたるまで交をつづけている。この交際の永続は専ら堀口の寛厚仁恕の賜である。狷介などと云っては言葉が立派すぎる。ただ我儘に気まぐれでひねくれたわたくしをよく理解してあれはあんな男だからとわたくしの心を知って深く咎めず事毎にわたくしを宥し、ありそうにもない長所を無理に見つけ出して三十年一日の如くわたくしを友とするばかりかその家大人長城先生にまで益友として紹介してくれたから、わたくしは過分にも長城先生の寵遇まで受けていた。

　晶子夫人は二つの同じような陶印を見ているうちに、必ずや自ずと二十数年前の同じような二人の少年を思い出したのであろう。社内では堀口と云えば佐藤、佐藤と云えば堀口と常につづいて聯想されつづけて来た二人であった。そうしてはじめは二つとも揃ってその二人のうちの一人に与えようと思ったものを、次にはあの二つの物をあの二人に一つずつ与えようか。それが至当であると思いついたのであろう。折から夫人のところへ律気に顔を出した堀口は先ず「永く相おもふ」を受けた、とわたくしは想像する。堀口は必ず直接に晶子夫人の手から受け取った。小包で送られ、手紙の説明なら、あやふやにおぼえる筈もあるまい。きっと口づから聞いたから怪しくなったのである。堀口は生来、片方の耳が聾していて聴覚にはあまり自信のない人なのであるから。わたくしは晶子夫人の心の動きをこう理解した。そうして晶子夫人の仕方を適当であったと思った。はじめ二つと決めて置いたうちから一つを他に分けた代りに、もう一つわたくしのためにはふさわしい別のものを選んで副えてくれてある。わたくしはまた晶子夫人がそれを堀口に与えたのを言わば一つの即興的な美しい心の動きではなかったろうかと考える理由もある。それ故、一年あまり過ぎるとその事は忘れてしまって二つの印を二つとも最初の決定どおりわたくしのところへ与えたものと思い込んでいる。これが前掲の晶子夫人のわたくし宛の手紙が先生の歿年の秋ではなく多分一年半後の十一月であろうと推定する理由でもある。またあの手紙には「永く相おもふ」を「長く相思ふ」とも誤っていた。その一つを堀口に与えた事を晶子夫人はわたくしに説明することを忘れたのであろうか。その必要もないと考えてわざと云わないでしまったのではあるまいか。事は後に自然とふたりの友人の間で明かになる。そうしてあの二人の間でならば話合いで適当に取計らうだろうとまで考えたかも知れない。

わたくしの想像はともあれ、わたくしが久しく疑問にしていたその品物のありどころが明瞭になり、同時にそれがそこにある理由もすぐ納得出来るのはわたくしにとって思いがけない喜であった。わたくしは妄執からすっかり解放され解脱したようなさっぱりとした気持がした。

その後ほどなく、わたくしはこの地——浅間の南方の山間の小村に疎開してまだ十分には住み着かなかった頃、堀口は新潟県中頸城郡の名香山村とかいうところに疎開して来たという便りをくれた。興津のあたりは度々猛襲を受けているらしい時期であったし、今度は妙高山麓で疎開先は細君の実家だと知って、わたくしは戦争は全く逃れても何の縁故もない村に来て食糧難を歎じている身に思いくらべて堀口は戦争からも全く逃れ食糧の事情からもすべていいところへ落ち着いたと安心した。それに興津にくらべると距離もよほど近い。

終戦後、堀口は頻々と手紙をくれたがその一つによると東京のわたくしの家の向うの丘に在った長城先生の邸宅も五月二十五日の戦災のために失われて、大人も今は堀口のところに来て居る事を知った。堀口は東京のわたくしの家の焼け失せたか否かを見舞ってくれたからそれが二十五日にも無事であった事を答えると、この冬は佐久の山中で越冬する気か東京へ帰るかと尋ねて来たのは秋も半頃であったろうか。

戦は敗れけるかな山里に糧《かて》も焚木もなくて冬来る

という始末で、それ等の準備が出来ないうちは越冬の事も決定しにくいと云ってやると、

思ふ事云うて科《とが》なき世となりぬ糧とぼしくもなどか歎かん

と慰めて来た。わたくしもやっと方法を講じて越冬の謀が出来たから信濃の冬を住んで見る事に決めた。

まるで夕刊のようになって晩く配達された新聞の一隅にわたくしは堀口九万一氏の訃が報ぜられているのを見てわたくしは自分の目を疑った。九万一氏は外ならぬ長城先生でわが大学の厳君である。大学の手紙には大人の病気の事も報ぜられなかった。尤もその頃しばらく消息は無かった。極めて壮健な人ではあるが年が年だから一往は案じられた。わたくしは二十の頃からこの翁に息子並みに愛されて来ている。そうして友人の厳君というよりは、寧ろ師事する年長の友人とも欣慕した翁であった。わたくしの今後の新作を見て喜んで貰い甲斐のある、また敗戦後の心構などの示教を仰ぎたいと思う唯一の人と思っていた翁なのだからわたくしの驚愕は大きかった。早速駆けつける事は迂闊なわたくしとてさすがに思わないではなかったが、しかし終戦後まだ間のない汽車の乗車券を手に入れたり、その混乱をかきわけて乗り込んだり、それが果してわたくしに出来るかどうかおぼつかなく急に間に合わないと先ず弔電と悔み状を出したきりであった。あまり遠いとこではない一度訪ねて来る気はな

いかと誘われて、その気でいたがやはり汽車を恐れてそれを果さなかった。その時気軽にすぐ出かけさえすればあの翁にもお目にかかれたのであった。思えば不行届な事ばかりである。疎開の時にも慌立しさに程近いこの翁にお別れの挨拶もして来ていなかった。その後もご挨拶お見舞の手紙さえ出していない。ジャワの旅から帰った時、先方から早速一度の訪問に対してはこちらからも一度お伺いして歓談したのが最後であった。それから満一年半以上もある。いかに取込中のこの時代でもその間に精々一二度は訪ねたり、幾度か手紙ぐらいは、せめて東京の邸宅が焼けても名香山村の大学君の寓にいるという大学君の消息のあった時にでもお見舞を直接に出して置かないという法はなかった。それをしなかったというのも翁が八十の高齢でも、壮者を凌ぐ元気であったためであったろうが、それがわたくしの不行届の申しわけになろう道理はない。いつもこんな事ばかり。わたくしはこういう行儀を決して無視するほど人間生活を超越しているつもりではない。寧ろ人間生活に必要な好い事と思っているから、他の律気なのを見ると気持よく思う。それでいてただずぼらで不行届なために適当な時機にそれが出来ないのである。そうしてそれを人知れずいつも自分で自分に非難している。わたくしという男はこういう神経質なそのくせやりっ放しな奴である。堀口父子のような寛厚の長者でない限り人がつき合ってくれないはずである。後に堀口が後輩の細君の葬のためにさえわざわざ上京したのを見てわたくしはつくづく自分を恥じ堀口に対して申わけなく思った事であった。思えば舎弟の告別式の時でさえ彼は自ら進み出て親戚のように自分のわきに立ち尽して会葬の人々に会釈してくれたものであった。

一九四八年七月、わたくしは堀口との三年ぶりの約を果し、且つせめて健剛院至道一公居士の霊前に合掌し、且つ夫妻の外に写真でのみ見ている一男一女とを加えた友の家庭を見るためにこちらも家内を同伴で高田市に堀口を訪うた。用事もあり、長野に一泊してそこから乗りついで車中の混雑を避けたのが成功であった。めずらしく全線往復に三つの汽車で窓に近い座席に同伴者相並んで戦前のように落ちついた。長野までは見慣れているが、その先ははじめての土地である。夏になってから最も暑いと思われる日であったが、車が動き出したらさすがに越路の風は涼しかった。わたくしは友を訪ふ途に心のおどるのをおぼえた。車中に多く見かけた十二三の乗客は直江津まで海を見に行くという修学旅行の新制中学の生徒たちであった。わたくしの心も多分その連中と大差なかったろう。

牟礼《むれ》　古間《ふるま》
山には合歓の花
野に藪萱草

家々にはあぢさゐ
田口　関山
小雨そぼふり

わたくしは聞き慣れぬいくつかの小駅の名にまで興を催しそれにまじえて車窓の眼前をそのまま並べあげて口ずさみつづけた。遠い山々が雲につつまれているのを惜しんでいるうちに霧雨が降りはじめたのである。車窓は古人の所謂馬上にも歩上にも相当するもので詩を案ずるに絶好の場である。わたくしはそのためにどんな長途のひとり旅でもまだ退屈したおぼえはない。わたくしはまた旅行中めったに雨に遭った事もない。わたくしは所謂「降られ男」とは反対の者である。この点、藤原道長にもおさおさ劣らないつもりだから、この小雨だって高田に着駅の頃には適当に晴れて来るという事をわたくしはもとより家内まで疑わない。しかし高田の晴雨は問題ではなかった。というのは昨日の長野からの電報によって万事に行届いた堀口は自身で改札口に出迎えて、車をまたせて置いてあった。

高田市はほぼ想像どおりの小都会であったが、堀口の寓の南城町というのは市中や唯の町はずれとは違って古い城のお濠の埋め残りの一角に対して、
すすきに雑る蘆の一むれ

浅沼の浅き方より野となりて

という古い連句をまのあたり、時雨にも雪景色にもふさわしいのが今はただ夏草の繁るにまかせた荒涼として詩的な風景だが、自然の浅沼ではないだけに土手には桜を多く植え、雑草のなかに光った水面には蓮の浮葉が簇《むらが》っている。それを右手に見ながら、車を門前に降りる。玄関を左に折れてその突当りの洋間の主人の書斎兼応接間と見えるのに先ず案内された。二十年ばかり前所望で贈呈した拙作の雉の画が一人前の顔をして壁上のそれも最も人目につきやすい所に晴れがましく掲げられてあった。

わたくしどもが部屋へ入り、主人夫妻との挨拶も適当にすんだと見るや否や、女中が出て蜜入の氷水の大コップをくれた。氷は電気冷蔵庫で出来た真四角なものが三つ四つ浮んでいる。それが文字どおりの山妻には珍らしげである。冷く甘くおかげで汗もすっかり乾いた。夫妻の客を遇する道をよく仕込んでいるのが見えてゆかしい。

氷の水を呑みほした家内は縁側に目をやって、そこにいた幼い男児を見つけて、

「坊っちゃん、いらっしゃい」

と呼びかけるのを、坊ちゃんのお父さんは強く拒んで

「奥さん、いけません。捨てて置いて下さい。話も何も出来なくなります。甘い顔を見せる

と煩くて、今に狎《な》れてしまって手に負えなくなって来ますから」

という程もなく、果して好機をねらっていたらしいのが、客の方へではなくお父さんの椅子に驀進して、暑いから降参降参という父につきまつわって悩しはじめた。その父は全く閉口して細君の加勢を求めると、

「坊や、いけません。お客さまが騒々しいから、直ぐこちらへいらっしゃい」

と呼ぶ。坊やはお父さんよりお母さんの方が苦手らしいが、それでも馬耳東風である。

家は同じ構造らしい外見の二階屋がお濠に沿うて小高く数軒並んで建てられたうちの一番奥まった一軒で、座敷と次の間との二室が二階だが、惜しくも浅沼の風景は見えない。洋風応接間の外に居間、納戸、女中部屋、台所、浴室など階下に大小七八室はある間取であった。浴室から真裏に見える二階屋はアッツ島で玉砕の山崎部隊長遺族の家と堀口は教えた。

やがてお昼の食卓が出来たと二階に招ぜられて見ると、床の間に文言は忘れたが漱石の一行物の洒脱に優雅な一軸を掛け額は良寛の詩であった。

堀口はこの座敷と次の間とをわたくしのために用意してくれたらしくスウツケースなども知らぬ間にもう次の間に来ていた。

北国の建物とて北風を厳重に防いでただ雪中の光線を入れるための高い窓だけだから夏向

とは云い難い部屋ではあるが、あたりが広々とうちひらけてその晩春には郭公が来て呼び交し、近ごろでは早朝など葭切が鳴きしきっているのがさわやかなという環境だから、きのうの長野の町中にくらべては自ら涼しいのだが、主人は暑い暑いと障子を開け放したり取外したりして気の毒がってくれる。よほど暑がりの性と見えて額にも汗の玉をにじみ出させていたが、わたくしは本当にさほど暑さは苦にならないから、

「長野で暑さの洗礼を受けて来ているからここは涼しいよ」

「高田は暑くて寒い盆地でね、まさかこれほどになるとも思っていなかったがこの二三日特に暑くなった矢先きのうの電報を見て家内はお気の毒だから、せめて赤倉へでも御案内したいと云ってお待ちしていた。僕は君にちょっぴりおみきを上げて自分で大に飲もうと思っているし、家内はお客をご案内して行ってご自分が骨休めをしようとたくらんでござる。この夫にしてこの妻ありで家庭甚だ円満かね。なに、ふだんから心やすくしていて時々出かける気の置けない家があるのだから、この家同様の気持で、嫌でなかったら行ってやってみてください。無論、僕も、暑くるしいが子供たちもお供させよう。僕はそのつもりで早くから夏休みはとって置いてある」

と上手におもしろく誘われて、高田の暑さを避けるのではない見知らぬ土地の涼味に憬れ

て第一日の到らぬ隈もない歓待につづいて、第二日は主人夫妻の外に広胖、すみれ子ふたりの幼児に女中がひとりついて、田口（？）までは汽車あとはバスで赤倉の浴泉と喜ばせてくれた。もし気に入れば幾日でも御随意にという。地は清涼に霊泉は快適、大に気に入っても生憎と滞在は留守番の関係で意に任せぬ。実はその四五日前に東京から来た親類づき合いのおばさんをつかまえてお客にひとりで留守番をさせて出て来た始末。おばさんは気の利かない嫁任せではお盆も迎えられないからお盆までには是非とも帰京したいという約束であった。

「お盆に折角おじさんが久しぶりに来てもおばさんが留守ではつまらないだろうというのですか」

「そうそう。お祭しのとおり、それですよ」

と笑っていた。このおばさんは早く後家になって三人の男の子の一人は死なせたが二人は女手で立派に成人させた人だからこういう常談もあったのである。常談は常談としてお盆までに帰さなくては気の毒である。せっかくの楽しい旅だが落ちついても居られない。ありのままを告げると堀口は帰りを急ぐ友を不満げにも、然らばと細君と相談の結果、第三日は帰途を細君の実家に近い関山の別の宿屋で昼飯をしてゆっくり休息の上高田へ帰り一泊。第四日の午後早くの汽車をというスケジュールが出来た。

その以前、高田の第一夜の酒盛に、一別以来の話のなかに、「永く相おもふ」の話も出た。それはわたくしが青春時代の回想を記した書物のなかにどうしてもこれを入れたいと思って、今はそれの在り所が知れているのを幸と、堀口に頼んでその印影を送って貰った事があったので先ずそのお礼から遡って疎開直前に受取った興津だよりの返事に簡略に記して置いたところを細かく説明した序にそのうち現物の一見をも申入れた。ただ拝見を願っただけのつもりであったが、その話の間にも或はわたくしのもうすっかり解脱した筈の執念の影がまださしていたのでもあろうか。自分では更に気づかなかったが堀口邸の翌朝、わたくしが堀口の書斎に煙草を吸いに行くと、机に向っていた彼はわたくしの姿を見ると机のひき出しをあけて何やら捜し出したと思ったら、一つの陶印をさし出して、

「さあ、これです」

と一言、見れば刻こそは違うが「ゆめみるひと」と全く同じ形の青釉赤土の陶印の「永く相おもふ」であった。或は寛先生が鷗外先生と同じ機会に同じ場所で同様の素材を利用して同じく作らせたものかと思う。正に好個の一対としばらく見入ってから、それを堀口に返そうとすると、堀口は押し返して、

「それはもう君のものだ！」

とわたくしにそれを譲ろうとするのであった。

「だって」

とわたくしが云おうとするのを遮って、

「僕のところにはまだ外に記念品はいただいてあるのだから」

と彼はどこまでもわたくしの肚を見透している。わたくしは自分の執念に対して友のこの恬淡な態度をまたしても自ら恥じた。これでこそ真に良寛の書を愛好する資格のある人の態度であろう。しかしわたくしは果してこれをこの友からこのまま受取って至当であろうか。いやいやわたくしはこれを友から取返す理由はどこにもない。しかし、友が改めてわたくしに譲り与えようというのは喜んでこれを受けよう。わたくしたちの友情を祝福した晶子夫人が、更にこういう方法でわたくしたちの友情を完うさせてこの印の文言をわたくしたちの間にしっかり捺して置かせようというのではあるまいか。わたくしは晶子夫人がわれわれをかえり見て微笑しかけるかのような気がした。わたくしはもうこれ以上は辞退せずにこれを堀口から貰い受けた。こうしてこの至宝はわたくしには二重三重の意味深い品となった。

この時堀口は卓上の筆筒の中にあった飾り軸の美しい二本の唐筆を抜き出して、これは町の骨董屋で見つけて来た。何でも町のお医者が売った物というが美しいので手に入れたが、

「どちらでもいい方をより出したまえ」

とそろえて出してくれたのをわたくしは竜と雲との模様を螺鈿した太い方を採ると、堀口はもう一本の方を手にして、

「この堆朱の方も美しいのだが」

という、それは花鳥の唐草模様で亦捨て難い。しかし。わたくしはもうこの時は二つのうちから一つを決定するには苦労しなかった。友の恬淡に恥じた後であったから。わたくしが太い方にきめたのを見て堀口はそれには箱もあったとどこかからそれを捜し出して筆をそのなかに納めてわたくしに与えてから、また別の銀の煙草入を取り出して、

「このケースは父の使っていたものだが、僕は煙草は吸わない。君はそういう合成樹脂のような新らしい好みのを使っているが、もしこんな古風な奴を持ってみる気があるなら父の遺品にこれを持ってくれたまえ」

とペルシャ風の唐草模様に妓女の弾琴歌舞を見せた好もしいものを更にそえて引出物としてくれた。この旧友はわたくしの欲しがりそうなものを心憎いばかりに知り抜いてそれを取揃えてくれたのである。これが赤倉に来る日の朝の話であった。

関山の里は赤倉から田口の駅に帰る中途から少し右に折れて妙高山の東麓に当るらしい。

妙高は雲にかくれて昨日も今日もまだどこからも見えなかった。そのあたりの山裾に尾崎行雄さんの別荘があって与謝野先生御夫妻も度々その別荘には避暑されたらしいとこれは堀口が車上で外を指しての話であった。

新らしい宿について一休みすると、堀口はわたくしに細君の郷土の一斑を知らせようと、程近い発電所の貯水池の涼風のなかへ誘い出した。桜並木の木かげに立つと関川の水が丘をめぐって襟のように流れるのが森の彼方此方に見えがくれしていた。

「あの細い流れが水源から十八個所の発電力になって使われては流し出され流れてはまた使われているそうだ。いくら使っても役に立つという重宝至極な川さ。向う岸の方はじきに長野県だ。そらすぐその下のところに見えるのが長範村と云って熊坂長範の生れたという村で、そのうしろの山が長範山と云って長範が網を張って旅人を待ち伏せたという。——街道筋に当っている。関山もその街道の立て場でむかしは馬方の村さ」

と堀口はうしろを振り返りながら、

「そらあの高い杉の樹のすぐ向うあたりが家内の生家だよ」

と指し示した。

わたくしは懐中の紙片に鉛筆で「大学夫人に寄す」と題して、

長範の手下が住みし寒村にこのよき君の生ひたまひしか

と即興を一首記して示すと、堀口も一読して一粲の後、

「あそこは長範村のうちではないが」と肯じがたい。

「だから長範の手下が住みしだよ」と念を押すと、

「長範の手下か手下ならばたしかに住んだろう正に長範の勢力範囲——目と鼻の間だから」

と改めて笑い直す。

おとなたちは興が尽きたのではないが午に近い太陽の熱に辟易して引き上げようとするが
幼童は炎天下でもやはり野外が好きらしくなかなか宿に帰ろうともせず、
「お父さん、もっとあっちへ行って見よう」

と無理に手を引っぱるのは宿に帰ればおとなはおとなばかり、つまり父が友人とばかり話して自分が疎略にされてしまうのが不満なのであろう。お父さんは仕方なく手を引かれて行こうとするのをお母さんが見かねて暑いからとやめさせようとするが広胖君はなかなかあきらめようとはしない。お父さんはやむを得ず引っぱられながら、わたくしを顧みて笑いつつ、

「佐藤、おい、決死隊だよ」


と太陽の直射する急坂を夏草を踏みわけ繁みのなかにどこへだか下りて行く父子の後姿を

見送りながら、わたくしはたわいもない空想をした。自分がもし自分の父母ほどに今二十年も長生したならば、自分が堀口のお父さんと交ったようにこの幼童が更にわたくしの友人となり、わたくしはその年少の友に今日の思出をともに語りながら云うであろう——「わたしは君のお父さんとも君のおじいさんとも友達で君と今話すように話して遊んだものだよ」と。

三時幾分かの田口からの汽車はひどい混雑でやっとの思いで乗り込みはしたが、立ったきりの身動きもむつかしい。板のなかへ押し込まれて減形し去らないのがまだしもの倖であろう。それでも僅一時間あまりの我慢と赤倉の清涼の幾分を忘れただけで高田へ帰った。わたくしがくたびれているのを見ては彼とても決してわたくし以下ではないのに、わたくしのために自ら身を跼めて、堀口はわたくしの靴の紐まで解いてくれた。彼はわたくしの従者ではない、ただ旧友であり客人であるというだけのために。それが彼の為人《ひととなり》である。

その夜の晩餐は今夜は送別会だと堀口は杯盤を取り出して特に多く酒を置いた。さて、「いつも同じようなものばかり並べ立てて」

と云うが、海岸育ちのわたくしが久しく山居してそれに飢えているのを知って海の幸を沢山に味わせてくれるのであった。堀口家は郎君の指導によって庖丁の味の外に、皿小鉢の類が雅致を見せているのは、近ごろどういうところへ出かけて見たとしても見られまいと思われるほどであった。

堀口は酒量が多いが、わたくしは老来殆ど酒を廃した形でいた。それに近来の不眠症は特に酒によって一時ほんの短い熟睡のあと、かえって目が冴えて「酒のめばいとど眠られぬ」の体質である。と告げて辞退すると、ではあとで睡眠剤のいいのを上げますと云われて一杯、一杯また一杯と重ねた。意気地なく半ば酔いつぶれた形で眼鏡の置き場さえ忘れて蚊帳に入ると、近来にないよい睡を得たが、それが惜しくも再三中途で目がさめたのは、日中の氷水や酒やその後多く飲んだ水などのおかげで尿を多く催すためであった。足もとを踏みしめ、気をつけながら階段を降りて右に折れ廊下の隅の右側に便所のあるのはこの間日中によく覚えているが、必ずある筈の電燈のスイッチを求めてどう壁の上を手さぐりしてもわからないので心おぼえのまま暗中で用を足して来て、すぐまたぐっすりと睡り込んだのが、また一時間ばかりの後にもう一度目をさまされて、今度は前に懲りてライタアを用意して行った。さて外の戸を明けると中のガラス戸に明るく電燈の光が洩れている。誰かがつけて置いてくれたらしい。それとも誰か先客でもあるのかと気をつけたが、それらしいけはいも無いから、急ぎ体内の水を放出すると、酒の刺戟か次には大便を催した。ご馳走にまかせて少し食べすぎた気味かも知れないが、二度ある事は三度と次には大便のためにこの睡いのをまた起されてはたまらないから序に大便所へも立ち寄って置こうと用をすまして外に出て電燈のスイッチを切り、さて廊下へ出たとたんに、背後からごくしずかに、

「おなかを悪くなさいましたの」

と声をかけられた。誰やらたしかに知り人の声である。

「いいえ、ただお酒や水のせいで度々……」

「さっきもお見かけしましたが真暗なところで不意にびっくりなさってもと思うてやめて居ました」

という声に思い当って、見ればやはり晶子夫人が廊下の片隅に少しうなだれて立っているのであった。その頬の線や、特色のある肩つきや厚い胸のあたりがはっきりとその人を思い出させるのがそれ自身発光体のようにぼんやりと白く光って見えていた。思いがけないという愕きよりも、こんな夜更けにこの人とふたりきりでこんなところにひそひそ話をしているのが人目を憚られるような現実的な感じの方が先に立った。

「おひとりですか……」――先生は？　と云いつづけようとする時、

われひとり穢土に遊びぬなかなかに浄土にまさる思ひ出のため

おぼえのある口調でこの一首を二度くり返して嫋嫋とよみあげてから、

「西方の浄土から諸方の浄土へは誰も遊行しますが穢土へ来る人はめったにありません。わたしはやはり変り者ですよ。赤倉からのバスもあのひどい汽車の人ごみもずっと一緒でした。あなたがお久しぶりでどんなお話をなさるか。きっとわたくしどもの噂もあるでしょう、それがうかがいたくて——今どきわたくしどもを思い出してくださる方もだんだんなくなりますものね。きょうはこちらでお世話になりました。家々にはあじさい、小雨そぼふりは色彩もあり無駄がなくて調子も軽快にすっきりした気分がよいと思われました。先生にお話したらきっと喜びますよ」

わたくしはさすがに少しずつうす気味が悪くなって急いで階段をあがりはじめると晶子夫人は狭い階段をわたくしと殆どすれすれに昇りながらいつも耳もとで囁いている。堀口さんもあなたもあまり奥さんに御心配をかけないようにね——「一生の苦楽他人による」と白楽天の句を口ずさんでいるようでもあったが声がごく低いから、ほとんどけはいのように感じられる。

「赤倉は好きでよく遊びました。あそこの歌はたくさんありました——」

深山鳥あしたの虫の音にまじり啼ける方よりきみかへり来ぬ

その外にも同じ調子でつづいて二三首口ずさんでいた。が、

「今度、柏崎の番神堂に歌碑が出来ますから、少し遠方ですが何かの序にごらんになって置いてください」

と歌やこれらの言葉ははっきりと聞えた。わたくしは部屋に近づくほどだんだん落ち着かなくなって急いで蚊帳をもぐって寝床に入ろうとしたはずみに蚊帳の裾を踏んで釣手を外してしまいうろたえている間に、どこへ行ってしまったのか、わたしに話しかけつづけた人は、あたりにはもう見えなくなっていた。その代りに目をさました家内が、

「どうなすったの」

と蚊帳を持ちあつかっているわたくしを見咎めて、わたくしに代って蚊帳をつり直すのを見ながら、わたくしはまたすぐ睡入って、目に強く射す窓の光に暁の眠をしずかにさました。そうして、ひとり夜中の不思議な出来事をぼんやりおぼろげに思い出しながら、不意に見えなくなってしまったので肝腎の事を聞くひまもなかった。堀口から印を貰って好かったのか悪かったのか。改めて「永く相おもふ」のお礼をも云うべきではなかったろうかなどと思いながら、少し早いが今日は帰途につく日でもあり、そのまま早く起き出した。

その書斎に行って見ると堀口は葭切の音でも聞いていたのか、ひとりしずかに机に向って

いたが、わたくしの足音に見かえって、

「お早う。またひどく早起きになったものだね。汽車は正午過ぎだぜ」

わたくしは腰をおろして煙草をくゆらしはじめていたが、

「君、晶子さんは昨夜はここに一泊なすったのだよ、われわれの話を聞こうと赤倉から我々とバスも汽車も同じでここへ来たと云ってね。僕は昨晩、酒のためにしきりと便所へ起きて便所から出たとたんに晶子さんに呼びかけられて、それからずっと一緒に階段をあがりながら話していたが、いつの間にか見えなくなってしまった。君にも僕にも女房に苦労させるなと云っていられたよ」

「へえそんな事を仰言ったのかい。面白い夢を見たものだね」

「うむ、睡り薬の利いている最中に便所へ入って、厠上で居眠りしながら見たのだろう、きっと。ひどくねむかった」

「それからどんなお話があったか」

「話のなかで歌を二首口ずさんでいたが、一首はおひとり？　という問いに対しては開口一番、

われひとり穢土に遊びぬ、なかなかに浄土にまさる思ひ出のため

と云うのと、赤倉の歌だという二三首のうち、

深山鳥、あしたの虫の音にまじり啼ける方より君かへり来ぬ

というのだけはよくおぼえている」

「それは本当に晶子さんの歌だよ。きっとこの本にも出ていたろう」と堀口は背後の書架から平野万里編の選集をぬき出して「あるよ、そら。この深山鳥の歌だろう」

「どれ、どれ」とわたくしはその書物に見入って愕いた。わたくしはその時まで晶子夫人にそういう作のあるのは知らなかったからである。しかしそれは「多分以前読んですっかり忘れていたのを夢でひょっくり回想したのだね、てっきり」

「ね佐藤、支那のアンソロジーには、物の化や幽霊などの詠んだという絶句などをよく見かけるようだが『……浄土にまさる思ひ出のため』は晶子先生の霊の歌かそれとも藤春先生夢中の詠かは判明しないが新詩社アンソロジーにあって然るべき一首ではないか」

「時に柏崎のばんしんどうとやらに晶子夫人の歌碑が出来るって」

「出来たよ。それがどうかしたかい」

「何時の事、それは?」

「つい最近、出来たばかりだ」

「その話、僕は君に聞いているか知ら」

「まだ話さなかったと思うね。何故?

　たらひ舟荒海わたる疑はず番神堂の光たのめば
――というたらい舟で荒海を渡るような冒険的な手法で熱烈な愛人らしい気魄の漲る面白い歌なのだ。番神堂というのは柏崎の海岸番神が鼻という岬角の岩の上にある小さな祠で、そこの燈明をたよりに佐渡の女が契を交した男のところへ毎晩たらいを舟にして通う魔神のような情熱が怖くなって男が或る晩番神堂の燈明を消して置いたら、たらいの舟は難破して女は海に沈んだという話――多分伝説だろうが――を歌った晶子さんの歌をこの頃歌碑にしたと云う事だよ」

「そうか、晶子さんは柏崎に歌碑が出来たから少し遠いが序に見て置いてほしいと僕に話されたが、それが最近の事実ならば事はやはりちとへんだね、僕は番神堂なんて名さえ知らないのだもの」

本書は『定本佐藤春夫全集』（臨川書店）を底本とした。

本書の表記は原則、新字・新仮名づかいとした。

一部、今日の観点からみるとふさわしくない語句・表現が用いられているが、作品の時代的背景と文学的価値に鑑み、そのまま掲載することとした。

収録作品初出一覧

I　化物屋敷を転々と

歩上異象　「苦楽」第三巻第一号（昭和二十三年一月）
観潮楼門前の家――「青春期の自画像」より〈11〉「新潮」第四十三巻第七号（昭和二十一年七月）※原題「わが芸術彷徨」
化け物屋敷一号――「詩文半世紀」より「讀賣新聞」夕刊（昭和三十八年一月四日～五月一日）
怪談「中央公論」第三十八年第五号（大正十二年五月）※原題は「首くくりの部屋」
化物屋敷「中央公論」第五十年第十号（昭和十年十月）
月光異聞「太陽」第二十八巻第四号（大正十一年四月）
あじさい「改造」第四巻第六号（大正十一年六月）
幽明「別冊文藝春秋」第四四号（昭和三十年二月）
幽香嬰女伝「群像」第十五巻第三号（昭和三十五年三月）※原題は「幽明界なし」

Ⅱ　世はさまざまの怪奇談

蛇　「文庫」第三十八巻第二号（明治四十一年十一月）
緑衣の少女　「現代」第三巻第七号（大正十一年七月）
シナノ　キツネ　胡養神ノハナシ　『シナノ　キツネ（新日本幼年文庫）』（昭和十六年八月）帝国教育会出版部
椿の家――「打出の小槌」より　「新日本」第一巻第二号（昭和十三年二月）
阿満と竹渓和尚――「打出の小槌」より　「新日本」第一巻第三号（昭和十三年三月）
『鉄砲左平次』序にも一つ　「新青年」第十巻第八号（昭和四年七月）
魔のもの　Folk Tales　「新小説」第二十七年第四巻（大正十一年四月）
私の父が狸と格闘をした話　「婦人公論」第六年第九号（大正十年八月）
熊野灘の漁夫人魚を捕えし話　「古東多万」第二年第二号（昭和七年二月）※副題に「夜木散人満録（一）」
山妖海異　「新潮」第五十三巻第三号（昭和三十一年三月）
春宵綺談　「君と僕」（大正十二年八月？）※臨川書店版全集解題に「掲載誌未見」の記載あり
柱時計に噛まれた話　「文章倶楽部」第十一巻第三号（大正十五年三月）※原題は「柱時計に噛まれる話」
道灌山――えたいの知れぬ話――　「群像」第十一巻第一号（昭和三十一年一月）

Ⅲ　文豪たちの幻想と怪奇

山の日記から　「平凡」第一巻第一号（昭和三年十一月）
へんな夢　「文芸日本」第六巻第二号（昭和三十三年二月）
夢に荷風先生を見る記　『回想の永井荷風』（昭和三十六年四月）霞ヶ関書房
「たそがれの人間」　「文章倶楽部」第六年第十号（大正十年十月）
コメット・X　「サンデー毎日」第八年第十三号（昭和四年三月）
旧稿異聞――伝鏡花作「霊泉記」について――　「群像」第九巻第二号（昭和二十九年二月）
永く相おもふ――或は「ゆめみるひと」――　「改造文藝」第三号（昭和二十四年一月）

編者解説

時に昭和三十九年（一九六四）五月六日の夕刻、自宅書斎でラジオ番組の収録中だった佐藤春夫が、七十二年の半生を振りかえり、「私は幸いにして……」（山田風太郎『人間臨終図巻』によれば「そのとき私は東京に来ていたんで、倖いに……」だったそうだが）と云いさして心筋梗塞に見舞われ、その場で事切れたという逸話は、たいそう有名である。

また、それにことよせて、春夫が「幸福な作家」と呼ばれる例も少なくない。

いみじくも「温室のなかの夢」と題された川本三郎の春夫論（『ちくま日本文学全集　佐藤春夫』解説）から引けば――

小説だけでなく詩・評論・戯曲、翻訳などさまざまな分野で活躍し〝文学の魔術師〟と呼ばれたこの作家はさまざまな意味で「幸福」な文学者だった。つねに第一線で活躍し続けたこと、文壇的に早くから認められたこと、経済的な苦労をほとんどしなかったこと……などにもまして佐藤春夫がいちばん「幸福」だったことは生涯「文学」や「芸術」の特権的価値を信じることが出来たことではないだろうか。

春夫屈指の名著『退屈読本』（本書の副読本としても必読必携である）を論じて犀利《さいり》きわまる丸谷才一の解題（冨山房百科文庫版『退屈読本・上』所収）にも、右に照応する（というか「温室のなかの夢」は、丸谷の所論を念頭に置いて書かれたものだろう）次のような一節が認められる。

『退屈読本』のなかの交友記ないし人物月旦、殊に『秋風一夕話』が白鳥の『文壇人物評論』に優るとも劣らぬ傑作になっているのはいささかも不思議ではない。彼らはまず文壇という共同体を信じていたのである。『秋風一夕話』のほうぼうに見られるユーモアと批評の結合はまことにすばらしいもので、殊に武者小路神社という祠の話など、ほとんど神業のような戯謔だが、こういう芸当が可能なのは、佐藤の才を生かすに向いている、文壇という芝居小屋がしっかりとあったからだ。

そのへんの消息を最もよく示すのは、案外、彼の文芸時評かもしれない。人はよく川端康成の文芸時評を褒めそやすが、川端の場合には文壇にはもはや昔日の安定はない。川端は絶えず社会という大向うを意識しながら、妙技をふるう。ところが佐藤はただ、文壇という、および文壇志望者という、見巧者だけを相手にしていればそれでよかった。名著『退屈読本』には、そういう幸福のための記念碑という一面もある。

明治と昭和という波乱激動の時代にはさまれた小春日和のような大正時代、百花斉放の趣を呈した文芸の黄金時代がこれからいよいよ幕を開けようとする明治四十三年（一九一〇）春（その前々年には漱石が「夢十夜」、鏡花が「草迷宮」を書き、前年には時の文人墨客による百物語ドキュメント『怪談会』が刊行され、当年には柳田國男が『遠野物語』を上梓した……そういう時代である）、郷里和歌山の新宮中学校を卒業して上京。生田長江に師事したのを皮切りに、与謝野鉄幹・晶子夫妻や馬場孤蝶、上田敏、永井荷風、泉鏡花らの諸先達に恵まれ、大正六年（一九一七）、「西班牙犬の家」で小説家デビュー後は、盟友たる谷崎潤一郎や芥川龍之介、堀口大學や日夏耿之介らとともに大正浪漫主義文壇の中核を成し、詩歌、小説、童話、戯曲、翻訳、評論、評伝、エッセイから絵画制作に至るまで絢爛たる才能を発揮、その煌めきに引き寄せられるが如く、稲垣足穂、龍胆寺雄、井伏鱒二、太宰治、檀一雄、柴田錬三郎、井上靖、三島由紀夫等々をはじめとして、俗に「門弟三千人」と称されるほど多彩な後進に囲まれ、晩年まで芥川賞の選考委員として文壇に影響力を有した……まさに「文豪」の名にふさわしい生涯を全うした作家と申せよう。

こと怪談や幻想文学の分野に話を限っても、佐藤春夫の隠然たる存在感には、真に端倪《たんげい》すべからざるものがある。

私自身、この分野におずおずと踏み入ってほどなく、泰西怪奇小説／幻想文学翻訳の大家である平井呈一や堀口大學、日夏耿之介、『怪談入門』の江戸川乱歩、『小説とは何か』『作家論』の三島由紀夫、当時再評価の機運が高まっていた稲垣足穂ら、斯界の先達と仰ぎ見る文学者たちの背後に、黒衣のメフィストフェレスさながら、佐藤春夫の影が決まって見え隠れすることに気づいて、異様の感に打たれたものだ。

大正十三年（一九二四）八月、「新青年」増刊号に寄せたエッセイ「探偵小説小論」は、草創期の探偵小説作家たち、とりわけ江戸川乱歩をして「これこそ当時の私達の心持をそっくり表現してくれたものであった。こういう文学こそ私達があこがれ且つ目ざしていたところのものであったのだ」と感激せしめたことで知られるが、その中で春夫が指摘している探偵小説の美質――「豊富なロマンチイシズムという樹の一枝」「猟奇耽異《キューリオスティイハンテング》の果実」「多面な詩という宝石の一断面の怪しい光芒」「人間に共通な悪に対する妙な讃美」「怖いもの見たさの奇異な心理」等々は、実のところ、『病める薔薇』（一九一八）に始まる春夫本人の文学にこそ最もよく当てはまる特質でもあった。

探偵小説ばかりではない。怪談文芸においても、春夫は歴史に遺る名言を発したとされる。そう、次の一節に示された、あの言葉である。

アーサー・シモンズは、「文学でもっとも容易な技術は、読者に涙を流させることと、猥褻感を起させることとである」と言っている。この言葉と、佐藤春夫氏の「文学の極意は怪談である」という説を照合すると、百閒の文学の品質がどういうものかわかってくる。すなわち、百閒文学は、人に涙を流させず、猥褻感を起させず、しかも人生の最奥の真実を暗示し、一方、鬼気の表現に卓越している。

（三島由紀夫『作家論』所収「内田百閒・牧野信一・稲垣足穂」）

怪談文芸の真価を説くにあたって、決まり文句のように引用される「文学の極意は怪談である」の出処は（三島の言葉にしたがうならば）、佐藤春夫その人に由来するのであった。

もっとも、この三島の言及については、やや怪しげな点もある。詳しくは拙著『文学の極意は怪談である　文豪怪談の世界』(筑摩書房) に書いたので、かいつまんで申せば、臨川書店版『定本佐藤春夫全集』の中には、それとおぼしき文章が見つからないのだった (右の拙著のときと本書と、二度にわたり全巻を調べたので、春夫自身の文章には該当箇所が無いとほぼ断言してもよいかと思われる。あとは座談や講演の類か……もしも御存知の向きがあれば、御教示を冀《こいねが》う次第)。

三島は戦時中、保田与重郎らの「日本浪漫派」に傾倒した流れで、春夫の許を訪ねたことがあり、「大家の内に仰ぐべき心の師はこの方を措いては、と切に思われました」(一九四三年十月五日付、富士正晴宛書簡) などと対面時の印象を知人に書き送っている。

「昭和二十年五月、神奈川県高座郡の、海軍高座工廠にいた私は、机辺に、和泉式部日記、上田秋成全集、古事記、日本歌謡集成、室町時代小説集、鏡花を五六冊、並べていた」(「私の遍歴時代」) と後に回想している三島である、大の秋成好きで鏡花とも浅からぬ親交のあった春夫と対面して、怪談方面の話題が出なかったとは、むしろ考えにくい。思えば、「文学の極意」云々という物言いも、老大家が同臭の文学青年を前に、寛いで語ったと考えれば得心がゆくではないか。

幻想文学の観点から編纂されたアンソロジーには、すでに須永朝彦編『日本幻想文学集成11　佐藤春夫　海辺の望楼にて』（国書刊行会）があり、怪奇幻想ミステリー系の諸作については、日下三蔵編『怪奇探偵小説名作選4　佐藤春夫集　夢を築く人々』（ちくま文庫）があって、両書を併せ読めば、怪奇幻想作家としての佐藤春夫の主要作は、ほぼ抜かりなく展望することが可能となる。

にもかかわらず、前者とは一篇、後者とは二篇しか重複収録作品のない「怪異小品」アンソロジーを、こうして編むことができたという事実そのものが、佐藤春夫という作家の底知れぬ懐の深さを如実に示していると云えるのではなかろうか。実際、今回は収録候補作が予定ページ数を大幅に超過し、断腸の思いで多くを割愛せざるを得なかったほどなのである。慵斎《ようさい》先生（「慵斎」は春夫の雅号のひとつ）、おそるべし……。

さて、本書は、かくも多彩にして奥深い春夫怪奇幻想譚の世界に、「怪異小品」という観点から新たな光を当てようとする試みである。「化物屋敷を転々と」「世はさまざまの怪奇談」「文豪たちの幻想と怪奇」と銘打つ三部構成を採ることにより、春夫小品世界の特質がより鮮明に顕《た》ちあがるように配慮してみた。

パートIの「化物屋敷を転々と」は、名作の誉れ高い「化物屋敷」をはじめ、春夫怪談の中でも顕著な一群を成す「化物屋敷（幽霊屋敷）」テーマの小説とエッセイ九篇を収めた。

巻頭の「歩上異象」は、伝統的な怪談会小説の枠組のもと、いかにも長閑《のどか》な日常の只中につかのま顕現した怪異を克明に描いて余すところなき逸品である。「化物屋敷」に比肩しうる怪談実話系小説の傑作だと思うのだが、これまで余りにも注目されること少ないため、あえて劈頭に据えた次第。

「観潮楼門前の家」「化け物屋敷第一号」など、自伝的著作の中にも平然と、どこか愉しげな筆致で化物屋敷との縁を綴る春夫だが、「中央公論」大正十二年（一九二三）五月号の「当世百物語」特集に掲載された「怪談」（初出題は「首くくりの部屋」）において予告され、それから十二年を経て同じ「中央公論」に発表された「化物屋敷」で、ようやく全容の明かされた渋谷道玄坂上の凶宅事件で、その因縁はピークに達したとおぼしい。

実は本書に収めた「怪談」と「首くくりの部屋」には、重要な異同が認められる。初出時には、文末に次の一文が添えられていたのである。


若《も》しあの部屋で首をくくるとするとあの廊下のところなどが一番自然な場所のようであったし。——その家のことは稲垣が書くそうだからこれ以上は書かないが。

稲垣とは「化物屋敷」に「石垣」の名で登場する稲垣足穂のことであり、「当世百物語」には「友人の実見譚」と題する足穂のエッセイも掲載されているので、その件を指していることが分かる。もっとも、実際に掲載された足穂のエッセイは、同郷の友人が東京下戸塚の下宿で体験した幽霊談の聞き書きで、自分と春夫が体験した化物屋敷の話ではなかった。文中でも「実は、昨冬私自身で目撃した或る屋敷の怪異を書くつもりでいたが、それは可成《かなり》複雑な話で二十や三十の枚数にもり切れぬために、これを代りにした」との釈明がある。そして足穂もまた、後になってこのときの体験を小説化しているのであった。「婦人公論」大正十五年（一九二六）四月号に発表された「黒猫と女の子」という短篇である。

要するに、佐藤春夫と稲垣足穂という新旧の両文豪が、短い期間とはいえ、名うての幽霊屋敷で実際に寝食を共にし、そのときの異様な体験や見聞を作品化していたのだ。しかも怪異の体験者／証言者が当人たちにとどまらず、足穂の友人など他の同居人や近隣の関係者も含めれば十人近くにのぼるというのも稀有なるケースだろう。

実際に、どのような経緯があったのか、手短にまとめておこう。

大正十一年（一九二二）六月中旬、静岡旅行から帰京した佐藤春夫は、中渋谷富士横町三

○六番地（渋谷マークシティ四階の眼鏡店と喫茶店の間にある隘路を出ると、ちょうどその界隈に出てドキリとする）の高野方に仮寓の居を定めた。臨川書店版『定本佐藤春夫全集』所載の年譜によれば、同月十九日には、すでに同所での暮らしを始めていたらしい。

当時の春夫は、谷崎潤一郎とその妻・千代との三角関係に起因する揉め事で身辺なにかと落ちつかず、頻繁に転居を繰りかえしたり旅暮らしに明け暮れる、よるべなき日々の渦中にあった。それまで寄寓していた弟・夏樹の家（上目黒氷川五九三番地）を急ぎ立ち退かなくてはいけなくなり、家財道具の置き場に困っていたときに、前年の秋から門人となって同家の離れに寄宿していた足穂が見つけてきたのが、渋谷道玄坂の下宿家だったのである。

この間の経緯および道玄坂の家での顛末については、足穂版「私の遍歴時代」ともいうべき抱腹絶倒の青春回想記『鉛の銃弾』（一九七二）の第二章「上目黒大坂上」に、ほぼ実名を明かす形で驚くほど詳細に綴られている。たとえば、こんな具合に――

　私は取りあえず、衣巻兄弟が鶴巻町から移っていた、近所の富士横丁の三階建の三階の一室へ引越した。それは道玄坂南側に平行しているだらだら坂の上方にあって、元は料亭だったという建物だったが、その見晴しの良い三階の四室は、裏側は衣巻と、一ノ

現在の道玄坂上（東京都渋谷区）旧富士横丁付近。

瀬という青山学院の学生が占領。表の西側を私が、階段を挟んだ東側にはやがて石野が移ってきた。（この高い建物は山手線の電車からもよく見えていたが、いつの程にか姿を隠してしまった）

「この家にはお化けが出るのかね」

佐藤先生が階下の茶ノ間でずけずけと口に出すと、主人は「御眼力おそれ入りました」と云って、畳に両手を突いたと云う。先生はこの三階建の二階裏側の一室に自分の持物を運ばせてから、伊豆方面へ出かけたが、あとには、大坂上の時から滞在していた彼の姉さんが番人役として泊っていた。その姉さんがいた部屋へ、こんどは小旅行から帰ってきた先生が一週間ばかり起居していたのである。「実はこれが」とおやじは、芸者上りの青ぶくれのおかみを指して続けた。「これがしょっちゅう体のぐあいがすぐれぬものでございますので、易者に見せたところが、いま住んでいる建物には男ふたりと女ひとりと、都合三人の怨霊がこもっているというのでございます。なんでもわたしの星が非常に強いんだそうで、今の所は差支えないが用心が肝要だとね。何とかせねばならんと思っている所でございます。三階の若い方々には、気付かれるまで黙っていることにしようと、先刻もこれと相談した所なんでございます」

文中の衣巻とは、神戸の関西学院で足穂と同級だった作家・詩人の衣巻省三（「化物屋敷」では「池田」）で、両者は前後して上京、春夫に入門していたのだった。また石野は、やはり関西学院以来の文学仲間で、春夫の門人となった詩人・石野重道（「化物屋敷」では「東」）のことである。ちなみに大正十一年には、春夫の「月光異聞」（道玄坂での事件を彷彿させる設定の話だが転居以前の作である）や「魔のもの」（思えばこれも化物屋敷譚ではないか、特にあの結語！）、足穂のデビュー作「チョコレート」（後に「チョコレット」と改題）や「星を造る人」など（『鉛の銃弾』に「富士横丁の三階では、『星を造る人』と『黄漠奇聞』とを書いた」とある）、大正モダニズム&ファンタジーの精華たる珠玉作が相次いで執筆されており、翌年には足穂の『一千一秒物語』と石野重道『彩色ある夢』の刊行に際して、春夫が餞《はなむけ》の序文をそれぞれに寄せている。

丘の上の化物屋敷は、大正文学の夢の揺籃でもあったのだ。

「化物屋敷」の後も春夫は「あじさい」「幽明」「幽香嬰女伝」と心霊的抒情を湛えた佳品を折にふれ執筆しており、幽冥界への関心は晩年まで衰えることがなかったように見える。

「化物屋敷」が収録された春夫の短篇集『世はさまざまの話』（一九三六）に由来する章題を付したパートII「世はさまざまの怪奇談」は、『聊斎志異』をはじめとする中国の志怪伝奇小説の翻訳や本朝奇談随筆の現代語訳、さらには自身の故郷である紀州の伝説の再話など、怪談奇聞の卓越した語り部たる春夫の真骨頂を伝える十三篇を収載した。

なかでも「椿の家」と「阿満と竹渓和尚」の二篇を抄出した「打出の小槌」は、春夫編訳による近世日本コント・ファンタスティックのアンソロジーと称すべく、与謝蕪村の妖怪趣味にいち早く着目するなど、その猟奇耽異の慧眼ぶりが遺憾なく発揮されている。

なお今回は収録を断念したが、ジョン・ポリドリ「吸血鬼」やラフカディオ・ハーン『尖塔登攀記』など、春夫は英語圏作品の翻訳まで手がけており、その和漢洋にわたる見識は『世界怪談名作集』『支那怪奇小説集』における岡本綺堂の塁を摩すかの如くである。

右の英訳を手助けしたのが若き日の平井呈一であることは、すでに周知の事実だが、平井の回顧談「西洋ひゅーどろ三夜噺」（創元推理文庫版『真夜中の檻』所収）に曰く——

春夫さんに「化物屋敷」という作品がある。ぼくが足しげく小石川の夜木山房へ伺っていたころの作品だが、あの方は作品を書くときに、作品の筋を人に細かく話される。話しているうちに細部がだんだんはっきりしてくるんだそうで、「世はさまざまの話」のなかの小説の筋はあらかたぼくが聞き役になった。「化物屋敷」のときもそうで、関口町の応接間で夜の二時ごろまで聞かされた。とにかく怖いはなしで、そういうときの慵斉先生は独特の雄弁になるので、こっちも息もつかずに片唾をのんで聞いていると、いよいよ話が佳境にはいったときに、応接間の扉が突然スーッとあいた。夜なかの二時だし、話が話なので、先生もぼくも凍りついたように青くなって、恐る恐る扉口をうかがった。そこへ女中さんが大きな土瓶をのせた盆をささげてはいってきた。二人ともほっとして、顔を見合わして腹のよじれるほど笑いこけたっけ。……「化物屋敷」は読んだときより、聞いたときの方が怖かったよ。

小泉八雲と妻セツから『新耳袋』の共著者に至るまで、対座の語らいから怪談の名作が生まれる例は古来少なくない。知られざる逸品「『鉄砲左平次』序にも一つ」や「魔のもの」、これまた絶品というべき不条理小説「道灌山」をはじめ、春夫作品の多くに認められる絶妙な語りの呼吸が、那辺に由来するものかを物語る、これは世にも貴重な証言であろう。

パートⅢ「文豪たちの幻想と怪奇」は、その名のとおり、春夫が親しく接した先輩後輩僚友たちが、堂々実名で登場する夢幻譚と怪異譚七篇を収めた。

十九世紀末の幻想画家クービンの素描集『死の舞踏』を小道具に配しつつ、奇怪な化物屋

新潟県・柏崎の番神岬に建つ与謝野晶子歌碑（編者撮影）。

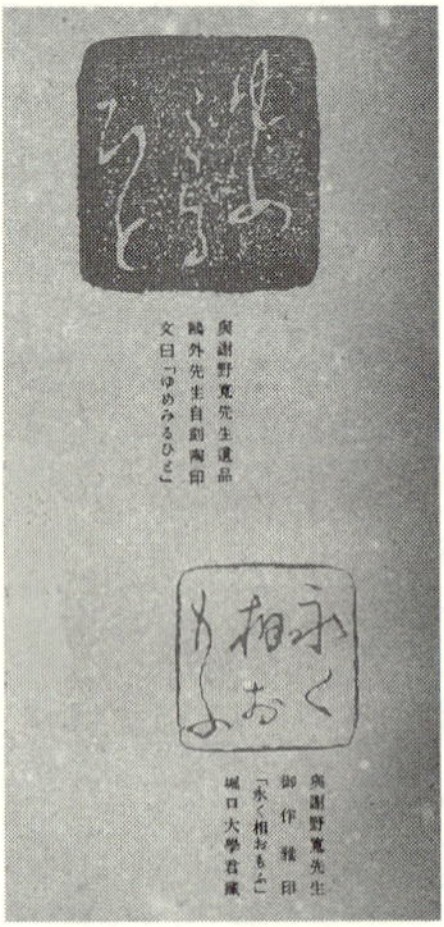

佐藤春夫『青春期の自画像』（共立書房）所載の陶印２種。

敷（！）を設えた舞台上に、自裁した同い年の友・芥川を召喚するという怪作「山の日記から」をはじめとする文豪夢譚の一群、愛憎なかばする奇縁で結ばれた愛弟子（後に離反）タルホを丸ごとネタにするという春夫ならではの離れ業を繰りだした「『たそがれの人間』」（筑摩書房版『稲垣足穂全集』第一巻には、同篇の手紙部分が「佐藤春夫への手紙」と題され収録されている）と「コメット・X」、実際に学界を巻き込んでの真贋論争が生じた鏡花の未発表原稿（とされる）「新泉奇談」（一九五五年に角川書店から鏡花名義の単行本として刊行）をめぐる「旧稿異聞」、そして深き敬慕の対象であった心の師・与謝野晶子の霊を、あろうことか深夜の便所に召喚するという奇想横溢の「永く相おもふ」……ちなみに新潟県柏崎市の番神岬には、番神堂と晶子の歌碑が実在するし、問題の陶印二種も、ごらんのとおり実在する（前頁参照）。

これぞまさしく虚実皮膜の妙技——「文学の極意は怪談である」を、春夫みずから実践した好個の一例であろう。

二〇一五年五月

東　雅夫

平凡社ライブラリー　830

たそがれの人間《にんげん》
佐藤春夫怪異小品集

発行日…………2015年 7 月10日　初版第 1 刷

著者……………佐藤春夫
編者……………東雅夫
発行者…………西田裕一
発行所…………株式会社平凡社
〒101-0051　東京都千代田区神田神保町3-29
電話　東京(03)3230-6579[編集]
東京(03)3230-6572[営業]
振替　00180-0-29639

印刷・製本 ……藤原印刷株式会社
D T P …………藤原印刷株式会社
装幀……………中垣信夫

ISBN978-4-582-76830-5
NDC 分類番号913.6
B 6 変型判（16.0cm）　総ページ384

平凡社ホームページ　http://www.heibonsha.co.jp/